श्रेष्ठ हास्य-व्यंग्य
एकांकी

श्रेष्ठ हास्य-व्यंग्य एकांकी

संपादक

काका हाथरसी

गिरिराज शरण

प्रकाशक • **प्रभात प्रकाशन प्रा. लि.**
4/19 आसफ अली रोड,
नई दिल्ली–110002

संस्करण • 2025
मूल्य • चार सौ रुपए
मुद्रक • नरुला प्रिंटर्स, दिल्ली

SHRESHTHA HASYA-VYANGYA EKANKI
Ed. Kaka Hatharasi & Giriraj Sharan ₹ 400.00
Published by Prabhat Prakashan Pvt. Ltd., 4/19 Asaf Ali Road, New Delhi-2
e-mail: prabhatbooks@gmail.com ISBN 978-81-7315-099-9

हास्य-व्यंग्य : जीवन के अंग

जिस प्रकार विरोधी दल के नेताओं को जेल में नयी-नयी योजनाएं सूझती हैं उसी तरह ट्रेन में यात्रा करते समय हमारे मस्तिष्क में विचित्र कल्पनाएं उछल-कूद मचाती हैं ।

उस दिन डॉ० गिरिराजशरण के साथ यात्रा में स्टेशन पर मालूम हुआ कि गाड़ी एक घंटे लेट है। हमारे परिचित टी० टी० बाबू मिले तो हमने कहा, "क्या हो गया है, इमरजेंसी के बाद ? रोजाना गाड़ियां लेट आती हैं ।" टी० टी० बाबू कवियों की संगत करते-करते काव्यरसिक बन गये थे । कहने लगे, "अजी काका, ट्रेन तो एक कुंवारी कन्या के समान है जो 'मिस' तो होती ही है, 'लेट' भी जाती है और 'मेकअप' भी करती है ।अधिक मनचली हुई तो चलते-चलते सीटी भी बजाती है ।" उनकी यह तुलनात्मक विवेचना सुनकर एक हास्यकवि ने तो इसपर कविता भी बना डाली थी ।

गिरिराज जी ने कहा, "काका जी, आजकल हास्य-व्यंग्य के लेखक अच्छा लिख रहे हैं और आप स्वयं भी उनकी प्रशंसा करते रहते हैं, क्यों न वर्तमान हास्य-व्यंग्याचार्यों की रचनाओं के संकलन तैयार किये जायें। प्रभात प्रकाशन इसे प्रकाशित करने को तैयार है । आपके पास तो बहुत-सा मैटर होगा । मैं जानता हूं कि हास्य-व्यंग्य पर जो भी लेख या कविता आपको पसंद आती है, उसकी कटिंग आप एक फाइल में डाल लेते हैं ।" 'घर का भेदी लंका ढाये' यह कहावत याद आयी और हमें स्वीकृतिसूचक सिर हिलाना ही पड़ा ।

फिर वे बोले, "हास्य और व्यंग्य को कुछ साहित्यकार अलग-अलग मानते हैं, इस बारे में आपका विचार ?" हमने कहा, "हास्य और व्यंग्य एक ही गाड़ी के दो पहिये हैं। हास्य के बिना व्यंग्य में मजा नहीं और व्यंग्य के बिना हास्य में स्वाद नहीं आता । दोनों बराबर एक-दूसरे का साथ दें तभी जन-गण-मन की मनोरंजनी गाड़ी ठीक से चलती है । अकेला व्यंग्य निंदा का रूप ले लेता है और अकेला हास्य भड़ैती का सूचक बन जाता है ।" व्यंग्य का अंग और भी स्पष्ट करते हुए हमने कहा, "जिसपर व्यंग्य-बाण छोड़ा जाये वह तिलमिलाकर कुछ सोचने के लिए

मजबूर हो जाये तो समझिये व्यंग्य और व्यंग्यकार सफल हुए। इसके विरुद्ध वह व्यक्ति अपनी बेइज्जती समझकर व्यंग्यकार पर आक्रमण करने को तैयार हो जाये अथवा बदले में गाली देने लगे तो मैं उस व्यंग्य को व्यंग्य न मानकर अपमान या निंदा की संज्ञा ही दूंगा।"

आप कड़ी-से-कड़ी बात कह जाइये, उसमें जरा-सा हास्य का पुट दे दीजिये, फिर देखिये उसका प्रभाव। पिछले दिनों मेरठ में एक कवि-सम्मेलन हुआ। तत्कालीन केन्द्रीय स्वास्थ्य मंत्री श्री राजनारायण उद्‌घाटन के लिए आमंत्रित थे। वे जिस समय मंच पर आये उस समय प्रसिद्ध गीतकार नीरज गीत सुना रहे थे। नीरज जी का गीत समाप्त हुआ और आवाज लगी कि काका हाथरसी आयें ? मैंने कहा, "श्रीमान जी के आने से पूर्व मैं कई कविताएं सुना चुका हूं और अभी कई कवि शेष हैं, उन्हें सुनवाइए।" उत्तर मिला, "नहीं, आप ही आइये।" मैंने श्री राजनारायण को लक्ष्य करते हुए कहा, "श्रीमान्, मैंने तो आज ही आपके सम्मान में छह पंक्तियां लिखी हैं। नाराज न हों तो सुना दूं।" मैंने सुनाया :

नाटक में ज्यों विदूषक, जोकर सरकस माहिं,
कविसम्मेलन का मजा बिना हास्यकवि नाहिं।
बिना हास्यकवि नाहिं, हास्य का भारी पल्ला,
अकबर के दरबार बीरबल का था हल्ला।
यह उदाहरण देते हैं काका इस कारण,
आवश्यक हैं संसद में श्री राजनारायण।

मंत्री जी ने एकदम उछलकर हमसे हाथ मिलाया। तब मैंने अनुभव किया कि व्यंग्य का प्रयोग ढंग से किया जाये तो उसका कितना अच्छा प्रभाव पड़ता है।

एक उदाहरण और देखिये। हमारी मिसरानी प्रायः मैली धोती पहनकर आया करती थी। मैंने उसे कई बार टोका, लेकिन वह टाल देती। एक दिन मैंने व्यंग्य की बंदूक छोड़ दी और कहा, "मिसरानी जी, यह धोती जो तुम पहनकर आती हो, क्यों इसका सत्यानाश करती हो, देवछट का मेला आ रहा है, उसके लिए रख लो न इसे।" वह धोती का पल्ला मुंह पर रखकर इतना हंसी कि चूल्हे में रोटी जल गयी। दूसरे ही दिन से उसने स्वच्छ वस्त्रों में आना प्रारम्भ कर दिया।

यहां पर मैं एक बात और कहना चाहूंगा कि कुछ लोग व्यंग्य के टीले पर बैठकर अपने को महान व्यंग्यकार समझते हैं और जिस व्यंग्य में सरल हास्य भी रहता है, उसे निम्नकोटि का समझते हैं। ऐसे लोगों के लिए कार्ल मार्क्स ने लिखा है: "हम स्वयं को जो समझते हैं, अपने बारे में जो जानते हैं, जरूरी नहीं है, वह सही हो। व्यक्ति तो व्यक्ति, पूरा युग भी अपनी असलियत नहीं पहचान पाता।"

वस्तुतः व्यंग्य में यदि हास्य नहीं होगा तो वह कोतवाल का हंटर हो जायेगा। उसकी पीड़ा से तिलमिलाकर अभियुक्त कैसा अनुभव करेगा, उसे आप अच्छी तरह

समझ सकते हैं। इस कार्य के लिए न्यायालय पहले से ही मौजूद है, फिर व्यंग्य की क्या जरूरत है। हास्य-मिश्रित व्यंग्य सीधा प्रहार करता है और आपको चोट भी नहीं लगती। लगती भी है तो वह चोट आपके हृदय-परिवर्तन में सहायक होती है। स्व० हृषीकेश चतुर्वेदी कहा करते थे कि "मजाक करना मजाक नहीं है, मजाक करो तो तमीज के साथ करो, वरना चुप रहो।"

हास्य-व्यंग्य की रचनात्मक धारा से ये चार पुस्तकें आपके सामने हैं, जिनमें हास्य-व्यंग्य की श्रेष्ठ कविताओं, कहानियों, निबंधों और एकांकियों को अलग-अलग संकलित किया गया है। इनके रचनाकारों ने रचनाएं भेजने में जो तत्परता दिखायी है इसके लिए वे बधाई के पात्र हैं। इस प्रकार हमारी उस यात्रा में एक ऐसा काम हो गया जिससे हजारों हास्य-व्यंग्य-प्रेमियों को शिक्षात्मक मनोरंजन प्राप्त होगा और वे 'हास्य-व्यंग्य : जीवन के अंग' इस सूत्र को स्वीकार करेंगे।

—**काका हाथरसी**

जैसा मैं सोचता हूं

यह सौभाग्य की बात है कि पिछले कुछ वर्षों से हास्य और व्यंग्यपरक विधा पर विचार होने लगा है। जिस शिल्प को महत्त्व नहीं दिया जाता था, जिस कथ्य को यों ही उड़ा दिया जाता था, समीक्षक नाक-भौं सिकोड़ते थे, आलोचक कन्नी काट जाते थे, अब कम-से-कम इतना तो हुआ कि समीक्षकों ने उसपर बातचीत चलायी है।

पर दुर्भाग्य है कि यह बातचीत अभी तक सुलझे हुए वस्तुगत निष्कर्षों तक नहीं पहुंची। हमारे देश के जाने-माने हिंदी व्यंग्यकार भी जब सृजनात्मक लेखन से हटकर व्यंग्य की प्रक्रिया पर बात करते हैं तो उसे एक अजीब-सी स्वायत्तता प्रदान करना चाहते हैं। मसलन व्यंग्य व्यंग्य है, वह ऊंचे दर्जे की चीज है, हास्य से उसका कोई लेना-देना नहीं, हास्य बेहद घटिया चीज है। न केवल हास्य-व्यंग्य के अंतःसंबंधों को समझने में गड़बड़ी है, बल्कि हास्य और व्यंग्य के मूल उत्सों की पहचान भी इस गड़बड़ी में खो जाती है।

हमें यहां बस दो बातें करनी हैं। पहली, हास्य और व्यंग्य की रचना-प्रक्रिया और दूसरी, हास्य और व्यंग्य के आपसी रिश्तों के संबंध में। ज्ञान और संवेदना का अविच्छिन्न संबंध है। विशेषकर इस शताब्दी में अगर कोई ज्ञान से रहित संवेदना की बात करता है या संवेदना-रहित ज्ञान की चर्चा करता है तो वह त्रुटि पर है। हास्य को हम संवेदना का एक प्रकार मान सकते है। व्यंग्य में विचार या ज्ञान की प्रधानता स्वीकारी ही जाती है। मुक्तिबोध द्वारा गढ़े गये पारिभाषिक शब्द-युग्मों—ज्ञानात्मक संवेदना, संवेदनात्मक ज्ञान—के वजन पर हमारा मन भी ऐ शब्दयुग्म बनाने को करता है। मात्रा और अनुपात के आधार पर हमें हास्य क 'हास्यात्मक व्यंग्य' और व्यंग्य को 'व्यंग्यात्मक हास्य' कहना चाहिए। 'तर' औ 'तम' का अंतर भी प्रकट हो जायेगा और व्यंग्य को व्यंग्य एवं हास्य में द्वैत पै करनेवालों को जवाब भी मिल जायेगा।

हास्य और व्यंग्य के उत्स पर विचार करते हुए व्यंग्यचित्रकार आबू की ए बड़ी मजेदार बात याद आती है। उन्होंने बड़े मासूम अंदाज में कहीं लिखा है

बरा सोचिए कि जानवर क्यों नहीं हंसते। सीधा-सा उत्तर है, उनके पास किसी पर हंसने का कारण नहीं है, क्योंकि वे सब समान हैं। असमान होते तो एक-दूसरे पर हंसते, व्यंग्य करते।"

कहने को बात में लॉजिक नहीं है लेकिन काफी हद तक बात साफ हो जाती है। असमानता हास्य और व्यंग्य का कारण है। हम अपने बराबरवालों पर नहीं हंसते, हंसते हैं तो छोटों पर या बड़ों पर। छोटों पर हंसते हैं तो बड़े साथ देते हैं, बड़ों पर हंसते हैं तो छोटे साथ देते हैं। बड़ों की संख्या कम, छोटों की ज्यादा है इसलिए अधिकांशतः छोटे ही बड़ों पर हंसकर उदात्तीकरण करते हैं। केले के छिलके पर कोई गरीब फटेहाल फिसल जाये तो शायद हंसी न आये; हो सकता है कि कोई सहृदय सज्जन उसे उठाने बढ़े लेकिन यदि मोटे लाला जी उससे फिसल जायें तो उठाने की बात तो दूर कुछ लोग खिलखिलाकर, कुछ नजरें बचाकर, तो कुछ खुलेआम हंसेंगे और काफी देर तक हंसते रहेंगे। देखा जाये तो इसमें हंसने की कोई बात नहीं है। बेचारे लाला जी का क्या दोष कि वे फिसल गये किंतु बारीकी से देखा जाये तो हंसने की बात निकलती है। थुल-थुल लाला जी के फिसलने में एक सहायिका उनकी तोंद भी थी, जिसके साथ दूसरों को चूसने का अच्छा-खासा अतीत जुड़ा हुआ है। असमानता का यह अहसास हमें यह तो याद दिलाता ही है कि हम उन जैसे नहीं हैं, लेकिन एक ही झटके में उसे तिरोहित कर उदात्तीकृत कर देता है। तोंद से संबद्ध शोषण की अतीत गाथा हमारी विचार-प्रक्रिया से टकराती है और हास्य में अंतर्निहित व्यंग्य धीरे-धीरे उभरने लगता है। इसे हम हास्यात्मक व्यंग्य कहेंगे।

यदि कोई व्यंग्यकार इस घटना में अपनी कल्पना, विचार-भावना और बुद्धि का योग देकर इस चित्र को कुछ इस तरह से खींचे कि मोटे मंत्री जी हाथ में फाइलें दबाये कैबिनेट की मीटिंग अटैंड करने की फुर्ती में हैं कि फिसल गये। खादी के कुरते के नीचे मिल के रेशम की बनियान झांकने लगी, फाइलों में से फिल्मी पत्रिका गिर पड़ी, कुरते की जेब से विदेशी पेन सरक गया, एक तरफ बत्तीसी जा गिरी—हंसी तो इस चित्र को पढ़-देखकर भी आयेगी किंतु हम इसे व्यंग्यात्मक हास्य कहेंगे।

हास्य व्यंग्य के उत्स और उनके आपसी संबंधों की बात साथ-साथ चल रही है। उत्स के बारे में एक बात और कह देंगे जो प्रकारांतर से पिछली बात का विस्तार ही है। युग बदलता है, परिस्थितियां बदलती हैं, परिवेश बदलता है किंतु कुछ क्षेत्रों में परंपराएं और रूढ़ियां नहीं बदल पातीं। पुरानी मूल्य-व्यवस्था से जकड़न नहीं टूट पाती। नये परिवेश में वे अपनी उपयोगिता खो चुकती हैं, अतः विद्रूपित हो जाती हैं। यह विद्रूप भी हास्य-व्यंग्य का जन्मदाता होता है, क्योंकि इसके कारण अनेक प्रकार की विसंगतियां, विडंबनाएं और सामाजिक विकार

परिलक्षित होने लगते हैं। जिस समाज में विसंगतियां और असमानतापरक विडंबनाएं जितनी अधिक होंगी, उतनी ही वहां हास्य और व्यंग्य की संभावनाएं होंगी।

विसंगतियों और विडंबना-विकारों के रहते कोई भी व्यंग्य हास्यशून्य नहीं हो सकता और कोई भी हास्य व्यंग्य के बिना अस्तित्व नहीं रख सकता। हास्य से हमारा अभिप्राय मसखरेपन, मजाक या जोकरी से नहीं है, हास्य से हमारा तात्पर्य है—हास्यात्मक व्यंग्य।

सम्मान्य समीक्षकों को हास्य-व्यंग्य के अंत:संबंधों पर पुनर्विचार करने की अदना राय के साथ हास्य-व्यंग्य के ये संकलन सामने हैं। इनमें कहीं भी आप हंसने से वंचित नहीं होंगे, साथ ही व्यंग्य की मार से भी बच नहीं पायेंगे।

—(डा०) गिरिराजशरण अग्रवाल

क्रम

चमत्कार

○

उपेन्द्रनाथ अश्क

पात्र

तुर्की टोपीवाला
लंबी चोटीवाला
कृपाणवाला
घंटीवाला
सफेद दाढ़ीवाला
अन्य राह-चलते लोग

स्थान : एक बड़े नगर का एक बड़ा बाजार
समय : दिन

[रंगमंच के बायें कोने में 'बाइबिल सोसायटी' का महराबदार दरवाजा है। महराब के ऊपर बड़े-बड़े सुंदर अक्षरों में लिखा है :

"यीसू मसीह ने कहा, 'उठ !' और कुमारी उठ बैठी !"

यह बाइबिल सोसायटी एक बड़े खुले बाजार में है। रंगमंच के दायें कोने में बाइबिल सोसायटी के साथ की दुकान का आधा बोर्ड (जिसपर उप्पल एंड कंपनी लिखा हुआ है) और दरवाजे का आधा भाग साफ दिखाई देता है। बाइबिल सोसायटी और उप्पल एंड कंपनी की सीमाएं स्टेज के मध्य आकर मिलती हैं। बाइबिल सोसायटी की बिल्डिंग का रंग लाल है और दूसरी दुकान का मोतिया। दोनों दुकानों के आगे फुटपाथ है, जिसपर बिजली का एक खंभा भी उप्पल एंड कंपनी के सामने दिखाई देता है। फुटपाथ के इस ओर बायें से

दायें अथवा दायें से बायें का जानेवाली तारकोल की सड़क है।

पर्दा उठने पर बाजार साधारण रूप से चलता दिखाई देता है। लोग अपने ध्यान में मग्न उधर से इधर और इधर से उधर आ-जा रहे हैं। एक फैशनेबुल लेडी उप्पल एंड कंपनी के दरवाजे में प्रवेश करती है। एक डाकिया बाइबिल सोसायटी के दरवाजे में से बाहर आता है।

कुछ क्षण बाद बायीं ओर से एक दुबला-पतला व्यक्ति सिर पर तुर्की टोपी रखे, गले में खुले गले की मैली-फटी कमीज और कमर में टखनों से ऊंचा, कदरे तंग, घुटनों पर (निरंतर पहने रहने के कारण) कुछ आगे को बढ़ा हुआ उटंग पायजामा पहने, सिगरेट के एक खाली टीन के बक्स को रस्सी से खींचता हुआ प्रवेश करता है और दोनों दुकानों के मध्य आ खड़ा होता है।

पल-भर के लिए वह राह-चलते लोगों को देखता है, फिर ऊंचे स्वर से बाइबिल सोसायटी के दरवाजे पर लिखे हुए मॉटो (Motto) को पढ़ता है।]

टोपीवाला : यीसू मसीह ने कहा, "उठ !" और कुमारी उठ बैठी। (सोसायटी के दरवाजे की ओर देखकर) बुलाओ अपने यीसू मसीह को कि मेरी इस मुर्दा मछली को जिंदा करे। (फिर दांत पीसते हुए, मुंह चिढ़ाकर और राह-चलतों को सुनाकर) यीसू मसीह ने कहा, "उठ !" और कुमारी उठ बैठी। (फिर दरवाजे की ओर देखकर) बुलाओ अपने उस मसीह को कि इस मुर्दा मछली को जिंदा करे।

[उसकी आवाज सुनकर तीन-चार राह-चलते इकट्ठे हो जाते हैं, जिनमें एक लंबी चोटीवाला भी है।]

टोपीवाला : (पूर्ववत् राह-चलतों को सुनाकर) मसीह की सबसे बड़ी करामात यह थी कि वो मुर्दों को जिंदा कर देते थे। उन्होंने जेरस की मुर्दा बेटी को छुआ और वो उठ बैठी। तो वो क्यों आकर मेरी इस मुर्दा मछली को नहीं जिलाते। (दरवाजे की ओर देखकर) निकालो अपने उस मसीह को कि मेरी इस मुर्दा मछली को जिंदा करे।

[कुछ और लोग आ जाते हैं, जिनमें एक कृपाणवाला

भी है।]

चोटीवाला : (आगे बढ़कर) क्यों भाई, क्या बात है ?

टोपीवाला : 'अल मुबल्लिग' में मैंने एक मारके का मजमून लिखा था, जिसमें ईसाई मजहब की बुनियादी खामियों पर दलील के साथ बहस की थी। मेरे इस लेख का कोई माकूल[1] जवाब देने के बदले (सोसायटी के दरवाजे की ओर देखकर) पादरी बधावाराम ने अपने अखबार में रसूले-पाक की करामातों पर एतराज किया है। मेराज[2] की असलियत को समझना पादरी बधावाराम के बस की बात नहीं। कौन नहीं जानता कि खुदाबन्दे करीम ने अपने रसूल को सातों आसमानों की सैर करायी और वो भी इतने कम अर्से में कि जिस दरवाजे से रसूले-पाक गये थे, उसकी कुण्डी उनके वापस आने पर अभी हिल रही थी। इस मोजजे[3] के कई मतलब निकल सकते हैं, लेकिन उनपर गौर करने की बजाय पादरी बधावाराम ने ओछे और लगव[4] एतराज किये हैं।

कृपाणवाला : पर मियां, इस टीन के डिब्बे में क्या है ?

टोपीवाला : मछली।

कृपाणवाला : मछली !

टोपीवाला : हां, मुर्दा मछली ! मैं पादरी बधावाराम को चैलेंज देने आया हूं कि अगर सचमुच यीसू मसीह में यह ताकत थी कि वे मुर्दों को जिंदा कर देते थे और अगर सचमुच वो खुदा के बेटे थे, तो पादरी बधावाराम अपने उस खुदा के बेटे को बुलाये कि वो आकर मेरी इस मुर्दा मछली को जिलाये और अपनी मसीहाई का सुबूत दे।

चोटीवाला : पादरी बधावाराम ! (चोटी पर हाथ फेर और हंसते हुए अपने पास खड़े एक-दूसरे लंबी चोटीवाले साथी से) अरे ! यह वही बधावाराम है, जिसे हमने शुद्ध किया था परंतु जो हमारे कठिन सिद्धांत पर पूरा न उतर सका था।

[पादरी बधावाराम सोसायटी के दरवाजे से झांकते हैं।]

: (पादरी की ओर देखकर) हां पादरी साहब, बुलाइये अपने खुदा के बेटे को कि वह अपना चमत्कार दिखाकर इस मरी हुई

१. माकूल—युक्तियुक्त। २. मेराज—पराकाष्ठा।
३. मोजजा—चमत्कार। ४. लगव—लचर।

मछली को पुनः जीवन प्रदान करे (लोगों को सुनाकर) यदि भगवान अमर और सर्वव्यापक हैं तो भगवान का पुत्र अमर और सर्वव्यापक क्यों न होगा और क्यों न यहां आकर इस मुर्दा मछली को जीवित करेगा।

[कुछ लोग भीड़ में आकर सम्मिलित हो जाते हैं। लंबी सफेद दाढ़ी वाला एक वृद्ध चुपचाप भीड़ के एक ओर खड़ा तमाशा देखने लगता है।

एक हाथ में बैग उठाये और दूसरे में घंटी लिए एक व्यक्ति सबसे पीछे आकर खड़ा हो जाता है।]

टोपीवाला : (घंटीवाले को देखकर नारा लगाता है।) आये खुदा का बेटा और मेरी इस मुर्दा मछली को जिंदा करे।

[पादरी बधावाराम फिर अंदर चले जाते हैं।]

चोटीवाला : (शिखा पर हाथ फेरते हुए) एक सभा में पादरी बधावाराम ने आर्यसमाजियों को मूस-पंथी कहा था—चूहे को शिवलिंग पर से प्रसाद उड़ाते हुए देखकर महर्षि को जो दैवी प्रेरणा मिली थी, उसका उपहास उड़ाते हुए उनके व्यक्तित्व की निंदा की थी। (भाषण देने के अंदाज में हवा में हाथ घुमाते और एड़ियां उठाते हुए) महर्षि दयानंद्र पूर्ण ब्रह्मचारी थे, उनके मुख पर अद्भुत, अलौकिक तेज और उनके अंगों में अपार शक्ति थी। अपने योगबल से वे ऐसी आश्चर्यजनक बातें कर सकते थे, जो दूसरों को चमत्कार मालूम होती थीं। जालंधर में टिक्का साहब की गाड़ी को उन्होंने पीछे से पकड़ लिया। घोड़े शक्ति लगाकर थक गये। लेकिन वह तो ब्रह्मचारी का बल था, टस से मस न हुई गाड़ी। चमत्कार यह होता है। इसे बुद्धि स्वीकार करती है, परंतु···

कृपाणवाला : (जोश में आगे बढ़कर) इन्हीं पादरी साहब ने हमारे बाबा साहब बाबा गुरु नानक के चमत्कारों की भी आलोचना की थी और मोदीखाने की बात को लेकर उनका मजाक उड़ाया था। वे तो सत्यावान[1] पुरुष थे। ननकाना साहब के लोग इस बात को अच्छी तरह जानते हैं। गुरु साहब के बहनोई जयगोपाल लोधी सुल्तान के यहां नौकर थे। सच्चे पादशाह के पिता कालूराम ने अपने पुत्र को आवारा समझकर जयगोपाल से

१. सत्यावान—शक्तिशाली

कहा, "भाई, यह तो साधु-संतों की संगति में रहकर आवारा और निकम्मा हो रहा है। इसे कहीं ठिकाने पर बैठाओ।" जयगोपाल ने सच्चे पादशाह की सिफारिश करके उन्हें मोदीखाने में नौकर करवा दिया। बाबा ठहरे दरियादिल फकीर—वो क्या जानते हिसाब-किताब, जो भी उनके दरवाजे पर आता खाली हाथ न जाता, साधु-संत, पीर-फकीर सब मोदीखाने से मनमानी खैरात पाने लगे। होते-होते यह खबर सुल्तान लोधी तक जा पहुंची कि तुम्हारा तो मोदीखाना ही लुटा जा रहा है। बस, सुल्तान ने जांच-पड़ताल का हुकुम दिया। मोदीखाने का हिसाब होने लगा। गुरु साहब तराजू लेकर तोलने लगे। एक-दो, तीन-चार···तेरह पर जाकर रुके, आगे गिनने के बदले उन्होंने तेरह···तेरा···मैं तेरा··· मैं तेरा का पाठ शुरू कर दिया। सारा मोदीखाना तुल गया और जितना गुरु साहब के चार्ज में दिया था, उससे भी अधिक निकला (दरवाजे की ओर देखकर) पादरी बधावाराम एक जलसे में कह रहे थे, "यह कैसे संभव हो सकता है?" मैं उनसे पूछता हूं, यीसू मसीह ने किस तरह रोटी के दो टुकड़ों और तीन मछलियों को बरकत देकर उनसे अपनी सहस्रों भेड़ों की भूख मिटायी थी और सबके खा चुकने पर भी छह टोकरे-भर रोटियां और मछलियां बच रही थीं?

टोपीवाला : (नारा लगाता है।) आये मसीह और मेरी इस मुर्दा मछली को जिंदा करे!

घंटीवाला : (घंटी बजाता और भीड़ को चीरकर आगे आता हुआ) मैं मछली जिंदा करता हूं! मैं मछली जिंदा करता हूं!!

[लोग चकित-से उनकी ओर देखते हैं।]

: (पूर्ववत् घंटी बजाता और आगे बढ़ता हुआ) मैं मछली जिंदा करता हूं! मैं मछली जिंदा करता हूं!!

[भीड़ के मध्य आकर यही आवाज लगाता हुआ घूमता है, जिससे एक छोटा-सा गोल घेरा बन जाता है। तुर्की टोपीवाले मियां साहब और घंटीवाले महोदय इस घेरे के मध्य रह जाते हैं।

घंटीवाले ने महीन मलमल का कुर्ता पहन रखा है, जिसमें से जालीदार बनियान झलक रही है। कमर में उसने महीन धोती बांध रखी है। पांव में बढ़िया चमचमाते पम्प-शू हैं। शरीर हृष्ट-पुष्ट और मूंछें लंबी और

नोकों पर ऊपर को मुड़ी हुई हैं। आंखों में ऐसी चमक है, जो उसके चातुर्य का पता देती है, उसकी तुलना में तुर्की टोपीवाला महज एक भिखारी दिखाई देता है।

घंटीवाला घेरे के मध्य अपना बैग रख देता है और एक बार फिर घंटी बजाता हुआ घेरे में चक्कर लगाता है।]

: मैं मछली जिंदा करता हूं, मैं मछली जिंदा करता हूं, मैं मछली जिंदा करता हूं ! (क्षण-भर केवल घंटी बजाता है।) इसी क्षण आपके देखते-देखते इस मछली को, इस मुर्दा मछली को जिंदा कर दूंगा, सिर्फ मुझपर भरोसा रखिये—मुझपर विश्वास रखिये।

दाढ़ीवाला : (अपनी सफेद दाढ़ी पर हाथ फेरता हुआ, जैसे अपने-आपसे) हम लोगों में विश्वास ही की तो कमी है।

घंटीवाला : (एक बार फिर घंटी बजाता हुआ) लेकिन मेहरबान, इससे पहले कि मैं इस मुर्दा मछली को जिलाऊं, मैं मुर्दा इंसानों में जान डालना चाहता हूं। मेहरबान ! आदमी उस परमात्मा, उस वाहे गुरु, उस खुदा की सृष्टि में सबसे बड़ी, सबसे उत्तम रचना है। उसके प्राण सहस्रों-सहस्रों ही नहीं, लाखों मछलियों के प्राणों से मूल्यवान हैं। मछली को जिलाने से पहले मैं उन नीम-मुर्दा इंसानों को जिंदा करना चाहता हूं।

कृपाणवाला : इंसानों को !

घंटीवाला : मेहरबान ! आज जिंदा इंसान कहां हैं ? सौ में से किसी एक के चेहरे पर जिंदगी की झलक दिखाई देगी—पीले जर्द चेहरे, थकी उदास आंखें, सूखे-सड़े ठठरी-से शरीर ! ये जीते-जागते इंसान हैं ? मेहरबान, ये चलते-फिरते मुर्दे हैं—वो दम-खम, वो बल-वीर्य, वो साहस और हिम्मत अब कहां है ? (घंटी बजाकर) मेहरबान ! ऐसा क्यों न हो ? आज वही चीजें हमारी पहुंच से बाहर हैं, जो हमारे जीवन के लिए सबसे जरूरी हैं। (और भी ऊंचे स्वर में छाती पर हाथ रखते हुए) मेहरबान ! कितने लोग हैं, जो सीने पर हाथ रखकर कह सकते हैं कि वे शुद्ध दूध और घी प्रयोग करते हैं ? खालिस दूध-घी जनता के लिए ऐसी नियामत बन गया है, जिसका पाना परलोक में संभव हो तो हो, इस लोक में संभव नहीं।

दाढ़ीवाला : सच है भाई, सच है !

[बाजार चलता रहता है, लोग आते-जाते रहते हैं।]

घंटीवाला : दूध-घी दूर, हमें तो स्वच्छ जलवायु भी प्राप्त नहीं। यह मछली

मुर्दा है। क्यों? इसलिए कि यह पानी के बाहर है। इसे इसका भोजन प्राप्त नहीं। हममें से अधिकांश जीते जी मुर्दा हैं। क्यों? इसलिए कि हमें हमारी खुराक नहीं मिलती। गांवों में जाइये। अब भी आपको छह-छह, सात-सात फुट ऊंचे, ३७-३७ इंच चौड़े सीनोंवाले जवान मिलेंगे। स्वच्छ वायु, शुद्ध दूध-घी और निर्मल जल—कौन है माई का लाल, जो सीने पर हाथ मारकर इस बात का दावा कर सकता है कि उसे ये सब प्राप्त हैं!

[सफेद दाढ़ीवाले वृद्ध प्रभावित होकर सिर हिलाते हैं कि ठीक है भाई, तू जो कह रहा है सच कह रहा है।]

घंटीवाला : (घंटी को फिर एक बार बजाता हुआ) लेकिन मेहरबान! यह गरीब जानवर अपनी मौत का आप जिम्मेदार नहीं। इसे तो मियां साहब नदी से पकड़ लाये हैं। इसका बस चलता तो यह अपने हाथों अपने जीवन को न जाने देता, लेकिन ये हमीं इंसान हैं, जो अपने जीवन के अमूल्य सार को, अपने हाथों अपने बचपन या जवानी में गंवा देते हैं। मेहरबान! जो भोजन हम खाते हैं, उसका रस बनता है, रस से रक्त, रक्त से मांस, मांस से चरबी, चरबी से हड्डी और हड्डी से गूदा और इस गूदे से वह जौहर बनता है, जिससे हमारे मन-मस्तिष्क को शक्ति मिलती है; जिससे पुरुष पुरुष कहलाता है। यही वह रत्न है, जो हम अपनी मूर्खता से, अपने बचपन अथवा युवावस्था में अपने हाथों खो देते हैं ओर चलते-फिरते मुर्दे दिखाई देते हैं। इस बात का श्रेय श्री गुरु महाराज श्री १०८ स्वामी आलोकानंद जी वैद्यराज को है कि उन्होंने जवानी के इस सार को कायम रखने और पुरुष को फिर से पुरुष बनाने के लिए वह नुस्खा हासिल किया है, जिसके सेवन से मरे से मरा मनुष्य भी जवानी की अंगड़ाई लेकर जाग उठता है।

[फिर घेरे में चक्कर लगाता है।]

घंटीवाला : मैं मछली जिंदा करता हूं! मैं मछली जिंदा करता हूं!! (फिर अपने स्थान पर खड़े होकर घंटी बजाते हुए) मियां साहब, इस मछली को मेरे सामने ले आइये।

[मियां साहब बक्स को खींच उसके सामने लाते हैं।]

घंटीवाला : हां मेहरबान, इस मैदान में इस मछली को रख दीजिये। मैं पलक झपकते, आपके देखते-देखते, इसे जिंदा कर दूंगा। ऐसी-

ऐसी ओषधियां गुरु महाराज ने तैयार कीं कि प्राय मरते-मरते लोग उठ खड़े हुए। स प-काटे की एक अचूक औषधि मेरे पास है। मालवे और माझे के ऊसर इलाकों में बीसियों हृष्ट-पुष्ट जाट हर साल सांपों का शिकार हो जाते थे। गुरु महाराज के आदेश पर मैंने एक बार वहां जाकर दवा बांटी। क्या मजाल जो पिछले दस वर्ष में सांप-काटे से एक भी मौत उन इलाकों में हुई हो। (बैग से एक नीली-सी टिकिया निकालता है।) मेहरबान! जिस तरह लोहा लोहे से कटता है उसी तरह जहर का प्रभाव भी जहर ही से दूर होता है। गुरु महाराज कहा करते थे—"विष के मारने को विष महाबली है"—इसीलिए उन्होंने कई तरह के जहरों को सांप के विष में खरल करके, दिन-रात के परिश्रम के बाद, यह टिकिया तैयार की। जहां कहीं सांप, बिच्छु, कनखजूरा, मधूमक्खी, भिड़ या कोई दूसरा विषैला जानवर काट जायें, थूक अथवा पानी में घिसकर इसे लगा दीजिये। मिनटों में जहर का असर दूर हो जायेगा। (घंटी बजाता हुआ) जिस भाई को जरूरत हो हाथ उठाये। गुरु महाराज ने कहा था, "बेटा, जिंदगी देना पर दाम न लेना!" इस टिकिया की कीमत लेना मेरे लिए हराम है! (बैग से चन्द और टिकियां निकालता है।) जिस-जिस भाई को जरूरत हो हाथ उठाये।

[टिकियां बांटने लगता है। धीरे-धीरे सबके सब हाथ उठा देते हैं।]

घंटीवाला : (रुककर) आप सब लोगों ने हाथ उठा दिये (छोटे-छोटे दो लड़कों की ओर देखकर) यह कोई मिठाई की टिकिया नहीं, जहर की टिकिया है।

[लोग हंसते हैं—लड़के लज्जित होकर हाथ नीचे कर लेते हैं।]

घंटीवाला : मेहरबान! इस तरह काम नहीं चलेगा। उन लोगों को, जिन्हें दवा की जरूरत है, दूसरे लोगों से अलग करने का एक गुर श्री गुरु महाराज हमें बता गये हैं। (घंटी बजाते हुए) देखिए मेहरबान! इस टिकिया की कीमत चार आने है, इंसान की जान का मोल लाखों रुपये से भी अधिक है, लेकिन उस जान को बचानेवाली इस टिकिया के दाम सिर्फ चार आने हैं। गुरु जी ने कहा था, "बेटा, जिंदगी देना पर दाम न लेना।"

दोस्तो ! ये चार आने दाम नहीं, यह सिर्फ लागत है।···इस टिकिया की कीमत सिर्फ चार आने है, अब जिन सज्जनों को जरूरत हो हाथ उठायें।

[कुछ लोग हाथ गिरा देते हैं, कुछ इस असमंजस में हैं कि हाथ उठाये रखें या न रखें। उन्हींको संबोधित करके।]

घंटीवाला : चार आने। इस टिकिया के दाम सिर्फ चार आने हैं। जिन्हें जरूरत हो वही हाथ उठायें।

[केवल पांच-छह व्यक्ति हाथ उठाये रखते हैं, शेष गिरा देते हैं।]

घंटीवाला : लाइए जनाब, चार-चार आने ! (पैसे इकट्ठे करते हुए) लेकिन हाथ उठाये रखियेगा मेहरबान !

[सब पैसे इकट्ठे कर लेता है और बड़ी उदारता से मुस्कराता है।]

घंटीवाला : (हाथ के पैसों को देखते हुए) देखिये, जिन मेहरबानों को जरूरत थी, उन्होंने दाम देकर भी दवा खरीद ली। दोस्तो ! आपको सचमुच जरूरत है। लीजिये, पैसे भी लीजिये और टिकिया भी लीजिये।

[जिन-जिन लोगों ने पैसे दिये थे, उनको पैसे और टिकिया दोनों देता है।]

घंटीवाला : (फिर अपनी जगह आकर उसी उदार मुस्कान के साथ) गुरु महाराज ने कहा था, "बेटा, जिंदगी देना पर दाम न लेना।" (जोर से घंटी बजाते हुए) हां, तो मियां जी, आप ही इस मछली को लाये हैं न ?

टोपीवाला : जी, मैं ही लाया हूं।

घंटीवाला : जिंदा लाये थे या मुर्दा ?

टोपीवाला : मुर्दा ?

घंटीवाला : (एक विचित्र आत्म-विश्वास के साथ) देख लीजिये जिंदा तो नहीं हो गयी।

टोपीवाला : (मछली को उठाकर वहीं रखते हुए) नहीं जी, मुर्दा है।

घंटीवाला : (भीड़ को संबोधित करके) मेहरबान ! गुसाईं तुलसीदास जी कह गये हैं, "जो गुरु मिले बिरंचि सम मूरख हृदय न चेत···" कारण क्या है ? मेहरबान, यही कि मूर्ख को अपनी बात के अलावा किसी दूसरे की बात पर विश्वास नहीं होता और

"अक्लमंदां रा इशारा काफी अस्त।" (घंटी बजाता हुआ दायरे में चक्कर लगाता है।) विश्वास कीजिये मेहरबान, यह मछली जो इस वक्त इस टीन के डिब्बे में मुर्दा पड़ी है, जिंदगी की तड़प से उछल-उछल पड़ेगी। स्वयं गुरु महाराज अपनी जवानी में एक बार इसी मछली की तरह बेजान-से हो गये थे। उन्होंने स्वयं एक बार बताया था कि संन्यास लेने से बहुत पहले, बचपन की कुटेबों के कारण, जवानी ही में वे अपने पुरुषत्व का खात्मा कर बैठे थे। हकीमों-डाक्टरों से निराश होकर वे पहाड़ों की ओर निकल गये थे कि संभव है, उन्हें कोई पहुंचा हुआ संन्यासी मिल जाये तो उनकी आशा पूरी हो। सितम्बर, १८५२ की बात है मेहरबान! वे गढ़वाल के प्रसिद्ध नगर कर्णप्रयाग में पहुंचे। वहां एक सराय में उन्हें एक देवता-स्वरूप साधु के दर्शन हुए, जिन्होंने न केवल उन्हें पुनः जीवन का दान दिया, बल्कि आयुर्वेद के प्रति वह अटूट श्रद्धा प्रदान की कि बाद में गुरु महाराज ने जनता की सेवा के लिए संन्यास धारण कर लिया और हजारों बल्कि लाखों रोगियों को शक्तिशाली और वीर्य्यवान बनाकर उन्हें दोबारा जीवन की होड़ में बाजी मारने के योग्य बना दिया। (बाइबिल सोसायटी की मेहराब पर लिखे हुए वाक्यों को देखकर) यीसू मसीह ने कहा, "उठ!" और कुमारी उठ बैठी! शायद उनके हाथ में, उनके परस ही में मसीहाई थी, उनके छूने ही से मुर्दे जी उठते थे, लेकिन यह भी कौन कह सकता है कि उनके पास कोई ऐसी ही अचूक दवा न होगी, जिससे मुर्दे तक जिंदा हो उठे। ऐसी ही दवा उस पहुंचे साधु ने गुरु महाराज को प्रदान की। (बैग से सुनहरी गोलियों की एक शीशी निकालता है।) यह वह अचूक दवा है! (घंटी बजाकर) गढ़वाल की यात्रा की याद में गुरु महाराज ने इनका नाम 'गढ़वाली गोलियां' रखा है। इन गोलियों के सेवन से स्वयं गुरु महाराज न केवल १०५ वर्ष तक जीवित रहे, बल्कि वृद्धावस्था में भी जवानों से अधिक शक्ति रखते थे। उनकी आंखों की ज्योति इतनी तेज थी कि दस फुट तो क्या, बीस फुट के फासिले से चार्ट पढ़ सकते थे और उनकी बत्तीसी मरते दम तक कायम रही। (जोर-जोर से घंटी बजाता है।) न सिर्फ यह, बल्कि गुरु महाराज ने असली नुस्खे में और कई जड़ी-बूटियां मिलाकर इसे सब तरह की कम-

जोरियों के लिए लाभदायक बना दिया है। कभी शरीर में चोट लग जाय और आदमी कमजोरी महसूस कर रहा हो, आंखों में अंधेरा छाया जा रहा हो और बेहोशी की हालत तारी हो··· मेहरबान ! गर्म दूध में एक गोली घोलकर दीजिये, फौरन ताकत की लहर-सी शरीर में दौड़ जायेगी ! काम की ज्यादती या गिजा की कमी के कारण दिमाग कमजोर हो गया हो, रात को नींद न आती हो, स्मरणशक्ति मंद पड़ गयी हो; चीजें रखकर भूल जाते हों; मस्तक में हल्का दर्द रहता हो; नसें कमजोर हो गयी हों—सात दिन सुबह-शाम दूध के साथ इन गढ़वाली गोलियों का सेवन कीजिये और फिर देखिये कि यह दवा मसीहाई का असर रखती है या नहीं। फिर वो लोग, जो अपने बचपन या जवानी में अपनी नादानी से अपने जीवन का अमोल रत्न गंवा बैठे हों, जिन्हें जिंदगी से, खूबसूरती से, जवानी से नफरत हो गयी हो, जो शर्म से किसीसे अपने दिल की बात न कह सकते हों, कमजोरी का घुन जिन्हें अंदर-ही-अंदर खाये जाता हो, यदि इक्कीस दिन तक सुबह-शाम इस टानिक का सेवन करें तो उनकी नसों में जिंदगी का लोहू बाढ़ पर आयी हुई नदी की तरह दौड़ने लगेगा—इतना कि संयम से काम लेना उसके लिए कठिन हो जायेगा। उनकी सब सुस्ती दूर हो जायेगी। जिंदगी उन्हें प्यारी लगने लगेगी और जीने को उनका जी चाहेगा (बैग से और शीशियां निकालते हुए) गुरु महाराज कहा करते थे····"बेटा, जिंदगी देना पर दाम न लेना।" मेहरबान ! मेरे पास इस रसायन की सिर्फ कुछ ही शीशियां बाकी रह गयी हैं। जिन भाइयों को जरूरत हो, हाथ उठायें !

[बहुत-से लोग हाथ उठा देते हैं।]

घंटीवाला : (हंसता है।) आप सब लोगों को जरूरत है ! काश, मेरे पास इतनी शीशियां होतीं। आप लोगों में से जिनको बेहद जरूरत हो, वही हाथ खड़े रखें। नहीं तो किसी को भी न मिलेगी।

[कुछ हाथ गिर जाते हैं।]

घंटीवाला : (एक दृष्टि उठे हुए हाथों पर डालकर) नहीं, अभी नहीं ! दोस्तो, मेरे पास बहुत कम शीशियां हैं। जिन्हें बेहद जरूरत हो, वही हाथ उठायें।

[दो-चार हाथ और गिर जाते हैं।]

घंटीवाला : मेहरबान ! मुझे गुरु महाराज का बताया हुआ गुर आजमाना

पड़ेगा। जरूरतवालों को दूसरों से अलग करने का ढंग गुरु महाराज ने मुझे बता रखा है। (घंटी को एक बार जोर-जोर से बजाकर) इस संजीवनी की एक शीशी का मोल है—एक रुपया ! एक पखवारे की दवा—तीस गोलियां इस शीशी में बंद हैं। अब जिस भाई को जरूरत हो हाथ उठायें !

[कुछ और हाथ गिर जाते हैं।]

घंटीवाला : एक रुपया ! जिंदगी बख्शने वाली इस दवा की कीमत सिर्फ एक रुपया ! (एक देहाती नवयुवक से) क्यों बे, तेरे पास रुपया है ? (खिसियानी-सी हंसी के साथ नवयुवक हाथ नीचे कर लेता है)
(शेष को गिनता हुआ) एक, दो, तीन, चार···दस ! ओह ! शीशियां मेरे पास सिर्फ नौ हैं। (चोटीवाले से) क्यों ब्रह्मचारी जी, आपको क्या जरूरत पड़ गयी ?

चोटीवाला : (खिन्न होकर) मेरे एक मित्र को चाहिए।

घंटीवाला : (जैसे अपने-आपसे) गुरु महाराज ने कहा था, "बेटा, जिंदगी देना पर दाम न लेना।" (जोर से) यह एक रुपया इन गोलियों की कीमत नहीं, सिर्फ लागत है। गढ़वाल के पहाड़ों से अनमोल जड़ी-बूटियां मंगाकर यह दवा तैयार की जाती है। जनता के फायदे लिए इसे महज लागत पर बांटा जा रहा है (एक बार जोर से घंटी बजाता हुआ दायरे में चक्कर लगाता है।) जिंदगी बख्शनेवाली इन तीस गोलियों की कीमत सिर्फ एक रुपया है। (क्षण-भर चुप खड़ा रहता है।) मैं फिर एक बार कहता हूं, इस बार रुपया वापस न किया जायेगा।

[कोई हाथ नीचे नहीं गिरता।]

घंटीवाला : तो लाइये एक-एक रुपया !

[रुपये इकट्ठे करता है।]

घंटीवाला : जिन मेहरबानों ने रुपया दिया है, वो कृपाकर अपने हाथ खड़े रखें (तुर्की टोपीवाले से) मियां जी, देखिये इस बैग में अगर एक शीशी और हो। (श्रोताओं से) मैंने अपने लिए रख छोड़ी थी, लेकिन गुरु महाराज कहा करते थे, "बेटा, किसी दूसरे की जान बच रही हो तो अपने प्राणों का मोह न करना।"

[मियां जी शीशी निकाल लाते हैं और वह सब शीशियां बांट देता है।]

घंटीवाला : मेहरबान, मैं आप लोगों का आभारी हूं कि आपने इतना समय

मुझे दिया। भगवान से मेरी यही प्रार्थना है कि यह संजीवनी आपको जीवन का सच्चा सुख प्रदान करे !

[बैग उठाकर चलने को होता है ।]

चोटीवाला : (शीशी को एक बार इधर-उधर से देखकर) परंतु मुझें तो यह औषधि नहीं चाहिए ।

कृपाणवाला : लेकिन भाई, वह मछली···

घंटीवाला : (जाते-जाते रुककर) गढ़वाली गोलियां पत्थर तक में जान पैदा कर सकती हैं, फिर मछली तो चीज ही क्या है, लेकिन मेहर-बान ! मछली दूध के साथ गोलियां नहीं निगल सकती । मियां जी ! चलिये, इसे हमारे औषधालय में ले चलिये, वहां हम नदी का स्वच्छ जल मंगायेंगे और यदि परमात्मा ने चाहा तो इसे अवश्यमेव जीवन प्रदान करेंगे ।

[आगे-आगे बैग उठाये घंटीवाला चलता है और पीछे-पीछे क्रीत दास की भांति मियां जी हो लेते हैं ।]

चोटीवाला : (कुर्ते की आस्तीनें चढ़ाता हुआ) मैं लुटेरे को मजा चखा दूंगा ।

[भवें चढ़ाये उनके पीछे चला जाता है । भीड़ छंट जाती है । रंगमंच पर केवल सफेद दाढ़ीवाला रह जाता है। कुछ क्षण बाइबिल सोसायटी के मॉटो को देखता रहता है, फिर जैसे अपने-आप मुस्कराता है ।]

दाढ़ीवाला : विश्वास पैदा करने की जरूरत है । चमत्कार क्या आज नहीं हो सकते !

[पर्दा गिरता है ।]

रिहर्सल

○

ओमप्रकाश 'आदित्य'

पात्र

एक बीमार स्त्री
वैद्य परमानन्द
किसान
अध्यापक
प्रोफेसर पांडुरंग
एक बालक
बालक के पिता, माता आदि।

[वैद्य परमानन्द का कमरा। वैद्य जी एक कुर्सी पर बैठे हैं। आगे पुरानी-सी एक मेज है। मेज पर कलम, दवात और कागज बेतरतीब बिखरे पड़े हैं। एक लम्बी शीशी रखी है जिसके लेबिल पर मोटे अक्षरों में 'अमर भास्कर चूर्ण' लिखा है। दायीं ओर एक बेंच है। परमानन्द एक पुरानी मोटी पुस्तक पढ़ने में व्यस्त हैं।आयु लगभग पचास वर्ष। आंखों पर चश्मा, लम्बी दाढ़ी, झुर्रीदार मूंछें हैं। एक अधेड़ उम्र की मॉडर्न ढंग से सजी स्त्री आती है और आकर बेंच पर बैठ जाती है।]

स्त्री : मैं बीमार हूं वैद्य जी !

परमानन्द : बीमार हो तभी तो यहां चली आयीं, नहीं तो क्यों आतीं ! बीमारी का विस्तारपूर्वक वर्णन कीजिए।

स्त्री : मेरा दिल धड़कता है (पहले दिल के दायीं ओर हाथ रखती है, फिर संभलकर बायीं ओर रखते हुए।)

परमानन्द : इस उम्र में ? लक्षण अच्छे नहीं हैं। हार्ट फेल हो सकता है।

स्त्री : सदा घबराहट महसूस करती हूं !

परमानन्द : यही तो मौत की निशानी है।

स्त्री : (और घबराकर) नींद बहुत कम आती है।

परमानन्द : (किताब बन्द कर मेज पर रखते हुए) आपका बचना मुश्किल है बहिन जी ! नब्ज दिखाइये।

स्त्री : (हाथ आगे बढ़ाते हुए) मेरी रक्षा कीजिये वैद्य जी, मैं अभी मरना नहीं चाहती।

परमानन्द : (नब्ज पकड़ते हुए) मरना तो कोई भी नहीं चाहता, लेकिन मैंने अपने रोगियों को अक्सर मरते देखा है। आपको सपने भी आते हैं ?

स्त्री : जी ! कभी-कभी।

परमानन्द : सपने में भूत भी दिखाई देते होंगे ?

स्त्री : (घबराकर सिर हिलाते हुए) भूत तो कभी नहीं···

परमानन्द : (नब्ज छोड़कर) आज दिखाई देंगे, ध्यान से देखियेगा।

स्त्री : आप मेरा कुछ इलाज कीजिये वैद्य जी।

परमानन्द : हृदय के भीतरी भाग पर चंदन का लेप कीजिये।

स्त्री : (आश्चर्य से) भीतरी भाग पर ?

परमानन्द : (शीशी से स्त्री के हाथ पर चूर्ण उड़ेलते हुए) जी ! यह अमर भास्कर ले जाइये। इसे इस तरह से खाइये कि पेट में न जाकर सीधा हृदय में जाये।

स्त्री : कोई परहेज भी है वैद्य जी ?

परमानन्द : परहेज ही तो असली इलाज है। आप पन्द्रह दिन तक खाना मत खाइये।

स्त्री : पन्द्रह दिन तक ?

परमानन्द : हां, दस दिन तक पानी मत पीजिये।

स्त्री : वैद्य जी, पानी···।

परमानन्द : मेरा मतलब ठंडा पानी मत पीजिये, उबालकर पीजिये।

[एक किसान द्वार पर आकर खड़ा हो जाता है।]

स्त्री : वैद्य जी, फिर कब आऊं आपकी शरण में ?

परमानन्द : कभी भी आइये, वैसे परमानन्द के पास जो एक बार होकर जाता है दोबारा लौटकर नहीं आता।

[स्त्री भयभीत मुद्रा में बनावटी हंसी हंसकर प्रस्थान करती है।]

किसान : (द्वार से ही हाथ जोड़कर परमानन्द की ओर आते हुए) राम-

राम जी वैद्य जी !

परमानन्द : (ध्यानपूर्वक किसान को देखते हुए) राम-राम ! आओ भाई ! तुम तो बीमार दिखाई देते हो।

किसान : (बेंच पर बैठते हुए) वैद्य जी। मैं नहीं, मेरी गाय बीमार है। दस दिन से न चारा खाती है न दूध देती है।

परमानन्द : तुम बीमार हो या तुम्हारी गाय, मेरे लिए एक ही बात है। लाओ नब्ज दिखाओ।

किसान : जी, नब्ज मैं दिखाऊं ?

परमानन्द : और कौन दिखायेगा ? गाय तुम्हारी बीमार है या किसी और की ? (नब्ज देखते हुए) गाय की हालत तो बहुत चिंताजनक है भाई। उसे शीघ्र चारा खिलाओ नहीं तो मरे बिना नहीं मानेगी।

किसान : वैद्य जी, यही तो रोग है उसे। वह चारा नहीं खाती।

परमानन्द : अच्छा ! (सोचकर) उसे उसीका दूध निकालकर पिलाओ।

किसान : वह दूध देती ही नहीं वैद्य जी !

परमानन्द : तुम पिलाओगे तो अवश्य देने लगेगी। (शीशी उठाकर) यह अमर भास्कर चूर्ण ले जाओ, गर्म पानी के साथ खा लेना।

किसान : जी ? मैं खाऊं या गाय को खिलाऊं ?

परमानन्द : (चूर्ण किसान के हाथ पर डालते हुए) तुम भी खा लेना, गाय को भी खिला देना। दोनों को लाभ पहुंचेगा।

[तेजी से हांफते हुए एक अध्यापक का प्रवेश। उम्र पैंतालीस, कुर्ता-पायजामा, जवाहरकट, पांव में साधारण चप्पल, कई दिन से शेव नहीं हुई दाढ़ी-मूंछ।]

अध्यापक : वैद्य जी ! शीघ्र चलिये। मेरा लड़का वेहोश हो गया है।

[किसान राम-राम करके प्रस्थान करता है।]

परमानन्द : आपका लड़का कितना बड़ा है उम्र में ?

अध्यापक : जी काफी बड़ा है।

परमानन्द : आपसे तो छोटा ही होगा।

अध्यापक : जी···मेरा तो लड़का ही है।

परमानन्द : नहीं, कई बेटे अपने बाप से भी बड़े हो जाते हैं। आप क्या काम करते हैं ?

अध्यापक : जी, काम तो कुछ नहीं करता, अध्यापक हूं।

परमानन्द : मैं भी तो पहले अध्यापक था। मेरे पढ़ाये हुए बच्चे जानवरों से भी ज्यादा समझदार होते थे।

अध्यापक : वैद्य जी ! जल्दी चलिये, यह बातों का समय नहीं है, मेरा लड़का···।

परमानन्द : (उठते हुए) चलिये, चलिये, यह अमर भास्कर चूर्ण की शीशी उठा लीजिये।

[अध्यापक शीशी उठाता है। दोनों का शीघ्रता से प्रस्थान ।]

दूसरा दृश्य

[प्रोफेसर पांडुरंग का कमरा । पांडुरंग कुर्सी पर बैठे हैं। मेज के एक कोने पर तीन पुस्तकें ऊपर-नीचे रखी हैं। वे दीवार पर नजर गड़ाये कुछ सोचने में व्यस्त हैं। उम्र बयालीस वर्ष । दाढ़ी फ्रेंचकट, मूछें साफ, आंखों पर मोटे फ्रेम का काला चश्मा, काला सूट और काली टाई पहने हैं ।

वही स्त्री आकर सामने की कुर्सी पर बैठ जाती है ।]

स्त्री : मैं बीमार हूं प्रोफेसर साहब !

प्रोफेसर : आपको भ्रम हो गया है, आप बीमार नहीं हैं।

स्त्री : मेरा हृदय धड़कता है ।

प्रोफेसर : हृदय तो मेरा भी धड़कता है, दुनिया में हर आदमी का धड़कता है। इसमें नयी बात क्या है ? हृदय का गुण ही धड़कना है।

स्त्री : घबराहट बहुत रहती है।

प्रोफेसर : यह आपके दिल की कमजोरी है, बीमारी नहीं।

स्त्री : यह कमजोरी कैसे दूर हो सकती है ?

प्रोफेसर : हिम्मत से । अभी ठीक किये देता हूं। आप सीधी होकर बैठिये ।

[स्त्री सतर्क होकर बैठती है ।]

प्रोफेसर : आंखें मूंद लीजिये ।

[स्त्री आंखें मूंदती है ।]

अब आप कहां हैं ?

स्त्री : आपकी दुकान में।

प्रोफेसर : ना, आप बीहड़ जंगल में हैं, मेरी दुकान में नहीं।

स्त्री : लेकिन यह तो आपकी दुकान है ।

प्रोफेसर : ना, महसूस कीजिये कि आप घने जंगल में हैं। हैं न आप जंगल में !

स्त्री : (सकपकाकर) जी···जी···हूं।

प्रोफेसर : (पहले धीमे, फिर धीरे-धीरे तेज स्वर में) भयानक जंगल, पेड़ों का अंधेरा, हाथियों का चिंघाड़, शेरों की दहाड़, और फिर··· सन्नाटा।

स्त्री : (घबराकर) जी···जी···प्रोफेसर साहब।

प्रोफेसर : शेर आपको देखकर दहाड़ता हुआ, छलांग लगाकर आपकी ओर बढ़ रहा है, उसकी आंखें जल रही हैं। नाखून कटार की तरह, दांत बिजली की तरह···।

स्त्री : (घबराहट और रुदन के स्वर में) जी···जी···जी···

प्रोफेसर : घबराइये मत, आंखें मत खोलिये, आप शेर से लड़िये। मैं आपको जिताऊंगा। लड़िये, लड़िये, लड़िये आप, लड़ रही हैं ना?

स्त्री : (घबराई आवाज में) जी, लड़ रही हूं।

प्रोफेसर : (हवा में घूंसा चलाते हुए) अब इसे घूंसे से मार दीजिये। उसके मुंह में हाथ डालकर उसके दांत तोड़ दीजिये। जल्दी कीजिये।

(थोड़ी देर रुककर) अभी मारा या नहीं?

स्त्री : (फूली सांस से) जी, मार दिया।

[आंखें खोलकर घबरायी नजर से इधर-उधर देखती है। द्वार पर किसान अभी आया है। उसे देखकर उचक पड़ती है—जैसे शेर दिखाई दे गया हो।]

प्रोफेसर : इसी तरह आप तूफान आये समुद्र में कूदीये, दुर्गम पहाड़ों पर चढ़िये, चम्बल की घाटी में डाकुओं का सामना कीजिये। आप का दिल लोहे की तरह मजबूत हो जायेगा।

स्त्री : पांडुरंग जी! मुझे डर है कि कहीं यहां बैठे-बैठे मेरा दिल धड़कना बंद न कर दे। मैं चलती हूं, नमस्ते!

[झटके के साथ उठकर तेजी से जाती है।]

प्रोफेसर : (एक ही सांस में) रास्ते-भर आंखें मूंदकर महसूस करती जाइये कि आप रानी लक्ष्मीबाई की तरह लड़ाई के मैदान में तलवार चलाती हुई बढ़ रही हैं।

किसान : (प्रवेश करते हुए) राम-राम परोफेसर जी!

प्रोफेसर : एक बात पहले ही ध्यान से सुन लो।

किसान : (पास आकर) क्या परोफेसर जी?

प्रोफेसर : तुम्हें किसी तरह की कोई बीमारी नहीं है।

किसान : मैं तो आपकी दुआ से आज तक कभी बीमार हुआ ही नहीं, पिछले दस दिनों से मेरी गाय बीमार है।

प्रोफेसर : गाय बीमार है तो तुम किसलिए आये हो ? गाय का इलाज क्या तुम्हारी शक्ल देखकर करूं ?

किसान : जी, वो न चारा खाती है न दूध देती है।

प्रोफेसर : गाय का चेहरा देखे बिना हम कुछ नहीं कह सकते। कल उसका चेहरा लेकर आना, फिर फेस रीडिंग करके बीमारी बतायेंगे।

किसान : परोफेसर जी ! चेहरा कैसे लाया जा सकता है, गाय को ही ले आऊंगा।

प्रोफेसर : (गुस्से से) गाय को ले आओगे ! यह दुकान है या गौशाला ? गाय का एक फोटो खिंचवाकर ले आना। जाओ, मेरा समय नष्ट मत करो।

[सत्रह-अट्ठारह वर्ष की एक लड़की का प्रवेश।]

लड़की : प्रोफेसर साहब ! चलिये, जल्दी चलिये, मेरा भाई बेहोश हो गया है।

प्रोफेसर : किस तरह ?

लड़की : एक घंटे से न बोलता है, न हिलता-डुलता है।

प्रोफेसर : यह कोई खास बीमारी नहीं है।

लड़की : कुछ लोग कहते हैं सन्निपात है।

प्रोफेसर : बिलकुल नहीं। सन्निपात उनको है जो ऐसा कहते हैं।

लड़की : एक डाक्टर ने डिप्थीरिया बताया है।

प्रोफेसर : ऐसे डाक्टर को बुलाया ही क्यों आपने ?

लड़की : जल्दी चलिये प्रोफेसर जी, मेरा दिल कांप रहा है।

प्रोफेसर : यह आपके दिल की कमजोरी है, डिप्थीरिया नहीं।

लड़की : डिप्थीरिया मुझको नहीं मेरे भाई को है। आप जल्दी चलिये।

प्रोफेसर : (बेंत उठाकर उठते हुए) चलिये, चलिये, घबराइये मत।

लड़की : आपका बैग ?

प्रोफेसर : मेरे दिमाग में है।

[दोनों का प्रस्थान]

तीसरा दृश्य

[अध्यापक का घर। बारह वर्षीय लड़का खाट पर

अचेत पड़ा है। सिरहाने की ओर वैद्य परमानन्द बैठे हैं, पैताने की ओर लड़के का पिता। लड़के की मां वैद्य जी के पास चिन्तित मुद्रा में खड़ी है।]

मां : वैद्य जी ! मेरे लड़के को बचाइये, नहीं तो मैं मर जाऊंगी।

परमानन्द : निश्चित रहिये। जब तक मैं दवाई न दूं, यहां कोई नहीं मर सकता !

मां : वैद्य जी किसी तरह इसे होश में लाइये, यह मेरा इकलौता पुत्र है।

परमानन्द : मैं भी अपने छोटे भाइयों के पैदा होने से पूर्व अपनी मां का इकलौता पुत्र था, लेकिन इतनी बुरी तरह कभी बेहोश नहीं हुआ।

पिता : इसे क्या हो गया है वैद्य जी ?

परमानन्द : यह बेहोश हो गया है।

मां : यह ठीक हो जायेगा न वैद्य जी !

परमानन्द : ठीक तो हो जायेगा, पर होश में नहीं आयेगा।

मां : (सिसकी लेते हुए) वैद्य जी !

पिता : ऐसा मत कहिये वैद्य जी, हम आपकी शरण में हैं !

[प्रोफेसर पांडुरंग तथा लड़की का प्रवेश।]

लड़की : वैद्य जी भी बैठे हैं प्रोफेसर साहब। पिता जी मुझसे पहले ही वैद्य जी को बुला लाये।

प्रोफेसर : (आगे बढ़कर वैद्य परमानन्द की ओर देखते हुए) कौन ? वैद्य परमानन्द ! यमराज का सगा भाई !

परमानन्द : और तुम्हारा चाचा। प्रोफेसर पांडुरंग, तुम वात-पित्त-कफ की तरह एक साथ ही क्यों चले आ रहे हो ?

प्रोफेसर : इसलिए कि तुम रोगी की नब्ज पकड़कर उसकी जान न ले लो।

[पांडुरंग दूसरी ओर सिरहाने बैठते हैं।]

पिता : इसकी डेढ़ घंटे से यही हालत है प्रोफेसर जी !

प्रोफेसर : मुझे इसका चेहरा देखने दीजिये।

परमानन्द : चेहरा देखकर इसकी तस्वीर बनाओगे ?

प्रोफेसर : चुप रहिये आप, मुझे सोचने दीजिये।

परमानन्द : चुप रहेगा वह जो बेहोश है, मैं चुप नहीं रह सकता। मुझे इसका इलाज करना है।

पिता : जल्दी कीजिये वैद्य जी।

मां : वैद्य जी, इसे ऐसी जड़ी सुंघाइये कि यह अभी खड़ा होकर बातें करने लगे।

परमानन्द : घर में देशी घी है ?

मां : गाय का है वैद्य जी।

परमानन्द : गाय का हो या बैल का, घी होना चाहिए।

प्रोफेसर : घी का क्या कीजियेगा ?

परमानन्द : प्रोफेसर पांडुरंग की खोपड़ी पर मलूंगा, जिससे उसका दिमाग ठीक काम करे।

प्रोफेसर : देखिये, आपके लड़के को कोई बीमारी नहीं है। आप परमानन्द जी की बातों में मत आइये।

परमानन्द : इनकी बातों में मत आइये जिससे ये ऊटपटांग बातें करके इसे डबल बेहोश कर दें।

प्रोफेसर : कौन कहता है कि यह बेहोश है ?

परमानन्द : सुनिये···

मां : डाक्टर जी ! यह बेहोश नहीं है तो फिर बोलता क्यों नहीं ?

प्रोफेसर : इसे आप एकान्त में लिटाइये।

पिता जा।

प्रोफेसर : और इससे कहिये कि महसूस करे कि बेहोश नहीं है।

परमानन्द : और इस लड़के से यह भी कह दीजिये कि जब तक होश में न आ जाये, तब तक इस प्रोफेसर की बातों पर ध्यान न दे।

मां : वैद्य जी ! डाक्टर जी ! मेरे बच्चे का ख्याल कीजिये। इस कुछ दवा-दारू दीजिये।

परमानन्द : यह लीजिये अमर भास्कर चूर्ण ! होश में आने पर इसे गर्म पानी के साथ खिला दीजिये।

पिता : (खीझकर) पहले इसे होश में लाने की दवा तो दीजिये।

प्रोफेसर : इसे ऐसी-ऐसी कहानियां सुनाइये जिनमें बेहोश व्यक्तियों के होश में आने का वर्णन हो।

मां : यह बेहोश है, आपको कहानियों की सूझ रही है।

प्रोफेसर : यह बेहोश नहीं है।

परमानन्द : तो क्या है ?

प्रोफेसर : इसे भ्रम हो गया है कि यह बेहोश है। असल में यह होश में ही है।

मां : आप कैसी बातें कर रहे हैं डाक्टर जी ! इन बातों से तो आप हमें भी बेहोश कर देंगे।

प्रोफेसर : इसीको स्नायुरोग कहते हैं। आप सब इससे कहिये कि यह होश में है।

परमानन्द : तुम्हारा सर होश में है। यह तो खूब बेहोश है।

प्रोफेसर : मैं कहता हूं यह होश में है।

परमानन्द : इसकी नब्ज बता रही है कि यह बेहोश है।

प्रोफेसर : इसका चेहरा कह रहा है कि यह होश में है।

पिता : वैद्य जी, आप लड़िये मत।

मां : मेरे बच्चे का ख्याल कीजिये।

परमानन्द : यह बेहोश है, इसका बचना मुश्किल है।

प्रोफेसर : यह होश में है, इसका मरना मुश्किल है।

परमानन्द : मैं इसे अमर भास्कर चूर्ण दूंगा, यह बेहोश है।

प्रोफेसर : बेहोश तुम हो, यह नहीं।

परमानन्द : होश में तुम हो, यह नहीं।

प्रोफेसर : इसे स्नायुरोग है।

परमानन्द : इसे सन्निपात है।

मां : हाय राम! ये तो रोग पर रोग बढ़ाये जा रहे हैं।

[लड़का चद्दर फेंककर उठता है, सब चौंक पड़ते हैं।]

लड़का : सन्निपात है वैद्य परमानन्द को और स्नायुरोग है प्रोफेसर पांडुरंग को। मैं पूरी तरह होश में हूं। न मुझे भ्रम है और न कुछ महसूस करने की जरूरत।

पिता : (आश्चर्य से) रमेश!

मां : (दौड़कर उसे अंक में भरती हुई) मेरा लाल! तुझे क्या हो गया था मेरे लाड़ले!

रमेश : कुछ नहीं मां, स्कूल में परसों एक नाटक होने जा है। मुझे उसमें दो घंटे की बेहोशी का अभिनय करना है। उसीकी रिहर्सल कर रहा था।

मां : (रमेश की पीठ पर दोनों हाथ मारकर) अरे, आग लगे तेरी रिहर्सल को। तू बीस-तीस मिनट और ऐसे ही रहता तो मेरी रिहर्सल हो जाती। चल तेरे लिए हलवा बनाती हूं। तू भगवान के घर से लौटकर आया है।

[लड़का अपनी मां के साथ भीतर प्रवेश करता है। पीछे-पीछे लड़के का पिता और बहन भी जाते हैं। वैद्य जी और प्रोफेसर खड़े होकर एक-दूसरे का कंधा पकड़े हुए उनकी ओर आश्चर्य से देखते हैं।]

प्रोफेसर : मैंने कहा था न कि यह लड़का होश में है।

परमानन्द : (उसी ओर देखते हुए) मैंने भी बचपन में एक बार बेहोशी की रिहर्सल की थी पर इस तरह होश में नहीं आया था।

[शीशी हाथ से गिरती है, परमानन्द लड़खड़ाकर गिरते हैं। पांडुरंग उन्हें बार-बार कमर में हाथ डालकर उठाते हैं।]

प्रोफेसर : (उठते हुए) आप गिर नहीं रहे हैं वैद्य जी ! आप गिर नहीं रहे हैं। आप महसूस कीजिए कि नहीं गिर रहे हैं, महसूस कीजिए, कीजिए···कीजिए···।

[पटाक्षेप]

फ्री स्टाइल गवाही

○

काका हाथरसी

पात्र

झंडामल : एक मारवाड़ी सेठ, वादी

शर्मा : वादी का वकील

भटनागर : प्रतिवादी का वकील

सत्यपाल : वादी का गवाह

जज, पेशकार, चपरासी आदि

स्थान : अदालत का कमरा

[पेशकार बैठा हुआ कागज पलट रहा है, चपरासी खड़ा है, जज की कुर्सी खाली है। एक ओर से सेठ झंडामल और दूसरी ओर से उसके वकील शर्माजी का प्रवेश।]

झंडामल : गजब होगियो वकील साब !

शर्मा : क्या हुआ सेठ जी ?

झंडामल : के बताऊं वकील जी, म्हे तो मारगियो, हाय-हाय।

शर्मा : अरे क्या हुआ, कुछ बताओगे भी या वैसे ही हल्ला कर रहे हो ? देखते नहीं यह कोर्ट है।

झंडामल : म्हारे गवाह ने जाड़ौ मारगियो, अब कैसी होगी राम, पट्ट होगियो सब काम। (रोता है।)

शर्मा : अरे सेठ झंडामल, आप भी खूब हैं, जरा-सी बात के लिए बच्चों की तरह रोते हैं। गवाहों की आजकल क्या कमी है, आप कहें जितने इकट्ठे कर दूं ? पैसा चाहिये अंटी में।

झंडामल : तो फिर बुलाओ न वकील जी। म्हारो तो कलेजो हिल रिह्यो है।

शर्मा : घबराइये नहीं, अभी इंतजाम किये देता हूं। आप बैठिये।

[वकील का बाहर जाना और एक व्यक्ति को लेकर आना।]

शर्मा : देखो मिस्टर सत्यपाल ! होशियारी से बातें करना । सेठ कंजूस है, चार मांगोगे तब एक देगा ।

सत्यपाल : अजी वकील साहब, यहां तो ऐसे ही मनहूसों से पाला पड़ता रहता है। हमें भी बालू में से तेल निकालने का अभ्यास हो गया है ।

शर्मा : तुम जानो, लेकिन ध्यान हमारा भी रखना मिस्टर !

सत्यपाल : यस, वन फोर्थ सर !

शर्मा : (सेठ के पास जाकर) लीजिए सेठ जी, गवाह हाजिर है ।

[सेठ जी गवाह को बड़े ध्यान से ऊपर से नीचे तक देखकर उसके हाथ जोड़ते हैं ।]

झंडामल : जैगोपाल जी की गवाह जी, जय गोपाल जी की !

सत्यपाल : जैगोपाल जी की सेठ, तबीयत खुश हो गयी आपसे भेंट करके। सेवा कुछ लीजिए, आज्ञा दीजिये ।

झंडामल : अरे भाया, आज्ञा के है ! झाऊलाल का बाप खाऊलाल म्हारौ पांच सौ रुपया लेकर मारिगियो । ताके ऊपर ब्याज, ब्याज के ऊपर ब्याज चढ़ते-चढ़ते ५०० का २५०० होगियो । आज की तारीख है भाया, म्हारौ गवाह धर्मपाल बीमार पड़गियो, मामलो बीच में अड़गियो ।

सत्यपाल : कोई चिन्ता नहीं, धर्मपाल बीमार है तो सत्यपाल हाजिर है, गवाही के कार्य में कम्पलीट माहिर है, दुनिया में जाहिर है ।

झंडामल : थे तो शायरी की-सी बातें करो हो, के काम करो हो भाया ?

सत्यपाल : रसिया बनाते हैं, ख्याल खूब गाते हैं। आप जैसे सेठ कभी हमको बुलाते हैं, तो कोर्ट में पहुंचकर गवाही दे आते हैं। परोपकार के लिए ही जन्म लिया है । विधाता ने माइंड हमें फर्स्ट क्लास दिया है । यही अपना काम है, सत्यपाल नाम है ।

झंडामल : अहाहा, थारो नाम सत्तपाल, म्हारौ नाम झंडामल । सत्त और झंडा ने मिलकर जब अंग्रेजी राज छीन लिया तो यो बेचारो झाऊलाल के चीज है । अब तो म्हारी जीत ही जीत है।

शर्मा : देख लीजिये सेठ जी, सोहबत का असर इसे कहते हैं । आप भी तुक मिलाने लग गये । अच्छा, अब जल्दी मामला तय कर लीजिये, कोर्ट का टाइम हो रहा है।

झंडामल : तै के करनो वकील जी, जीत गया तो पांच रुपैया दे देंगा ।

सत्यपाल : वाह, वा सेठ जी, आप हैं भरपेट जी । पांच के ऊपर अभी बिन्दी और रखिये एक । मालूम है आपको, गवाह का एक पैर

जेल में रहता है। शीघ्र बतलाइये कान मत खाइये। समय व्यर्थ जा रहा, क्रोध हमें आ रहा।

झडामल : अरे तो क्रोध की के बात है भाया (वकील से) पर पचास रुपया तो बहुत हैं वकील जी !

शर्मा : देखिए सेठजी, यहां पर सौदेबाजी नहीं होनी चाहिए। जज साहब आते होंगे, जल्दी करिये, चलो जी सत्यपाल, २५ रुपये दिला देंगे, हो गया। लेकिन गवाही देते वक्त यह तुकमिल्ला-बाजी छोड़कर ढंग से बात करिये।

सत्यपाल : वकील साहब, बात यह थी कि इस समय बाहर बैठे-बैठे हम एक कविता बना रहे थे, उसी मूड में आप हमें उठा लाये, इसलिए सेठ जी से सौदा पटाते वक्त कविता में ही बातें करने लगे। लेकिन आप चिन्ता न करें, हमारी तो गद्य और पद्य, दोनों में ही समान गति है, सब जानते हैं, अदालत वाले हमे मानते हैं।

झंडामल : (वकील से) तो शर्मा जी, गवाह जी को मुकदमो तो समझा देउ।

सत्यपाल : अजी समझ लिया मुकदमा। यहां तो 'फ्री स्टाइल' गवाही देते हैं, हर जगह फिट बैठती है। रोजाना यही काम रहता है। आप बेफिकर रहिये, पेशकार को हमारा नाम नोट करा दीजिये।

[वकील व सत्यपाल का जाना।]

झंडामल : (पेशकार के पास जाकर) पेशकार जी, म्हारो एक गवाह धरमपाल बीमार होगियो, ताके बदले में सत्यपाल को नाम नोंद लेउ, किरपा होगी बाबू जी !

पेशकार : वाह, वाह, ऐसे कैसे हो सकता है ? कमाल कर रहे हैं आप, कहीं नाम बदले जाते हैं गवाहों के ?

झंडामल : अरे पेशकार जी, अपने ब्यापारी लोग तो गुड़ की जगह चीनी और शक्कर की जगह बूरो बदल देते हैं। ये धरमपाल की जगह सत्तपाल नहीं बदल सको हो ? धरम और सत्य तो एक मां के बेटे हैं। या लेउ अपना हक्क, काम कर देउ फटाफट्ट।

[नोट देता है।]

पेशकार : एक रुपया ? वाह सेठ जी, यह एक रुपये का काम है ?

झंडामल : अजी पेशकार जी, एक रुपयौ के कम है। जी कौ १०० नयौ पीशौ हौवे है।

पेशकार : (रुपया फेंककर) ले जाइये यह १०० पैसे, (मुंह बिगाड़कर) चले

आते हैं सेठ बनकर !

झंडामल : (रुपया उठाकर दांत दिखाते हुए) थे तो रूठ गया पेशकार जी, गांधी का चित्तर लगा रख्या है, थोड़ा डरो तो सही भाया।

पेशकार : गांधी जी का चित्र लगा है तो क्या हुआ, देखते नहीं, महात्मा जी अपने हाथ की पांचों अंगुलियां दिखाकर और लाठी लेकर कह रहे हैं कि पांच रुपये से जो कम दे उसमें लाठी लगाओ।

झंडामल : अच्छा भाया, लो। (पांच का नोट देता है।)

[जज का प्रवेश; झंडामल हट जाते हैं।]

पेशकार : चपरासी ! सेठ झंडामल बनाम झाऊलाल को आवाज दो।

चपरासी : कोई झंडामल बनाम झाऊलाल हाजिर है? कौन है झंडामल बनाम झाऊलाल ?

[दोनों पार्टियों का वकीलों सहित प्रवेश।]

चपरासी : (झंडामल से) आपका ही नाम झंडामल है ?

झंडामल : दुनिया जाने है म्हारो नाम झंडामल, बाप को नाम गंडामल, बाबा को नाम संडामल, परबाबा का नाम डंडामल। असली बनिया मारवाड़ी—भौत पुराने कबाड़ी।

शर्मा : बस-बस, बंद करिये रेलगाड़ी। यह बताइये, आपने झाऊलाल के पिता खाऊलाल को जो ५०० रु० दिये थे, किसलिए दिये थे।

झंडामल : किसलिये दिये थे ? यो बात म्हा से कांई पूछो हो, दुनिया जाने है, बात यों हुई, एक दिन झाऊलाल का बाप खाऊलाल कहन लग्यो···सेठ जी, म्हारो बेटो झाऊलाल कुपात्तर है, म्हारी तेरहीं करेगो नहीं, यासे अपन तो जीवता हीं तेरहीं कर दूं। थे पांच सौ रुपया उधार दे देउ। अपनौ तो दया-धरम को काम पुरखा-पंगत से चलौ आवै है; दे दियौ रुपया।

शर्मा : तो खाऊलाल ने अपनी तेरहीं करने के लिए आपसे ५०० रुपये कर्ज लिये थे ! कुछ सबूत है आपके पास ?

झंडामल : (बही खोलकर) यह देखो परमान।

शर्मा : कोई गवाह है, जिसके सामने रुपये दिये हों ?

झंडामल : हां, हां, गवाह बाहर खड्यो है।

भटनागर : क्या नाम है आपके गवाह का ?

झंडामल : नाम···नाम···गवाह को नाम ?

शर्मा : घबराइये नहीं, सत्य बात हो सो बता दीजिये।

झंडामल : हां, गवाह को नाम सत्यपाल है।

पेशकार : चपरासी, सत्यपाल गवाह को हाजिर करो।

चपरासी : सत्यपाल गवाह हाजिर है ! कोई सत्यपाल गवाह हाजिर है ? कौन है सत्यपाल ।

[सत्यपाल का प्रवेश]

चपरासी : कहो, भगवान को साक्षी करके सच-सच कहूंगा ।

सत्यपाल : अरे भाई, मेरा तो नाम ही सत्यपाल है, झूठ तो हमने जिंदगी-भर नहीं बोला ।

भटनागर : आपका ही नाम सत्यपाल है ?

सत्यपाल : यस सर, माई नेम इज सत्यपाल ।

भटनागर : आप अंग्रेजी कहां तक पढ़े हैं ?

सत्यपाल : अंग्रेजी हमने ई०आई०आर० में मुगलसराय जंकशन तक पढ़ी थी, लेकिन जब स्वराज्य हो गया तो कांग्रेस सरकार ने इस रेल का नाम बदलकर एन० आर० कर दिया, तब हमने भी अंग्रेजी को उठाकर ताक में रख दिया ।

भटनागर : देखिये यह कोर्ट है, फिजूल बातें यहां मत करिये । जो बातें पूछी जा रही हैं, उनका ठीक-ठीक जवाब दीजिये ।

सत्यपाल : आप कहें, उसी भाषा में गवाही दे सकता हूं । हिंदी, उर्दू, सराफी, बंगला, मराठी, पंजाबी, गुजराती, तेलुगू, चीनी, रूसी, लैटिन, बुलैटिन—१२ भाषाएं बोल सकता हूं । झाऊमल की पोल खोल सकता हूं ।

जज : आर्डर-आर्डर, फिजूल बातें मत बोलो, वकील जो बात पूछे उसका जवाब दो ।

सत्यपाल : बहुत अच्छा हुजूर !

भटनागर : आपके पिता का नाम ?

सत्यपाल : गवाही मैं दे रहा हूं या मेरा पिता ? खैर, फिर भी बताता हूं । हमारा नाम सत्यपाल, बाप का नाम हरिश्चंद्र, बाबा का नाम युधिष्ठिर ।

भटनागर : बस-बस, जरूरत से ज्यादा मत बोलिये । क्या काम करते हैं आप ?

सत्यपाल : काम, क्रोध, लोभ, मोह इनसे अपने राम हमेशा दूर रहते हैं, सत्य सुनते हैं, सत्य कहते हैं । सत्य की गंगा में दिन-रात बहते हैं, इसीलिए लोग हमें सत्यपाल कहते हैं ।

भटनागर : अरे भाई, तुम गवाही दे रहे हो या कविता पढ़ रहे हो ? यह पूछा जा रहा है कि क्या कार्य करते हो ?

सत्यपाल : सुबह उठकर कैंची की तीन सिगरेट पीता हूं । फिर चार कप

चाय बनाता हूं, उसे पीकर लैटरिन जाता हूं। स्नान करके गीता का पाठ करता हूं, फिर रोटी खाता हूं तब कचहरी जाता हूं।

भटनागर : यह नहीं पूछते हम, मतलब आप धंधा क्या करते हैं ?

सत्यपाल : धंधे तो सेल्सटैक्स ने सब चौपट कर दिये, अब धंधे हैं ही कहां वकील साहब ?

भटनागर : फिर भी कुछ रोजी-रोटी का जरिया तो होगा ही।

शर्मा : (जज से) देखिये हुजूर, सवाल का जवाब गवाह ने दे दिया है, फिर भी वही सवाल बार-बार करके वक्त बरबाद किया जा रहा है ?

भटनागर : (बात अनसुनी करके) मिस्टर सत्यपाल, आप एक बार जेल भी जा चुके हैं ?

सत्यपाल : मैं एक बार जेल जा चुका हूं तो क्या हुआ ? नेहरू जी नौ बार जेल गये थे, गांधी जी ग्यारह बार जेल गये थे, पटेल साहब पन्द्रह बार जेल गये थे। जेल जाना तो देशभक्ति का चिह्न है, आपका आइडिया हमसे भिन्न है।

भटनागर : किस जुर्म में जेल गये थे आप ?

सत्यपाल : जून में नहीं, सन् १९४२ की जुलाई में, और गये इसलिये थे कि सुराज्य होने पर हम भी किसी ऊंची कुर्सी पर फिट हो जायेंगे, लेकिन इस तकदीर को क्या करें साहब ! (सांस लेकर) ओफ्फो वहीं के वहीं रह गये, भाग्य के नाले में बह गये।

भटनागर : (जज से) देखिये सरकार, यह महाशय झूठी गवाही देने के सिल-सिले में तीन महीने की सजा काट चुके हैं, लेकिन मंजूर नहीं करते, सवाल को बातों ही बातों में उड़ा रहे हैं।

शर्मा : आपके पास कोई सबूत है इस बात का ? अगर किसी केस में इनको सजा हुई है तो आप उसकी नकल पेश कर सकते हैं।

जज : राइट, आगे चलिये।

भटनागर : अच्छा जी सत्यपाल, यह बतलाइये, जिस वक्त सेठ झंडामल ने खाऊलाल को रुपये दिये थे, उस वक्त क्या टाइम था ?

सत्यपाल : टाइम इज मनी, टाइम ही रुपया है और रुपया ही टाइम है। इसलिए हमने सिर्फ रुपये की तरफ अपना ध्यान रखा था। दूसरा कारण यह था कि हमारी रिस्टवाच उस दिन सफाई के लिए घड़ीसाज के यहां गयी थी। आसमान पर बादल छाये हुए थे। ऐसी सूरत में कौन माई का लाल टाइम का पता लगा

सकता है।

जज : दिस इज राइट।

भटनागर : मिस्टर सत्यपाल, यह तो आपको मालूम ही होगा कि जिस दिन झाऊलाल के पिता ने सेठ जी से रुपये कर्ज लिये थे, उस दिन क्या तारीख थी। यानी किस दिन रुपये लिये थे ?

सत्यपाल : जिस दिन बही-खाते में लिखे गये।

भटनागर : यही तो मैं पूछता हूं, बही-खाते में कौन-सी तारीख को लिखे गये।

सत्यपाल : जिस दिन लिये गये, उसी दिन लिखे गये।

भटनागर : तो तारीख आपको मालूम नहीं ?

सत्यपाल : मालूम क्यों नहीं, देखिये यह लिखी है। (सेठ के हाथ से बही छीनकर मिती पढ़ता है।) माघ सुदी ७ सोमवार।

भटनागर : अच्छा, आप यह बता सकते हैं कि खाऊलाल ने जब कर्जा लिया था, उनकी उम्र कितनी थी, सफेद बाल थे या काले ?

सत्यपाल : उम्र का बालों से कोई कनेक्शन नहीं वकील साहब। अपने शहर में ही देख लीजिये, लोहिया जी के बाल १२ वर्ष की उम्र में ही सफेद हो गये, डाक्टर शर्मा तो गर्भ से ही सफेद बालों वाले पैदा हुए थे। और काका हाथरसी के बाल ७० वर्ष की उम्र में भी काले हैं।

भटनागर : देखिये हुजूर, गवाह हर सवाल का जवाब गोल दे रहा है।

सत्यपाल : हुजूर, चांद गोल, सूरज गोल, यह दुनिया गोल, वकील साहब के सवाल गोल, इसलिए मेरे जवाब भी गोल।

शर्मा : देखो मिस्टर सत्यपाल, वकील साहब यह पूछ रहे हैं कि खाऊलाल की एज क्या थी ?

सत्यपाल : श्रीमान जी, किसीकी सही उम्र या तो उसकी माता बता सकती है, या म्यूनिसपैलिटी का पैदाइशी रजिस्टर।

भटनागर : फिर भी आदमी की बौडी देखककर कुछ तो अन्दाज किया जा सकता है।

सत्यपाल : बौडी देखकर ?…हर्गिज नहीं, अभी हाल में ही एक जगह जब सितारा नाचने के लिए स्टेज पर आई तो १६ वर्ष की मालूम होती थी, लेकिन वास्तव में उसकी उम्र मेरी चाची के बराबर है, यानी ओवर फिफ्टी ईयर्स।

जज : आर्डर-आर्डर। यहां सितारा की या आपकी चाची की उम्र नहीं पूछी जा रही ; खाऊलाल की उम्र बताइये।

शर्मा : सरकार, गवाह का नाम सत्यपाल है, वह झूठ बोलना नहीं चाहता, इसलिए उनकी ठीक-ठीक उम्र बताने के लिए उसपर जोर डालकर सत्य की हत्या नहीं करनी चाहिए। भारतीय संविधान भी यही कहता है ।

भटनागर : अच्छा छोड़िये, यह बताइये, खाऊलाल जी कपड़े कैसे पहनते थे ?

सत्यपाल : हमारे मित्र खाऊलाल थे अवसरवादी। उनके बक्स में अढ़ाई दर्जन ड्रेस डिफरेंट क्वालिटीज की हर वक्त तैयार रहते थे। किसी कांग्रेसी नेता से मिलने जाते तो खादी की अचकन पहनते थे। जनसंघ की मीटिंग में केसरिया टोपी और लहंगाकट नेकर पहनकर जाया करते थे। समाजवादी पार्टी में लाल टोपी उनके सिर की शोभा बढ़ाती थी। भाई-बिरादरी में पगड़ी पहन लिया करते थे, एक ड्रेस हो तो बताऊ आपको। मैं पहले ही कह चुका हूं कि खाऊलाल थे अवसरवादी; जैसा मौका देखते वैसा ठाट बनाते थे, अवसर का लाभ उठाते थे ।

भटनागर : उनके चेहरे का रंग बता सकते हैं आप ?

सत्यपाल : चेहरा न तो गोरा था, न काला। उनका रंग था मटमैला, जैसे सीमेंट का थैला। लेकिन सुराज्य होने के बाद उनके चेहरे का रंग धीरे-धीरे निखरने लगा और मरते वक्त तो उनका चेहरा ऐसे दमदमा रहा था जैसे हजार वाट का बल्ब ।

भटनागर : (झुंझलाकर) ओफ्फो ! मैं पूछता हूं, जिस समय उन्होंने बहीखाते में दस्तखत किये थे, उस वक्त उनके चेहरे का रंग कैसा था ?

सत्यपाल : (जज से) सरकार, दस्तखत करते समय तो हर आदमी का मुंह नीचे की ओर रहता है। ऐसी हालत में मैं कैसे देख सकता था उनका चेहरा !

जज : दिस इज राइट। हैलो मिस्टर भटनागर, जल्दी करिये। थ्री फिफटी हो गया।

भटनागर : बस हुजूर, एक सवाल और है। हां जी सत्यपाल, यह और बता दीजिये कि खाऊलाल की मौत किस बीमारी से हुई थी ?

सत्यपाल : (रोनी सूरत बनाकर) हाय-हाय वकील साहब, एक बीमारी हो तो बताऊं आपको। डाक्टर बर्मन कहते थे इन्हें हैजा हो गया है, जौहरी साहब फरमाते थे फेफड़ा फट गया है, शर्मा कहते थे मलेरिया है, वर्मा कहते थे पीलिया है। डाक्टर यादव का कहना था कि इनके पेट में फोड़ा हो गया है। मरते दम

तक पता ही नहीं चला उनकी बीमारी का, बेचारे दवा खाते ही खाते मर गये, हमें अनाथ कर गये। (रोता है।)

जज ओह सौरी, गवाह रोता क्यों है ?

शर्मा : हुजूर, यह सच्चा और भावुक आदमी है, अपने दोस्त की मौत की याद आते ही इसे रोना आ गया है। जाहिर है कि खाऊ-लाल वास्तव में मर चुका है। और यह भी साबित हो गया है कि झाऊलाल दरअसल खाऊलाल का पूत है, केस मजबूत है।

भटनागर : देखिये सरकार, गवाह की सब बातें बे सिर-पैर की हैं। किसी भी सवाल का साफ जवाब नहीं दिया गया। मुझे अभी-अभी मालूम हुआ है कि यह गवाह कुछ रुपयों में तय होकर आया है।

जज : मिस्टर भटनागर, दिस इज डाइरेक्ट ब्लेम।

शर्मा : भटनागर साहब, होश-हवास दुरुस्त रखकर बातें कीजिये !

भटनागर : शटअप !

शर्मा : बको मत !

भटनागर : बदतमीज हो तुम।

शर्मा : गधे की दुम हो तुम।

जज : आर्डर-आर्डर। मिस्टर भटनागर, आपने मुद्दई के वकील की और कोर्ट की इन्सल्ट की है। इस जुर्म में आपके ऊपर पचास रुपया फाइन। मुद्दई का दावा डिगरी। केस फिनिश।

[जज का प्रस्थान। भटनागर और झाऊलाल का निराशा की मुद्रा में माथा ठोकते हुए प्रस्थान।]

शर्मा : हिप-हिप-हुर्रे।

सत्यपाय : फि-फि-फुर्रे।

[वकील और गवाह खुशी से नाचते हैं। झंडामल बाहर जाकर एक माला लाकर सत्यपाल के गले में डालता है और उसे पकड़कर जज की कुर्सी पर बैठाता है। इस दृश्य को पेशकार साहब मुंह फाड़कर आश्चर्य की मुद्रा में देखते हैं। बाद में कुछ व्यक्ति झंडामल के पक्ष की ओर आ जाते हैं और सब मिलकर गवाह की आरती गाते हैं]

आरती

ओम् जय सतपाल हरे।
झंडामल के संकट क्षण में दूर करे।

साँचे को तुम झूठ करौ अरु झूठे को साँचौ
स्वामी झूठे को साँचौ
गीता कौ नित पाठ करौ तुम नारायण बाँचौ ।। ओम्०
परमारथ की चटनी तुमने श्रद्धा सों चाटी,
स्वामी श्रद्धा सों चाटी
याही कारण छह महिना की सख्त सजा काटी ।। ओम्०
जीवन-भर यही काम तिहारौ, लड़वाये कुत्ता,
स्वामी लड़वाये कुत्ता
न्यायालय में भई वकीलन में गुत्थमगुत्था ।। ओम्०

हड़प्पा हाउस

○

के० पी० सक्सेना

पात्र

फिरदौसी : मिनी स्टोर का मालिक

फाहियान : सेल्समैन

जीजा : पेशेवर नेता

साला : नेता का साला

मजमे के अन्य लोग

समय : संध्या पांच बजे।

स्थान : फुटपाथ के मोड़ की नुक्कड़, जहा नगरपालिक का एक लैंप पोस्ट लगा है।

[एक मरियल-सा नौजवान लैंप पोस्ट से साइकिल टेककर जेब से कुछेक कीलें निकालता है और एक छोटी हथौड़ी से थोड़े-थोड़े फासले पर लैंप पोस्ट की लकड़ी के खंबे पर ठोंकता है। अब वह अपनी साइकिल के कैरियर पर खड़ा होकर ऊंचे स्वर में एक आवाज लगाता है, "फाहियान···!" धीरे-धीरे उसके इर्द-गिर्द मजमा इकट्ठा होने लगता है। वह पुनः आवाज लगाता है "फाहियान···" भीड़ को चीरता हुआ एक दूसरा नौजवान उसके पास आता है। यही फाहियान है।]

फाहियान : मैं आ गया बॉस ! जरा एक सिंगल चा सुडकने में देर हो गयी।

पहला नौजवान : ठीक है !···झोले से माल निकालो !

[फाहियान कंधे से लटके झोले में हाथ डालकर बारी-बारी माल निकालता है और पहले नौजवान के हाथ

में दता जाता है—एक सुर्ख इजारबन्द, फटा लहंगा, काली टोपी, छींट का स्कार्फ, माला, राइटिंग पैड, माउथ आर्गन, मिनी सुराही, एक पीस जनानी जूती और लिपस्टिक। पहला नौजवान सारी चीजें लैंप पोस्ट पर लगी कीलों पर टांग देता है और एलान के स्वर में बोलता है।]

पहला नौजवान : साहबान कदरदान ! कीलों पर टंगा हमारा यह मिनी स्टोर 'हड़प्पा हाउस' है। मैं इस स्टोर का प्रोपाइटर फिरदौसी हूं और यह मेरा साथी है—सेल्समैन फाहियान।

मजमे से एक स्वर : बड़ा पुराना लगता है !

फाहियान : शुक्रिया ! अपना बॉस पुरानी खुदाई में टूटे बर्तनों के साथ निकला था। (हंसी)

फिरदौसी : खामोश, फाहियान !···हां, तो साहबान ! हम छोटे पैमाने पर मुल्क का इतिहास बेचते हैं ! यही हमारी बदकिस्मती है कि यह महान कार्य हम निहायत छोटे स्केल पर कर रहे हैं।

फाहियान : अगर हमें अल्लाह तौफीक देता और इंटरनेशनल अप्रोच होती तो इतिहास का औरिजिनल माल टॉप कीमतों में दूसरे मुल्कों में भिड़ाकर हम तगड़ा फारेन एक्सचेंज जुटा लेते !

फिरदौसी : खैर !···हमें कोई गम नहीं !···जान जोखिम में डालकर कुछ ऐतिहासिक माल हमने जुटाया है और कुटीर-उद्योगों के बतौर हम उसे कदरदानों के हवाले कर रहे हैं···!

[भीड़ चीरकर प्रवेश, एक मझोले और एक लम्बे कद के दो आदमियों का। दोनों नेताओंवाले चोले में सजे हैं और सिरों पर कलफदार खादी टोपी जमाये हैं। लम्बा नेता 'जीजा' है और छोटा नेता 'साला'।]

साला : देखा जीजा, इस कबाड़खाने को ?···बड़ा-बड़ा पुराना माल टंग रिया है इदर को !

फाहियान : दो कीलें खाली हैं। हुक्म हो तो आपको भी सजा दें !

[मजमे की हंसी]

फिरदौसी : खामोश, फहियान !···आइये कदरदान !···मुल्क की हिस्ट्री ले जाइये !···ड्राइंग रूम में सजाइये !

साला : ये जूती कैसी है ? इधर काये को टंग रही है ?

फिरदौसी : (जूती कील से उतारकर चूमता है।) अनारकली की है !··· इतिहास साक्षी है कि दूसरे पांव की जूती खूद अनारकली ने

एक मेले में गुम कर दी थी !···कीमत सिर्फ पचास रुपये ।

साला : (हैरत से) सिर्फ एक जूती के ? न तल्ली साबुत न सिलाई ढंग की···पालिश तक गायब है !

फाहियान : (जूती छीनकर) आपको मरम्मत के लिए नहीं दी जा रही है !

फिरदौसी : शट अप फाहियान ! कदरदान, इस जूती की सिफ्त यह है कि इसे पांव में डालते ही मुनक्का माफक लेडी दुबारा अंगूर बन जाती है और अपनी किस्मत के खरीदार को बुलाने लगती है ।

जीजा : सच ! (साले की ओर देखकर) बोल ! खरीद लूं तेरा जिज्जी के लिए ?

साला : (झेंपकर) हम क्या जानें···वैसे चल जायेगी कुछ दिनों !

[मजमे की हंसी ।]

जीजा : और भइये, वह पुराना लहंगा ?

फाहियान : शी ! चुप ! कालिदास का है ! इसीसे इन्स्पायर्ड होकर शकुंतला ने 'मेघदूत' लिखा था ।

[हंसी ।]

फिरदौसी : खामोश ! कदरदान, इसे धारन करते ही थर्ड रेट औरत तक फिल्मी स्वर थाम लेती है कि···"लहंगा पड़ेगा बड़ा महंगा···"

फाहियान : छोड़िये उसे ! यह देखिये ! हिस्टॉरिकल दांत···शीशी में बन्द···(जेब से शीशी निकालता है ।) औरंगजेब की अकल-डाढ़, बाबर का जबड़ा, हिटलर की आधी बत्तीसी, बाबर के अगले दांत···इब्राहीम लोदी के पिछले दांत···और भी कई दांत···दिखाऊं ?

फिरदौसी : डबल सेट दिखाना ! इन नेता भाइयों के दांत खाने के अलग और दिखाने के अलग होते हैं !

साला : (बिगड़कर) चलो, जीजा ! हमारा अपमान हो रिया है !

फाहियान : नो, नो, कदरदान ! जाये आपकी इज्जत-आबरू, आप कहां जायेंगे !···माफ कर दीजिए···यह देखिये इजारबन्द !··· शेरशाह के पाजामे का है···खास तौर पर हासिल किया है !

जीजा : ही-ही-ही ! मगर भइये, हम नाड़े का क्या करेंगे ?···हम तो धोती पहनते हैं !

फिरदौसी : तो फिर धोती पर ही बांधिये···डबल सेफ्टी रहेगी !···और फिर मुल्क के रहनुमाओं को हमेशा कमर कसकर रहना चाहिए। कीमत सिर्फ सौ रुपये !···शेरशाह का इजारबंद सौ रुपये !!

साला : और वह छोटा कुल्हड़ जो आपकी जेब से झांक रिया है ?

फाहियान : बलबन का है !···वह इसीमें पानी रखकर हजामत बनाता था।

साला : किसकी ?

फाहियान : जार्ज पंजुम की !···आपको आखिर चाहिए क्या ?

जीजा : पहले माल देखने-समझने दें भइये !

फिरदौसी : (झुंझलाकर) एक बार में सुन लीजिये, कदरदान !···घाघरा कालिदास का···इजारबंद शेरशाह का···स्कार्फ संजोगता का···लिपस्टिक लैला की···माला अब्राहम लिंकन की···राइटिंग पैड तुलसीदास का···सुराही उमर खैयाम की···माउथ आर्गन तानसेन का···जूती अनारकली की···कुल्हड़ बलबन का···साइकल कंपनी की···लैंप पोस्ट म्यूनिस्पाल्टी का··· मैं अपने बीबी-बच्चों का···और यह (फाहियान) भाई मेरी बीबी का···(हांफते हुए) आपको क्या चाहिए ?

जीजा : (घबराकर) हद हो गयी ! एक ही सांस में सब नाप दिया।

साला : (डरते-डरते) और भइये ! वह काली, मैली-कुचैली टोपी ?

फाहियान : मुहम्मद तुगलक की है !···यह वही हिस्टारिकल टोपी है, जिसे पहनकर उसने तीन बार राजधानी बदली थी···! कीमत सिर्फ एक हजार ! कदरदानों को दस परसेंट छूट !

साला : (बौखलाया हुआ बड़बड़ाता है और अंगुलियों पर कुछ गिनता है।) एक हजार···तीन दफे···तीन दफे···एक हजार···ठीक है। (उछलकर जीजा के सिर पर से टोपी उतार लेता है, और फाहियान की फैली हुई हथेली पर पटक देता है।) लाओ ! पांच सौ ही निकालो !···तुम भी क्या याद करोगे।

फिरदौसी : एं ?···पांच सौ ? क्या मतलब ?

साला : मतलब यह कि उस बांगड़ू ने इस टोपी में तीन दफे राजधानी बदली, अपने जीजा इस टोपी में नौ दफे पार्टी बदल चुके हैं···छह दफे इन्होंने पार्टी बदली···और तीन दफे पार्टी ने इन्हें बदला ! अब भी टैम्परेरी के टैम्परेरी ! कल को कुछ हो गये तो दाम चढ़ जायेंगे ! निकालो फटाफट ! यह टोपी क्या कम हिस्टारिकल है ?

फिरदौसी : (चकराते हुए लड़खड़ाकर गिरता है।) फाहियान !···पानी !

साला : (उछलकर) देखा जीजा !···मांग गया पानी !···बड़े आये हिस्ट्री बेचने वाले !···हिस्ट्री बनानेवाले हम !···बिगाड़ने-

वाले हम !…और ये चिलगोजे हमींको हिस्ट्री समझा रहे हैं…!…चलो, जीजा !…तुम्हारी सभा का टैम हो रिया है !…

[दोनों का प्रस्थान]

फाहियान : बुझे दिल से आहिस्ता-आहिस्ता एक-एक चीज लैंप पोस्ट से उतारकर झोले में डालता है और आंसू पोंछता जाता है।) चलो, जीजा !…उठो !…वे दोनों गये…! हमारा हड़प्पा हाउस पनप ही नहीं सकता !…यहां तुगलक से भी तीन पावर हाई अदला-बदली हो रही है…उठो।…(सहारा देकर उठाता है और साइकिल के कैरियर पर बिठाकर आहिस्ता-आहिस्ता मजमे के बीच से सिर झुकाये गुजर जाता है।)

[मजमा छंटने लगता है।]

चक्रव्यूह

□

चिरंजीत

पात्र

कैलाशनाथ : दिल्ली स्थित केन्द्रीय सचिवालय का एक उत्तर भारतीय अधिकारी जो अपनी योग्यता, कार्य-दक्षता और ईमानदारी के कारण पैंतीस वर्ष की उम्र में ही बहुत ऊंचे और जिम्मेदार पद पर पहुंच चुका है।

लीला : कैलाशनाथ की सुशिक्षित-सुन्दर पत्नी, जो पति के ऊंचे पद और अपने पश्चिमी रंग-ढंग के कारण नई दिल्ली की आधुनिकाओं की सिरताज बनी हुई है। उम्र तीस वर्ष।

सरोज : नई युग-चेतना से अनुप्राणित युवती, लीला की छोटी बहन मेडिकल कालेज की छात्रा। उम्र लगभग बाईस वर्ष।

रामू : घर पहाड़ी नौकर, जो अपने को न तो कामचोर मानता है, न झूठा। उसके जीवन का ध्येय है—दफ्तर में चपरासी बनकर आया से शादी।

आया : क्रिश्चियन होते हुए भी खालिस हिन्दुस्तानी महिला। उम्र बस उतनी ही, जितनी कि बड़े अफसरों की पत्नियों को 'खतरनाक' नहीं लगती।

विलायती शाह : एक ठेकेदार, जो रिश्वत को उतना ही पवित्र और अचूक मानता है, जितना कि भगवान को श्रद्धापूर्वक चढ़ाया जाने वाला सवा रुपये का प्रसाद।

प्रधान जी : भारत की लगभग चार हजार जातियों-उपजातियों के संकीर्ण मनोवृत्ति वाले स्वार्थी नेताओं जैसा ही एक नेता—सामाजिक सामंतशाही का प्रतीक।

युवक : एक मेधावी युवक, जो दिल्ली में चक्रव्यूह पाता है।

स्थान : नई दिल्ली की एक सरकारी कोठी।

समय : सर्दी के मौसम का एक सायंकाल, साढ़े चार बजे के बाद।

[नई दिल्ली में बाबू कैलाशनाथ की कोठी का ड्राइंग रूम, जिसके सोफा सेट आदि बढ़िया फर्नीचर और आधुनिक साज-सज्जा से गृहस्वामी के ऊंचे पद और गृहस्वामिनी की सुरुचि का परिचय मिलता है। बांयी ओर प्रवेश-द्वार है, जो बाहर पोर्टिको में खुलता है। दायीं ओर पर्दों से सजे दो दरवाजे हैं। अगला दरवाजा गृहस्वामी के निजी कमरे और शयन-कक्ष में खुलता है ओर पिछला दरवाजा कोठी के आंगन में खुलता है, जहां रसोई और नौकरों के कमरे हैं। सामने की दीवार में एक खिड़की है, जिसका पर्दा जरा सरका हुआ है और उसमें से पहले कोठी के हरे-भरे बगीचे का और बाद में रात के बढ़ते हुए अंधकार का आभास मिलता है। बायीं दीवार के साथ आगे की ओर एक तिपाई पर टेलीफोन रखा है। जब पर्दा उठता है, तो सायंकाल के साढ़े चार बज चुके हैं। ड्राइंग रूम में कोई नहीं है। एकाएक ड्राइंग रूम की निर्जनता को मुखर करती हुई टेलीफोन की घंटी बज उठती है। कुछ देर बाद पिछले दायें दरवाजे से रामू लपककर आता है। उसके पीछे आया भी आती है, परन्तु दरवाजे पर ही ठिठक जाती है।]

रामू : (आते हुए पहाड़ी लहजे में) इन सुसरी आया से इतना भी नहीं होता कि आकर टेलीफोन ही सुन ले। बड़ी मेमसाहब बनी फिरती है! (रिसीवर उठाकर) हैलो! राम कसम, मैं बाबू कैलाशनाथ का नौकर ठाकुर रामसिंह यानी कि रामू बोल रहा हूं···(डपटकर) कौन कैलाशनाथ? (डरकर) ओह, क्षमा कीजिये, बाबू जी नमस्ते, बाबू जी! गलती हुई, बाबू जी! मैं समझा था कि···जी! अभी दफ्तर से आ रहे है?···क्या कहा? आज आप क्लब नहीं जायेंगे, शाम की चाय घर पर ही पियेंगे! जी, बहुत अच्छा···मैं सब काम-काज छोड़कर अभी आपके लिए चाय बनाता हूं···जी! कौन, बीबी जी? जी, वह तो···राम कसम, मैं आज झूठ नहीं बोलूंगा, बीबी

जी अभी अपनी कॉफी-क्लब की मीटिंग खत्म करके कल की कॉफी-क्लब की मीटिंग के लिए कॉफी खरीदने बाजार गयी हैं …जी ? कह रही थीं, कोई साढे छः बजे तक लौटूंगी। क्या जी ?…बहुत अच्छा। आप जब पांच बजे घर पहुंचेंगे, तो आपको कॉफी, नहीं-नहीं, चाय तैयार मिलेगी। और जी, दफ्तर में मेरे लिए चपरासी की नौकरी…! जी !…(सहमकर) बहुत अच्छा, जी ! फिर कभी नहीं कहूंगा, जी ! आपके घर की नौकरी ही ठीक है, जी ! (कांपते हाथों से रिसीवर रखता है और बड़बड़ाता है।) बाप रे, आज तो बाबू जी का मूड एकदम गड़बड़ है। तभी तो मैं आज उनकी आवाज नहीं पहचान सका। उस दिन खुद ही कहा था, "मैं तुझे दफ्तर में चपरासी की नौकरी दिलाऊंगा और आया से तेरा ब्याह कराऊंगा।" आज बोले, "तू गधा है।" हां, मैं गधा हूं, तभी तो दफ्तर में चपरासी बनना चाहता हूं।

आया : (आगे बढ़कर) रामू !

रामू : (चौंककर, पलटकर) कौन, आया ? अरी, तू यहीं खड़ी थी।

आया : उदास न हो। तू गधा नहीं, घोड़ा है—रेस का घोड़ा।

रामू : अरी, अगर मैं घोड़ा होता, तो राम कसम, अब तक पढ़-लिखकर दपतर का बाबू बन गया होता।

आया : दफ्तर का बाबू बनने के लिए गधा होना ही काफी है। वैसे हमारे लिए तो तू अब भी बाबू है। चाय बन गया ?

रामू : (त्योरी चढ़ाकर) अच्छा, यह बात है ? इस चाय के लिए ही मुझे बाबू बना रही है। नहीं, आज चाय नहीं मिलेगी।

आया : चाय नहीं मिलेगा, तो हम नौकरी छोड़कर चला जायेगा।

रामू : क्या नखरे हैं मेम साहब के ! चाय नहीं मिलेगी, तो नौकरी छोड़कर चली जायेगी। चले गये अंगरेज और छोड़ गये पीछे…

आया : क्या बकता है। क्रिश्चियन होते हुए भी हम खालिस हिंदुस्तानी हैं। दोनों टैम चाय मिलेगा, इसी कंडीशन पर हमने इस घर में आया का नौकरी किया था। बबुआ को संभाल, हम चला।

रामू : अरी, सुन तो। राम कसम बबुआ को तो उसकी मां संभालेगी, लेकिन अगर तू चली गयी तो इस ठाकुर रामसिंह को कौन संभालेगा ? तू अपने कमरे में चल, मैं चाय लेकर अभी आया। सिर्फ चाय ही नहीं, राम कसम, बिस्कुट भी लाऊंगा।

आया : अच्छा, तो हम नौकरी नहीं छोड़ेगा, लेकिन…लेकिन हमारा-

तुम्हारा शादी नहीं हो सकता।

रामू : (घबराकर) क्यों ?

आया : तू ऊंची जात का हिन्दू हमें नीची नजर से देखता है।

रामू : अरी नहीं, राम कसम, सरकार ने कानून बनाकर सबकी नजरें बराबर कर दी हैं। अब ऊंच-नीच का भेद नहीं रहा। सब एक ही देश के एक-से वासी हैं। उस दिन बाबूजी कह रहे थे कि देश की एकता के लिए जातियों धर्मों और प्रांतों की दीवारें तोड़कर शादियां होनी चाहिए।

आया : अरे रामू, तू तो लीडर का माफिक बात करता है।

रामू : अरी, लीडर तो सिर्फ बात ही करता है, राम कसम, मैं तो उस पर अमल भी करता हूं। (आया का हाथ अपने हाथ में लेकर) तो हम दोनों की शादी पक्की ?

आया : (हाथ छुड़ाकर) नहीं, हमारा शादी तब पक्का होगा, जब तू दफ्तर में चपरासी बन जायेगा।

रामू : चपरासी बनने का वादा तो बाबूजी ने···(एकाएक जैसे कुछ याद आ गया हो।) अरे, मार डाला।

आया : (घबराकर) क्या हुआ ?

रामू : राम कसम, तेरी बातों में खोकर मैं घर का काम-काज भूल जाता हूं, मालिक-मालकिन का हुक्म भूल जाता हूं और झूठा कहलाता हूं, कामचोर कहलाता हूं।

आया : (प्यार से) कामचोर नहीं, तू तो दिल का चोर है।

रामू : हां, तेरी खातिर मैं सचमुच चोर बन गया हूं। चोरी-चोरी तुझे चाय पिलाता हूं, चोरी-चोरी तुझे बढ़िया खाना खिलाता हूं, मालिक-मालकिन के लिए आये उपहार चोरी-चोरी तेरे कमरे में पहुंचाता हूं।

आया : (हंसकर) और बबुआ बनकर···?

रामू : (कानों में उंगली डालकर) न बाबा, अब मैं तेरी कोई बात नहीं सुनूंगा। राम कसम, अभी-अभी बाबू जी ने फोन पर कहा था कि वे ठीक पांच बजे घर पहुंच जायेंगे और चाय घर पर ही पियेंगे।

आया : आज क्या बात है, रामू ? रोजाना तो साहब दफ्तर से सीधा क्लब जाता है और वहां से आठ-नौ बजे घर आता है।

रामू : राम कसम, मैं भी तो हैरान हूं कि आज बाबू जी ठीक पांच बजे दफ्तर से सीधे घर क्यों आ रहे हैं ? फोन पर तो उनका मूड भी

मुझे कुछ गड़बड़ लगा।

[तभी दरवाजे की घंटी बजती है।]

आया : बाप रे, वे आ गये। चाय तो अभी बनी नहीं। अब क्या होगा?

आया : घबरा नहीं। तू किचन में जाकर चाय बना। हम दरवाजा खोलकर उन्हें ड्राइंग रूम में बिठाता है, बातों में लगाता है।

रामू : शाबाश! राम कसम, इसे कहते हैं···क्या कहते हैं? सुसरी अंग्रेजी तो मुझे आती ही नहीं।

आया : इसे हम कहते हैं डिप्लोमेसी।

रामू : अरे, जियो मिस डिप्लोमेसी, तुझपर कुर्बान है यह आशिक देसी। (रसोई की ओर भागता है।)

[दरवाजे की घंटी बजती है।]

आया : (दरवाजा खोलते हुए) गुड ईवनिंग, सर! आज तो आप···

[ठेकेदार लाला विलायती शाह अन्दर आता है—बगल में एक डिब्बा दबाये हुए।]

विलायती शाह : गुड ईवनिंग, मिस आया। लगता है, साहब अभी दफ्तर से नहीं आया।

आया : (संभलकर) ओह, मिस्टर विलायती शाह! (बेरुखी से) साहब आफिस से अभी नहीं आया।

विलायती शाह : (खुश होकर सोफे पर बैठते हुए) मैंने भी यही सोचा था। वे तो क्लब से होकर आते हैं। जरा मेम साहब को बुला दो।

आया : वह भी तो घर में नहीं। शापिंग करने बाजार गया है।

विलायती शाह : फिर तो गड़बड़ हो गया।

[रामू पिछले दरवाजे से झांकता है और फिर अन्दर आता है।]

रामू : क्या बात है, विलायती शाह जी? राम कसम, आप तो बहुत दिनों बाद आये।

विलायती शाह : अजी, क्या आयें? तुम्हारा साहब तो हाथ ही नहीं रखने देता। उस ठेके के लिए सबकुछ मेम साहब को दिया, पर ठेका किसी और को मिला। सवा रुपये का परशाद लेकर भगवान भी मुंहमांगी मुराद दे देता है, पर तुम्हारा साहब तो भगवान से भी ज्यादा ईमानदार बनता है।

रामू : ऐसी तो कोई बात नहीं, विलायती शाह जी! राम कसम, साहब मुझे बहुत मानता है, बीबीजी से भी ज्यादा। एक बार अपना कोई काम तो बताइये!

विलायती शाह : नहीं भई, यह काम तो तुम्हारी बीबी जी ही करा सकती हैं।

रामू : क्या काम है ?

विलायती शाह : आज तुम्हारे साहब के दफ्तर में इंजीनियर की नौकरी के लिए इंटरव्यू था। तुम्हारे साहब उस कमेटी के चेयरमैन थे। मेरा साला लुभायाराम भी इंटरव्यू देने गया था। बीबी जी अगर सिफारिश कर दें, तो यह नौकरी अपने साले को मिल सकती है।

रामू : राम कसम, जरूर मिल सकती है। मैं बीबी जी से कहूंगा कि वह साहब से आपके साले रामलुभाया की जोरदार सिफारिश करें।

विलायती शाह : फिर तो काम बन गया। यह लो दस रुपये, मिठाई खा लेना।

[दस रुपये का नोट देता है।]

रामू : (नोट लेकर) राम कसम, इसकी क्या जरूरत थी !

विलायती शाह : (डिब्बा खोलते हुए) और यह शाल बीबी जी के लिए। कल ही कश्मीर से आया है।

[रामू झपटकर डिब्बे में से शाल निकालकर देखता है। हाथ का नोट डिब्बे में ही रह जाता है। विलायती शाह बिना देखे खाली डिब्बा बन्द करके सोफे के नीचे रख देता है।]

रामू : (शाल को हाथ में लेकर) इस शाल के लिए बीबीजी की तरफ से धन्यवाद ! बीबी जी से मैं सिफारिश करवा दूंगा। अब आप जाइये। साहब आज जल्दी घर आ रहे हैं।

विलायती शाह : (जल्दी से उठकर) साहब आ रहे हैं तो मैं चलता हूं। भई, अगर अपना साला इंजीनियर बन जाय, तो पौ बारह समझो। मैं दूंगा बिल्डिंग के ठेके का टेंडर और साला कर देगा फौरन पास। न कोई रिश्वत, न कोई मिन्नत-समाजत। तो अब मैं चलता हूं।

रामू : निश्चिन्त होकर जाइये। राम कसम, सिफारिश तो मैं जोरदार करवा दूंगा···(धीरे से) आगे बाबू जी की मर्जी।

[विलायती शाह जाता है। रामू जल्दी से अन्दर से दरवाजा बन्द करता है और फिर लौटकर शाल आया को ओढ़ा देता है।]

रामू : आहा, मेरी आया रानी, यह शाल तो कश्मीर के कारीगरों ने बस तेरे लिए ही बनाकर भेजा है।

आया : (झूठ-मूठ नाराज होकर) हमें नहीं चाहिए यह रिश्वत का शाल !

रामू : अरी, यह रिश्वत नहीं, देवी के चरणों में चढ़ावा है, उपहार है। उपहार कहने से रिश्वत रिश्वत नहीं रहती। राम कसम, अगर यकीन न हो, तो पूछ ले किसी भी बड़े अफसर के नौकर से।

आया : (शाल को अच्छी तरह ओढ़ते हुए, हंसकर) तू बड़ा बदमास है।

रामू : अरी बदमास नहीं, तेरा दास, चरणदास, रिश्वत आये रास ।

आया : अगर साहब को पता चल गया तो···?

रामू : साहब को बीबी जी ही तो बतायेंगी। बीबी जी को जब हम नहीं बतायेंगे, तो वह कैसे साहब को बतायेंगी। जा निश्चिन्त होकर शाल को अपना समझकर अपने ट्रंक में रख ले। राम कसम, तू भी क्या याद करेगी कि किसी पहाड़ी रईस से पाला पड़ा था।

आया : (आंखें मटकाकर) और वह दस का नोट ?

रामू : दस का नोट ? हां, दस का नोट भी मिठाई के लिए हमें मिला है। (जेबें टटोलकर) ऐं, वह दस का नोट कहां गया ?

आया : अभी-अभी तो उस ठेकेदार ने तुझे दिया था।

रामू : (घबराकर) दिया तो था, परंतु पता नहीं, मैंने कहां रख दिया। (इधर-उधर ढूंढ़ता है।)

आया : अपना सब पाकेट अच्छी तरह देख लिया ?

[रामू अपनी सब जेबें टटोलता है। तभी दरवाजे की घंटी बजती है।]

रामू : (डरकर, हड़बड़ाकर) लगता है, बाबू जी दफ्तर से आ गये। तू भागकर अपने कमरे में जा और इस शाल को ठिकाने लगा। इतने मैं यहां नोट ढूंढ़ता हूं।

[आया शाल लेकर पिछले दरवाजे से अन्दर जाती है। रामू नोट ढूंढ़ता है। तभी दरवाजे की घंटी फिर बजती है। रामू जल्दी से दरवाजा खोलता है।]

रामू : (दरवाजा खोलकर भौचक्का-सा) कौन ? बीबी जी ? राम कसम···

लीला : (अन्दर आते हुए डांटकर) दरवाजा खोलने में इतनी देर क्यों लगायी ? क्या कर रहा था अन्दर ?

रामू : (बात बनाते हुए) जी, बीबी जी, मैं तो रसोई में था और···

लीला : और आया कहां थी ?

रामू : जी, वह बबुआ को सुला रही थी।

लीला : बबुआ को अभी कहां से नींद आ गयी ? यह तो उसके बाहर घूमने का समय है। (पुकारकर) आया, आया !

आया : (जल्दी से आकर) जी, मेम साहब !

लीला : क्या बबुआ को पांच बजे ही सुला दिया ?

[रामू और आया की आंखें मिलती हैं। आया समझ जाती है।]

आया : मेम साहब, फीडिंग के बाद उसे जरा लिटाया था। वह सो गया। थोड़ी देर बाद हम उसे बाहर घुमाने ले जायेगा।

लीला : घुमाकर उसे जल्दी वापस लाना। पार्क में किसीका इन्तजार न करती रहना···

[लीला अपने दाएं कमरे में चली जाती है। आया जली-भुनी-सी जाने लगती है कि रामू उसे रोक लेता है।

रामू : अरी, बुरा न मान। आजकल हर बड़े अफसर की बीवी घर की आया को अपनी सौत समझती है।

आया : (घृणा से) हूं। दस का नोट मिला ?

रामू : नहीं, अभी ढूंढ़ता हूं।

आया : बहाने बनाता है ! चोट्टा कहीं का !

[आया अन्दर जाती है। रामू नोट ढूंढ़ने लगता है। तभी लीला आती है।]

लीला : (आकर) रामू, क्या ढूंढ़ रहा है ?

रामू : (संभलकर) कुछ नहीं, बीबी जी। और हां, राम कसम, बीबी जी!, आप बाजार से इतनी जल्दी कैसे लौट आयीं ?

लीला : अरे, लौटना ही पड़ा। रीगल के बस-स्टाप पर उतरी थी कि मेरा बरसों का बिछुड़ा भाई रामू मिल गया।

रामू : (चौंककर) रामू ? जी, मैं तो घर पर ही···राम कसम···

लीला : (हंसकर) अरे तू नहीं। अपने मुंहबोले भाई को भी मैं प्यार से रामू ही कहती हूं। उसका पूरा नाम तो···

रामू : बीबी जी, बाबूजी का अभी-अभी दफ्तर से फोन आया था। राम कसम, मैंने उन्हें बताया था कि आप बाजार गयी हैं, और साढ़े छः बजे तक घर लौटेंगी। अभी आकर जब वे आपको घर में देखेंगे तो कहेंगे कि मैं झूठ बोलता हूं।

लीला : खैर, झूठ तो तू बोलता ही है। अरे, हां, मैं कहीं भूल न जाऊं, जरा जल्दी से सरोज के होस्टल का फोन मिला दे।

रामू : जी, कौन सरोज ?

लीला : तू केवल झूठा ही नहीं, भुलक्कड़ भी है। तू जानता नहीं कि सरोज मेरी छोटी बहन है, मेडिकल कालेज में पढ़ती है और होस्टल में रहती है···

रामू : जी हां, आपने बताया तो था, लेकिन राम कसम, मैं आपको यह भी बता दूं कि बाबू जी आज पांच बजे ही घर पहुंच रहे हैं, शाम की चाय घर पर ही पियेंगे···

लीला : ऐं, आज वे इतनी जल्दी घर क्यों आ रहे हैं ?

रामू : अचरज तो मुझे भी हो रहा है। राम कसम, रोज तो वे आठ-नौ बजे क्लब से होकर घर आते हैं।

लीला : तो आज वे क्लब नहीं जायेंगे ? यह बहुत अच्छा हुआ। रामू के आने से पहले ही मैं उनसे उसकी नौकरी की बात पक्की कर लूंगी।

रामू : (चौंककर) नौकरी की बात ?

लीला : देख, रामू को मैंने खाने पर बुलाया है। होस्टल से सरोज को भी बुला रही हूं। तू जल्दी से जाकर रसोई में जुट जा।

रामू : जी, पहले तो बाबू जी के लिए चाय बनानी होगी। राम कसम, वे आते ही होंगे।

लीला : अच्छा-अच्छा, पहले जल्दी से चाय बना और फिर खाना बनाना।

रामू : जी, बहुत अच्छा।

[रामू रसोई की ओर कदम बढ़ाता है और लीला टेली-फोन के पास बैठकर डायरेक्टरी में सरोज के होस्टल का नम्बर ढूंढ़ती है। रामू लौटकर इधर-उधर दबे पांव अपना खोया नोट ढूंढ़ने लगता है। लीला पलटकर देखती है।]

लीला : क्या ढूंढ़ रहा है, रामू ?

रामू : (एकाएक भागने का उपक्रम करता हुआ) कुछ नहीं, बीबीजी !

लीला : बताता क्यों नहीं ? सारा ड्राइंग रूम तूने उलट-पलट डाला है।

रामू : (बात बनाते हुए) जी, वह···गांव से चिट्ठी आयी थी। वह कहीं मेरी जेब से गिर गयी···

ल ा : त जाकर रसोई या अपने कमरे में ढूंढ़।

रामू : जी हां, आप ठीक कहती हैं। वहीं जाकर ढूंढ़ता हूं।

[रामू रसोई की ओर जाता है। लीला रिसीवर उठाकर टेलीफोन का नम्बर मिलाती है।]

लीला : (फोन पर) हैलो ! क्या आप मेडिकल कालेज के होस्टल से बोल रही हैं?···ऐं, कौन सरोज?···अरी, मैं तुझे ही तो बुला रही थी···क्या? अपनी बड़ी बहन की आवाज भी नहीं पहचानती?···हां, मैं लीला बोल रही हूं। क्या?···सिर्फ बात ही नहीं, खुशखबरी भी है···रामू दिल्ली आया हुआ है और···अरी, मेरा नौकर नहीं, तुम्हारा होनेवाला नौकर··· (हंसकर) हां, इंजीनियर रामू···मेरा मुंहबोला भाई···हां, वही। शाम को मेरे यहां खाना खाने आ रहा है···बस, तू भी फौरन चली आ। क्या?···मुझे अभी-अभी कनाट प्लेस में मिला था···उसे पता नहीं था कि हम दोनों भी दिल्ली में हैं। दो साल पहले वहां से पिता जी की बदली कानपुर हो गयी थी न···हां, उसे पता नहीं था कि शादी के बाद मैं दिल्ली आ गयी हूं और तू भी पढ़ाई के सिलसिले में दिल्ली आ गयी है। हां, हां, सुनकर बड़ा ही खुश हुआ···क्या?···अरे, हां, यह तो तुझे बताया ही नहीं···आज तेरे जीजा के दफ्तर में उसका इण्टरव्यू था, इंजीनियर की पोस्ट के लिए···नहीं, नहीं, उसे पता नहीं था कि सिलेक्शन कमेटी के चेयरमैन तेरे जीजा जी हैं। हां, जब मैंने उसे बताया तो···अरी, यह भी कोई कहने की बात है?···उसे जरूर यह जगह मिलेगी, और फिर··· क्या? अरी, मेरी लाड़ली बहन सरोजरानी के हृदय में जगह पाकर वह पहले ही इस जगह का हकदार हो चुका है···तू चिन्ता न कर, पिता जी को मैं मना लूंगी···ऐसा योग्य दामाद उन्हें और कहां मिलेगा···क्या कहा? वार्ड में तेरी सात बजे तक ड्यूटी है?···ठीक है, साढ़े सात बजे तक तो तू पहुंच जायेगी न?

[बाहर कार का हार्न और फिर कार के रुकने की आवाज सुनायी देती है।]

लीला : ले, तेरे जीजा जी दफ्तर से आ गये। तू साढ़े सात बजे तक जरूर पहुंच जाना। अच्छा, बाई-बाई।

[टेलीफोन का रिसीवर रखकर लीला लपककर दरवाजा खोलती है। कैलाशनाथ बड़े पद की जिम्मेदारी

से दबा हुआ-सा, ब्रीफ-केस उठाये अन्दर आता है ।]

कैलाशनाथ : (आते हुए) रामू !

लीला : रामू नहीं, आपके स्वागत के लिए यह दासी प्रस्तुत है ।

कैलाशनाथ : अरे, लीला, तुम घर में ही हो ? आज इस कमबख्त ने फिर झूठ बोला !

रामू : (आकर) राम कसम, बाबू जी, मैंने झूठ नहीं बोला । बीबी जी कह गयी थीं कि ये···

लीला : अच्छा-अच्छा, सफाई बाद में देना । (कैलाशनाथ का ब्रीफ केस रामू को पकड़ाकर) जा, इसे साहब के कमरे में रख आ और फिर साहब के लिए चाय बनाकर ला । (रामू जाता है ।) आप खड़े क्यों हैं ? बैठिये न । अब कहीं जाना तो नहीं है ?

कैलाशनाथ : नहीं, अब कहीं नहीं जाना । आज क्लब का प्रोग्राम भी कैंसल कर दिया है ।

लीला : शुक्र है, आपने और पतियों की तरह आज सीधे घर आना तो सीखा ।

कैलाशनाथ : (पुकारकर) रामू, रामू !

रामू : (अगले दायें दरवाजे से आकर) जी, बाबू जी ।

कैलाशनाथ : देख, बाहर का यह दरवाजा अन्दर से अच्छी तरह बन्द कर दे । अगर हो सके, तो अन्दर से ताला भी लगा दे ।

रामू : जी, बहुत अच्छा ! (अन्दर से दरवाजा बन्द करता है ।)

कैलाशनाथ : और देख, अगर कोई पिछले दरवाजे पर आकर पूछे कि बाबू जी घर पर हैं, तो कहना—बाबू जी घर पर नहीं हैं । क्या कहेगा ?

रामू : जी कहूंगा, राम कसम, बाबू जी कहते हैं कि मैं घर पर नहीं हूं ।

कैलाशनाथ : (डांटकर) गधा कहीं का !

रामू : (सहमकर) जी !

कैलाशनाथ : जा, भागकर चाय ला !

रामू : अभी लाया । (जाता है ।)

कैलाशनाथ : लीला, आज तुम कुछ काम करने के मूड में जान पड़ती हो । जल्दी से इस डोर-बेल का कनेक्शन काट दो और अन्दर से ताला लगा दो ।

लीला : लेकिन पहले यह तो पता चले कि यह किलाबन्दी क्यों की जा रही है !

कैलाशनाथ : लीला, क्या बताऊं, सिफारिश करनेवालों की एक पूरी फौज

ने मेरा पीछा कर रखा है। उनसे बचने के लिए ही मैं पांच बजने से पहले दफ्तर से उठ आया और यह सोचकर कि वे क्लब तक मेरा पीछा करेंगे, मैं बिना किसीको बताये सीधा घर चला आया हूं।

लीला : ओह ! अब समझी।

कैलाशनाथ : (सोफे पर बैठते हुए) खैर, हटाओ। रामू ने फोन पर बताया था कि तुम···

लीला : हां, मैं कनाट प्लेस गयी थी। वहां बरसों बाद मेरा एक धर्म-भाई मिल गया।

कैलाशनाथ : (हंसकर) धर्म-भाई ? लड़कियां अंग्रेजी में जिसे 'कजन' कहती हैं, वही न ?

लीला : हर पति की तरह आप भी बेहद शक्की हैं। सुनिये, आज आपके आफिस में इंजीनियर की पोस्ट के लिए कोई इंटरव्यू था ?

कैलाशनाथ : (एकाएक उठकर, दूर जाकर) क्या तुम तक भी यह खबर पहुंच गयी ?

लीला : तो क्या यह कोई बुरी खबर है ?

कैलाशनाथ : हां, लीला, इस युग के अनुसार यह बहुत बुरी खबर है। आज-कल जब भी किसी छोटी-बड़ी नौकरी के लिए इण्टरव्यू होता है, तो हर अच्छे-बुरे उम्मीदवार के लिए सिफारिशों का तांता लग जाता है। कहीं मिनिस्टर की सिफारिश तो कहीं बड़े अफसर की सिफारिश; कहीं नेता की सिफारिश तो कहीं मित्र की सिफारिश; कहीं सहयोगी की सिफारिश तो कहीं रिश्तेदार की सिफारिश। एक अनार के पीछे सौ बीमार। जिसकी सिफारिश न मानो, वही नाराज। इण्टरव्यू होता है उम्मीद-वारों में से सबसे योग्य व्यक्ति को चुनने के लिए; परन्तु सिफारिश करने वाले योग्य-अयोग्य का भेद नहीं मानते। वे तो चाहते हैं अपने उम्मीदवार की सफलता। सच कहूं, इस सिफारिशबाजी ने देश के प्रशासन को छिन्न-भिन्न करके रख दिया है। सारा देश नौकरी के इच्छुक स्वार्थी गुटों में बंटा हुआ दिखायी देता है···

लीला : सो तो है ही; लेकिन मैं जिसकी सिफारिश कर रही हूं···

कैलाशनाथ : (और भी क्षुब्ध होकर) लीला, मेरे सामने सिफारिश शब्द का प्रयोग न करो। इस शब्द के पीछे काम करनेवाली मनो-वृत्ति से मुझे चिढ़ है, घृणा है। हमारे आफिस में इंजीनियर

की एक पोस्ट खाली थी। उसके लिए देश के विभिन्न राज्यों से छंट-छंटाकर कोई तीस उम्मीदवार आज इण्टरव्यू के लिए आये थे। इण्टरव्यू अभी खत्म भी नहीं हुआ था कि टेलीफोन पर टेलीफोन आने लगे, "मैं अमुक बड़े आदमी का पी० ए० बोल रहा हूं। यह पोस्ट अमुक उम्मीदवार को ही मिलनी चाहिए।" "कैलाश, मैं तुम्हारा वह बोल रहा हूं, यह नौकरी मेरे फलां आदमी को मिलनी चाहिए।" इन सिफारिशों की बमबारी से बचने के लिए मैं आज इतनी जल्दी दफ्तर से भागकर घर में आ छिपा हूं और यहां आकर देखता हूं कि···

लीला : लेकिन मेरी बात आपको माननी ही होगी।

कैलाशनाथ : अब असम्भव है, क्योंकि कमेटी ने जो फैसला करना था, सो···

लीला : (जल्दी से) तो उस पोस्ट पर किसकी नियुक्ति होगी, इस बात का फैसला क्या आप कर चुके हैं ?

कैलाशनाथ : हां, एकदम पक्का फैसला कर आया हूं। जो उम्मीदवार हमें पढ़ाई, प्रशिक्षण और अनुभव के आधार पर सबसे अधिक योग्य और होनहार नजर आया उसे हमने चुन लिया।

लीला : कौन है वह ?

कैलाशनाथ : लीला, मुझे क्षमा करो, दफ्तर का यह गोपनीय निर्णय मैं तुम्हें भी नहीं बता सकता।

लीला : (नाराजी से) ओह ! तो मेरा इतना भी अधिकार नहीं !

कैलाशनाथ : लो, नाराज हो गयीं। अगर मुझे मालूम होता कि सिफारिश करने वाले तुम तक भी पहुंच जायेंगे, तो मैं दफ्तर से भागकर घर आने की बजाय···

लीला : व्यर्थ की बातें छोड़िये। अभी आपने निर्णय ही किया है, नियुक्ति-पत्र तो जारी किया नहीं। देखिये, मैंने आज तक आपसे कभी किसी बात के लिए जिद नहीं की। लेकिन यह पोस्ट तो आपको रामू को देनी होगी।

[तभी रामू चाय की ट्रे लिए आता है।]

कैलाशनाथ : (चौंककर) रामू को···यानी कि···

रामू : (तिपाई पर चाय की ट्रे रखता हुआ) हां, बाबू जी, इस घर में रहते अगर मेरी कुछ तरक्की हो जाये, तो···

लीला : क्या बक रहा है ?

रामू : अभी-अभी आप बाबू जी से मेरी सिफारिश कर रही थीं न ?

लीला : अरे, मैं तो अपने धर्म-भाई के लिए कह रही थी।

कैलाशनाथ : (हंसकर) तो क्या उसका नाम भी रामू है ?

लीला : रामू तो हम प्यार से कहते हैं, उसका असली नाम तो···

[तभी टेलीफोन की घंटी बजती हैं ।]

रामू, सुनना यह किसका टेलीफोन है ? (कैलाशनाथ से) आप आराम से चाय पीजिये। (प्याले में चाय बनाती है ।)

रामू : (रिसीवर उठाकर) हैलो !···हां, मैं कैलाशनाथ के घर से ही बोल रहा हूं !···कौन ?···अच्छा जी, मैं उन्हें बुलाता हूं। (कैलाशनाथ से) बाबू जी, कोई मंत्री जी बोल रहे हैं ।

कैलाशनाथ : देखा लीला, मैंने पी० ए० की बात नहीं सुनी, तो खुद मंत्री जी···

लीला : मंत्री जी की बात तो सुननी ही होगी ।

कैलाशनाथ : हां, सुननी ही होगी । (रामू से रिसीवर लेकर) जी, मैं कैलाशनाथ बोल रहा हूं । आज्ञा कीजिये !···कौन ? ओह ! कवि-समाज के मंत्री जी हैं ?···नमस्कार, मंत्री जी···क्या कहा ? मुझे खेद है कि उस दिन मैं कवि-समाज की गोष्ठी में नहीं पहुंच सका । जी···हां, उस दिन दफ्तर में इतनी देर हो गयी थी कि···क्या कहा ? अगले रविवार को आप कवि-गोष्ठी मेरे घर पर रखना चाहते हैं ?···मुझे कोई आपत्ति नहीं। अजी, मेरे घर में काव्य की गंगा आ रही है···क्या ?··· अजी, मैं अब क्या लिखूंगा। मैं तो अब मात्र श्रोता बनकर रह गया हूं···

लीला : (हंसते हुए) रामू, तू वाकई गधा है। यह तो कोई नकली मंत्री हैं । बेकार में डरा दिया।

कैलाशनाथ : जी ? (जरा संभलकर) हां, इंजीनियर की एक पोस्ट के लिए आज इण्टरव्यू था···कौन ? हां, हां !···क्या कहा ?··· वह इंजीनियर के साथ-साथ हिन्दी का सेवक और सफल कवि भी है ?···लेकिन मंत्री जी, इंजीनियर के काम में यह भाषा का प्रश्न कहां पैदा होता है ?···जी नहीं । भाषा के नाम पर मैं इस तरह की बेईमानी नहीं कर सकता···जी हां, हमने योग्यता के आधार पर जिसे चुनना था, चुन लिया । जी नहीं, इस विषय में मैं और कुछ बात नहीं करना चाहता···नमस्कार ! (झल्लाकर टेलीफोन बन्द करता है ।) कमाल है, कवि-समाज के यह मंत्री जी समझते हैं कि बांध-निर्माण-योजना और कवि-सम्मेलन के आयोजन में कोई फर्क नहीं । टेकनीकल काम में

भी अपना दूषित भाषावाद घुसेड़ रहे हैं! पता नहीं, इन सिफारिश करनेवालों को कहां से मालूम हो गया कि मैं इस समय घर में हूं।

लीला : (हंसकर) पहले उन्होंने दफ्तर में फोन किया होगा, फिर क्लब में किया होगा और अंत में...

कैलाशनाथ : (बैठकर चाय पीते हुए) मैं अब सोचता हूं कि भागकर कुतुब-मीनार पर पहुंच जाऊं। वहां न फोन होगा, न...(तभी दरवाजे की घंटी बजती है।) लो, लगता है कि कोई फोन का सहारा न लेकर सीधा घर ही पहुंच गया। रामू, दरवाजा मत खोलना।

लीला : लेकिन हो सकता है कि मेरा वह धर्म-भाई रामू आया हो। मैंने उसे खाने पर बुला रखा है।

कैलाशनाथ : ऐं, उसे खाने पर बुला रखा है? फिर तो मैं पिछले दरवाजे से क्लब...(पिछले दरवाजे की तरफ बढ़ता है। तभी नवागन्तुक की आवाज सुनायी देती है।)

आवाज : (बाहर से) बाबू कैलाशनाथ जी! अरे भई, घर पर ही हो न?

लीला : यह तो मेरा धर्म-भाई नहीं। रामू, दरवाजा मत खोलना।

कैलाशनाथ : (लौटते हुए) मगर लीला, यह आवाज तो हमारी बिरादरी के प्रधान जी की है। बिरादरी की सभा का वार्षिक चुनाव होने-वाला है। उसीके बारे में परामर्श करने आये होंगे। रामू, जा, उन्हें बड़े आदर से अन्दर लिवा ला।

रामू : जी, बहुत अच्छा।

[रामू दरवाजा खोलता है और बड़ी-बड़ी मूंछों वाले रोबीले वयोवृद्ध प्रधान जी छड़ी के सहारे अन्दर आते हैं।]

प्रधान जी : (आते हुए) मेरा अनुमान ठीक निकला। मैं जानता था कि तुम इस समय घर में ही होगे। मैं ठीक कह रहा हूं न?

कैलाशनाथ : (उठकर नमस्ते करके) जी, आइये, विराजिये। अभी दफ्तर से आया हूं।

[प्रधान जी खूब फैलकर सोफे पर बैठ जाते हैं। कैलाश-नाथ पास ही कुर्सी खींचकर बैठ जाता है।]

लीला : रामू, जा अन्दर जाकर खाना तैयार कर।

रामू : जी, बहुत अच्छा। (जाता है।)

कैलाशनाथ : लीला, प्रधान जी के लिए चाय बनाओ।

[लीला ट्रे में रखे एक खाली प्याले में चाय बनाती है।]

प्रधान जी : (हंसकर) बेटी के हाथ की चाय तो मैं जरूर पिऊंगा। कैलाश बाबू, तुम्हारे बारे में इसके पिता को मैंने ही तो खबर दी थी। तुम्हारे पिता जी कुछ आनाकानी कर रहे थे। मैंने उनपर बिरादरी की सभा का ऐसा जोर डाला कि उन्हें यह रिश्ता मंजूर करना ही पड़ा। मैं ठीक कह रहा हूं न ? (प्याला उठाकर चाय पीने लगते हैं।)

कैलाशनाथ : जी हां, आपने बड़ी कृपा की थी। आज कैसे कष्ट किया ?

प्रधान जी : कष्ट की कुछ न पूछो, कैलाश बाबू। मैं तो आजकल बिरादरी की चिन्ताओं से ही मरा जा रहा हूं। मैं तो सोचता हूं कि बिरादरी का संगठन मजबूत हो, उसकी शक्ति बढ़े, दिनोंदिन उन्नति हो, लेकिन यह नयी पीढ़ी सब किये-धरे पर पानी फेरने पर तुली है। मैं ठीक कह रहा हूं न ?

कैलाशनाथ : जी हां, वार्षिक चुनाव कब हो रहे हैं।

प्रधान जी : अगले महीने होंगे। और कैलाश बाबू, अब के दिल्ली और नयी दिल्ली की पार्टियों में कसकर मुकाबला होगा। नयी दिल्ली की पार्टी, सुना है, तुम्हें प्रधान बनाना चाहती है। मैं ठीक कह रहा हूं न ?

कैलाशनाथ : जी, मुझे तो कुछ पता नहीं।

प्रधान जी : मुझे सब पता है। कैसे पता है ? अरे भई, पिछले दस वर्षों से मैं ही बिरादरी की सभा का प्रधान चला आ रहा हूं। बात दरअसल यह है कि मैं न तो नयी दिल्ली का हूं और न पुरानी दिल्ली का, बस बीच का हूं। इसलिए दोनों पार्टियां मेरा आदर करती हैं, मेरी बात मानती हैं। मैं ठीक कह रहा हूं न ?

कैलाशनाथ : आप ठीक कह रहे हैं, इसलिए प्रधान-पद के लिए खड़ा होने का मेरा कोई इरादा नहीं है।

प्रधान जी : क्यों इरादा नहीं ? अरे भई, तुम्हारे कारण ही तो मैं अपना नाम वापस ले रहा हूं और कोशिश कर रहा हूं कि तुम सर्व-सम्मति से बिना मुकाबले के बिरादरी के प्रधान चुने जाओ। तुमने इतनी छोटी उम्र में इतने ऊंचे सरकारी पद पर पहुंचकर बिरादरी का गौरव बढ़ाया है, इसलिए बिरादरी का यह कर्त्तव्य हो जाता है कि तुम्हें प्रधान बनाकर सम्मानित करे। मैं ठीक कह रहा हूं न ?

कैलाशनाथ : जी हां, लेकिन मेरे पास इतना समय कहां कि···

प्रधान जी : अरे भई, बिरादरी के लिए समय तो निकालना ही होगा। और

फिर मैं जो तुम्हारे साथ रहूंगा, सभा के संरक्षक के रूप में। मैंने बिरादरी को सशक्त और संगठित बनाने के लिए एक योजना बना रखी है, जो तुम्हारे ही सहयोग से कार्यान्वित हो सकती है, क्योंकि भगवान ने तुम्हें ऊंचा सरकारी पद दिया है, प्रभाव दिया है, शक्ति दी है। मैं ठीक कह रहा हूं न? और हां, बेटी लीला, तुम्हारे पिता भगवती बाबू का कानपुर से पत्र आया था। तुम्हारी छोटी बहन यहां मेडिकल कालेज में पढ़ती है न?

लीला : जी हां, इसी महीने उसका कोर्स पूरा हो जायेगा।

प्रधान जी : तुम्हारे पिताजी चाहते हैं कि जैसे मैंने तुम्हारे लिए इतना अच्छा वर ढूंढ़ दिया था, वैसे ही छोटी लड़की के लिए भी कोई योग्य और सुशील लड़का ढूंढ़ दूं। उन्हें मुझपर पूरा भरोसा है। मैं भी तुम दोनों बहनों को अपनी बेटियों के समान ही समझता हूं। एक-दो लड़के मेरी नजर में हैं। पूरा पता लगाकर, अपनी तसल्ली करके मैं तुम्हें खबर दूंगा। मैं ठीक कह रहा हूं न? अच्छा, अब मैं चलूं।

[प्रधान जी उठते हैं और उनके साथ ही कैलाशनाथ और लीला भी उठते हैं। दरवाजे की ओर जाते हुए प्रधान जी एकाएक रुक जाते हैं।]

प्रधान जी : अरे हां, याद आया। बेटा कैलाश, एक मामूली-सा काम था। अपना वह लड़का किशोरीलाल है न? उससे मैंने कह दिया था कि वह इण्टरव्यू के समय बिरादरी और मेरे नाम का इशारा कर दे, तुम अपने-आप समझ जाओगे।

कैलाशनाथ : (संभलकर) मैं समझा नहीं।

प्रधान जी : (फिर सोफे पर बैठते हुए) अरे बेटा, तुम्हारे यहां कोई इंजीनियर की जगह है न? किशोरीलाल उसी के इण्टरव्यू के लिए आज तुम्हारे यहां गया था। उसने लौटकर कहा, "ताऊ जी, मुझे तो कैलाशनाथ जी ने पहचाना तक नहीं।" मैंने हंसकर कहा, "अरे बेटा, कैलाशनाथ बड़े गहरे आदमी हैं। कमेटी के और मेम्बरों के सामने कैसे बिरादरी की जान-पहचान प्रकट करते; लेकिन सब समझ-बूझकर आखिर चुना होगा उन्होंने अपनी बिरादरी का ही लड़का।" मैंने ठीक कहा न बेटा?

कैलाशनाथ : (नर्मी से) जी, योग्य इंजीनियर का चुनाव करते समय जात-

बिरादरी का विचार तो नहीं किया गया।

प्रधान जी : क्या कहते हो, बेटा ? ऐसे मामलों में जात-बिरादरी का विचार तो करना ही पड़ता है, सारी दुनिया करती है। बिरादरी की शक्ति बढ़ाने के यही तो अवसर होते हैं। बेटा, यह जगह तो अपने लड़के किशोरीलाल को ही मिलनी चाहिए।

कैलाशनाथ : जी, मुझे खेद से कहना पड़ता है कि जो लड़का इस पोस्ट के लिए चुना गया है, उसका नाम किशोरीलाल नहीं।

प्रधान जी : अरे भई, यह क्या कह रहे हो ? बेटी लीला, सुनो अपने पति की बात ? जरा तुम्हीं समझाओ इसे।

लीला : जी, मैं क्या समझा सकती हूं।

प्रधान जी : (तनकर) तो मैं इसे बिरादरी की सभा के प्रधान की हैसियत से समझाता हूं कि···

कैलाशनाथ : क्षमा कीजिए, आपने मुझे गलत समझा है। मैं पूरे देश को अपनी बिरादरी मानता हूं। पूरे देश में से जो योग्य लड़का मिला है, नौकरी उसीको दी जा रही है।

प्रधान जी : कौन है वह लड़का ?

कैलाशनाथ : आपके लिए इतना जानना ही काफी है कि हमारी जात-बिरादरी का नहीं।

प्रधान जी : (गुस्से से) तुम हमारी जाति और बिरादरी के शत्रु हो। बिरादरी की सभा की अगली बैठक में मैं तुम्हारे विरुद्ध अविश्वास का प्रस्ताव पास करवाकर···

कैलाशनाथ : आप जो जी चाहे कीजिए, पर मैं गलत फैसला करके अपने देश का शत्रु नहीं बन सकता।

प्रधान जी : (तैश में उठकर जाते हुए) अच्छा, तो मैं भी दिखा दूंगा कि बिरादरी का शत्रु बनने का क्या परिणाम होता है ? और यह भी सुन लो, तुम्हारी साली के लिए बिरादरी का कोई लड़का नहीं मिलेगा।

कैलाशनाथ : (बिगड़कर) न मिले बिरादरी का लड़का। बिरादरी के बाहर पूरे देश में सैंकड़ों योग्य लड़के हैं।

प्रधान जी : (गुस्से से कांपते हुए) तो क्या तुम अपनी साली की शादी बिरादरी से बाहर करोगे ?

कैलाशनाथ : हां, अवश्य करूंगा।

प्रधान जी : तो मैं आज ही तुम्हारा बिरादरी से बहिष्कार करवाता हूं। (चले जाते हैं।)

कैलाशनाथ : (विक्षोभ के साथ) बिरादरी से बहिष्कार ! अच्छा ही है कि मैं बिरादरी के तंग दायरे से निकलकर देश के खुले वायुमंडल में सुख और संतोष की सांस ले सकूंगा। जातियों-उपजातियों के इन चक्रव्यूहों ने हर भारतवासी को संकुचित, स्वार्थी और देश-द्रोही बना दिया है। जब तक ये घिनौने चक्रव्यूह नहीं टूटते, तब तक न तो देश एक हो सकता है, न उन्नति कर सकता है। सुन रही हो, लीला ? मैं तुम्हारी बहन की शादी बिरादरी से बाहर करूंगा।

लीला : (मुस्कराकर) मैं आपके इस निश्चय का स्वागत करती हूं और आप सुनकर खुश होंगे कि मेरा धर्म-भाई रामू हमारी बिरादरी का नहीं है।

कैलाशनाथ : (संभलकर) क्या मतलब ?

लीला : मतलब यह कि हम तो हैं क्षत्रिय और रामू है ब्राह्मण। उसका बाप बड़े ही उदार विचारों का है। सरोज और रामू एक-दूसरे को जानते हैं और मेरा खयाल है कि एक-दूसरे को चाहते भी हैं। अगर रामू को यह नौकरी मिल जाये, तो सरोज का उससे तुरन्त विवाह हो जायेगा और अभी-अभी बिरादरी के प्रधान जी को आपने जो चुनौती दी है, वह भी पूरी हो जायेगी।

कैलाशनाथ : (झंझलाकर बैठते हुए) तो तुम मुझे कुनबा-परस्ती के चक्रव्यूह में फंसाकर मुझसे बेईमानी करवाना चाहती हो ? योग्यता के आधार पर चुने गये उम्मीदवार की मुझसे हकतलफी करवाना चाहती हो ?

लीला : अगर मेरी बहन को ऐसा योग्य और मनचाहा वर न मिला, तो क्या उसकी हकतलफी नहीं होगी ? पिता जी तो बूढ़े हो चुके हैं। बहन का सारा बोझ मेरे सिर पर है गोया कि आपके सिर पर है···

कैलाशनाथ : नहीं, मैं भाषा के चक्रव्यूह में नहीं फंसा, जात-बिरादरी के चक्र-व्यूह में नहीं फंसा और अब कुनबा-परस्ती के चक्रव्यूह में भी नहीं फंसूंगा। मैं इस नौकरी के मामले में कोई गोलमोल नहीं करूंगा।

लीला : अपनी साली के सुख के लिए भी नहीं ?

कैलाशनाथ : लीला, भगवान के लिए मुझे भ्रष्टाचार करने को विवश न करो। सरोज के लिए मैं···

[तभी टेलीफोन की घंटी बजती है और बजती रहती है]

कैलाशनाथ : ओह, यह भी किसी सिफारिश करने वाले का फोन होगा। मैं अब एक मिनट भी इस घर में नहीं रुक सकता। मैं जा रहा हूं क्लब।

लीला : नहीं, आप क्लब नहीं जा सकते। रामू के साथ मैंने सरोज को भी खाने पर बुला रखा है। यह शायद उसीका फोन हो। (टेलीफोन की तरफ जाती है।)

कैलाशनाथ : (हताश होकर) अरे, क्या सरोज को भी खाने पर बुला रखा है? ओह, धर्म और ईमानरूपी अभिमन्यु को मारने के लिए कौरवों के सभी महारथी इकट्ठे हो रहे हैं।

लीला : (फोन का रिसीवर उठाकर) हैलो!···हां, मैं उन्हीं के घर से बोल रही हूं···कौन ?···जी, रुकिये; मैं अभी उन्हें बुलाती हूं। (रिसीवर पर हाथ रखकर, कैलाशनाथ से) जल्दी आइये।

कैलाशनाथ : कौन ?

लीला : आपके मित्र रमाशंकर तिवारी के चाचा···

कैलाशनाथ : (घबराकर) बाप रे! (लपककर लीला से रिसीवर लेता है।) नमस्ते, चाचा जी!···जी, आपकी दया से सब कुशल-मंगल हैं···जी नहीं, दफ्तर की व्यस्तता के कारण मैं आपकी सेवा में उपस्थित न हो सका, कल दर्शन करने जरूर आऊंगा···जी, क्या कहा? हां-हां, इंजीनियर की एक पोस्ट के लिए आज इण्टरव्यू था···जी हां, पढ़ाई, प्रशिक्षण और अनुभव के आधार पर जो उम्मीदवार योग्यतम पाया गया, उसीको कमेटी ने चुना है···कौन ?··· जी नहीं, वे नहीं चुने गये··· हां, हां, आपकी चिट्ठी उन्होंने मुझे दी थी, लेकिन योग्यता के मामले में वह···जी, क्या कहा?···हां, अपने प्रदेश से आये उम्मीदवारों में तो वे सबसे अधिक योग्य थे, लेकिन जिस उम्मदवार को कमेटी ने चुना, वह उनसे कहीं अधिक योग्य था—देश-भर के उम्मीदवारों में योग्य था···(हकलाकर) जी?···नहीं, वह उत्तर भारत का नहीं, दक्षिण भारत का रहने वाला है···जी, पूरी कमेटी के फैसले को अब बदलना कठिन है। जी, मुझे बहुत खेद है कि आपकी आज्ञा का पालन नहीं हो सका, लेकिन मैं विश्वास दिलाता हूं कि···जी, शान्ति से मेरी पूरी बात तो सुन लीजिये···ओह, टेलीफोन बन्द कर दिया। (रिसीवर रखता है और रूमाल से मुंह पोंछता है, जैसे प्रान्तीय नेता से पड़ी झाड़ को झाड़ने का प्रयत्न कर रहा

हो। फिर झटककर उन्मादी की तरह बड़बड़ाने लगता है।) प्रान्तीयता की दलदल में फंसे हुए ये हैं हमारे पूज्य नेता, देश के कर्णधार, देश के व्यवस्थापक, देश के भाग्यविधाता ! पूछते हैं, "उत्तर भारत का इंजीनियर छोड़कर दक्षिण भारत का इन्जीनियर क्यों लिया ? चुनाव करते समय पक्षपात क्यों नहीं बरता ?" और मंच पर खड़े होकर यही दुनिया के सामने नारा लगाते हैं, "भारत एक है ! उत्तर भारत और दक्षिण भारत एक है ! ! सारे भारतवासी एक हैं ! ! !" यही हैं वे नेता, जो सरकारी अधिकारियों और कर्मचारियों पर भ्रष्टाचार का आरोप लगाते हैं, और स्वयं प्रान्तीयता का विष फैलाकर प्रशासन को दूषित कर रहे हैं, सही रास्ते पर चलने वालों को पथभ्रष्ट कर रहे हैं, देश की एकता को छिन्न-भिन्न कर रहे हैं।

लीला : (घबराकर) क्या हो गया आपको ? पागलों की तरह बोले ही जा रहे हैं !

कैलाशनाथ : लीला, तुम नहीं जानतीं, आज मेरी आत्मा को कितना भीषण आघात लगा, मेरी निष्ठा को कितना बड़ा धक्का पहुंचा है ! मैंने कभी रिश्वत नहीं ली, ठेकेदारों से कमीशन नहीं लिया, उपहार नहीं लिये। आज पता चला कि ईमानदारी ही सबसे बड़ा पाप है, अपराध है। मेरी इसी ईमानदारी के कारण मुझसे मेरे गुरुजन नाराज हैं, मित्र नाराज हैं, सगे-सम्बन्धी नाराज हैं, और तो और तुम भी नाराज हो।

लीला : नहीं, मैं तो खुश हूं कि आपने दक्षिण भारत के इन्जीनियर को चुना है। रामू भी दक्षिण भारतीय है और मैं समझती हूं कि···

कैलाशनाथ : (बिगड़कर)···कि हमने रामू को ही चुना होगा। नहीं, हमने रामू नाम के किसी व्यक्ति को नहीं चुना।

[नौकर रामू जल्दी से आकर पिछले दरवाजे में खड़ा हो जाता है।]

लीला : लेकिन रामू का···

कैलाशनाथ : (गुस्से से पागल होकर) रामू ! रामू ! ! रामू ! ! ! यह नाम सुनते-सुनते मेरे कान पक गये हैं, मेरा भेजा छलनी हो गया है, मेरे ईमान और निष्ठा के किले में दरारें पड़ गयी हैं। मैं यह नाम नहीं सुनना चाहता, नहीं सुनना चाहता।

[कैलाशनाथ तेजी से दायीं ओर के कमरे में चला जाता है। रामू जल्दी से आगे आता है।]

रामू : बीबी जी, बाबू जी को क्या हुआ ?

लीला : तेरा सिर ! तू यहां क्यों चला आया ? पता नहीं, खाना खाने के लिए मेहमान आ रहे हैं ?

रामू : जी, राम कसम, खाना तो तैयार है।

लीला : आया बबुआ को घुमा लायी ?

रामू : जी हां, अब वह बबुआ को सुला रही है।

लीला : जा देख, बबुआ के साथ वह रानी जी खुद भी तो नहीं सो रहीं ?

रामू : जी देखता हूं। (जाते-जाते रुककर) बीबी जी, राम कसम, एक बात है···

लीला : क्या है, जल्दी बोल।

[तभी आया पिछले दरवाजे से झांकती है।]

रामू : (झिझकते हुए) जी, वह ठेकेदार है न—विलायती शाह···

लीला : (चौंककर) क्या आज वह फिर आया था ?

रामू : जी हां, वह आया था और राम कसम, आपसे मिलना चाहता था, लेकिन···

लीला : अच्छा हुआ कि वह मुझसे नहीं मिला। तू नहीं जानता, तेरे साहब को वह एक आंख नहीं भाता। क्या काम था उसे ?

रामू : आज बाबू जी के दफ्तर में नौकरी के लिए उसके साले का इण्टरव्यू था।

लीला : अरे, उसी इण्टरव्यू के कारण ही तो आज घर में महाभारत मचा हुआ है। विलायती शाह के साले की बात तो दूर रही, इण्टरव्यू में मेरा अपना मुंहबोला भाई भी फेल हो गया है। (कहती हुई कैलाशनाथ के कमरे में चली जाती है। रामू विमूढ़-सा खड़ा रह जाता है।)

आया : (आकर) अरे, नोट मिला ?

रामू : (चौंककर) नोट ? राम कसम, बहुत ढूंढ़ चुका, पता नहीं नोट छलावे की तरह कहां गायब हो गया ? (सोचता है।) अरे, हां, याद आया। मैंने डिब्बे में से शाल निकाला था न। लगता है, नोट उसी खाली डिब्बे में ही रह गया और विलायती शाह उसे लेकर चलता बना।

आया : नो-नो, हमारे साथ यह फोर-ट्वेण्टी नहीं चलेगा। नोट तेरे

हाथ में हमने इन आंखों से देखा था ।

रामू : (खीझकर) राम कसम, शादी हुई नहीं और तू अभी से बीबी की तरह पुलिसमैनी करने लगी ! कह दिया कि नोट मेरे पास नहीं है । यकीन न हो तो मेरी तलाशी ले ले ।

[तभी दरवाजे की घंटी बजती है ।]

आया : कोई आया है । हम तो चला अन्दर । (अन्दर जाती है ।)

रामू : (स्वगत) यह चला अन्दर, तो हम भी चला अन्दर । बाबू जी ने कहा था, "रामू कोई भी आये, दरवाजा मत खोलना ।"

[रामू रसोई की ओर चला जाता है । दरवाजे की घंटी फिर बजती है। लीला लपकर बाहर आती है ।]

लीला : (डांटकर) अरे कमबख्त, क्या बहरा हो गया है ? घंटी बज रही है और तू···?

रामू : (पलटकर) बाबू जी की आज्ञा का पालन कर रहा हूं ।

लीला : आज्ञा के बच्चे, इधर आकर दरवाजा खोल ?

रामू : (लौटकर) अब आपकी आज्ञा का पालन करता हूं ।

[रामू दरवाजा खोलता है । लीला की छोटी बहन सरोज नयी चेतना से उमंगती-सी अन्दर आती है ।]

सरोज : जीजी कहां है, रामू ?

रामू : जी, राम कसम, मैं तो आपके सामने···

लीला : बक नहीं । जा, अन्दर जाकर खाना लगा ।

रामू : (सहमकर) जी, बहुत अच्छा । (अन्दर जाता है ।)

लीला : सरोज, तुम तो आ गयीं, लेकिन तुम्हारा 'वह' वायदा करके भी अभी तक नहीं पहुंचा । क्या बजा है ?

सरोज : (घड़ी देखकर) सात बजे हैं ।

लीला : (हंसकर) तो तुम जल्दी आ गयीं । क्यों न जल्दी आतीं ? आज दो बरस बाद अपने रामू से मिलोगी न ।

सरोज : नहीं, मैं उससे झगड़ा करूंगी, बात तक नहीं करूंगी । दिल्ली आने की मुझे खबर तक नहीं दी ।

लीला : अरे, कैसे खबर देता ? उसे पता ही नहीं था कि हम दोनों आजकल दिल्ली में हैं । इधर पिता जी के साथ हम कानपुर आयीं, उधर वह इन्जीनियरिंग की विशेष ट्रेनिंग के लिए अमेरिका चला गया । न उसे हमारा पता, न हमें उसका पता ।

सरोज : जीजी, आज बताती हूं । उस विदेश-यात्रा ने ही सब गड़बड़

कर दिया, नहीं तो मैं उससे गुपचुप सिविल मैरिज करने को तैयार थी।

लीला : (हंसकर) खैर, अब क्या इरादा है?

सरोज : इधर उसे यह नौकरी मिली, उधर मैंने कोर्ट में उसे ले जाकर रजिस्टर पर दस्तखत करवाये।

लीला : (आह भरकर) लेकिन यह नौकरी ही तो नहीं मिल रही।

सरोज : (चौंककर) क्या कह रही हो, जीजी? क्या जीजा जी माने नहीं?

लीला : नहीं, वे किसी दूसरे उम्मीदवार को लेने का फैसला करके आये हैं और अपना फैसला किसी तरह भी बदलने को तैयार नहीं।

सरोज : (उत्तेजित होकर) यह कैसे हो सकता है? कहां हैं जीजा जी?

लीला : अपने कमरे में! लेकिन वे इस समय कदर धर्मराज बने हुए हैं कि···

सरोज : कि महारानी द्रौपदी की भी नहीं सुनते।

[तभी कैलाशनाथ बाहर जाने के लिए तैयार होकर आता है—हाथों में दस्ताने पहनता हुआ।]

कैलाशनाथ : (क्रुद्ध-सा) आ गयीं, सरोज?

सरोज : मैं आयी और आप चल दिये। कहां जा रहे हैं इस समय?

कैलाशनाथ : (बात बनाते हुए) वह···वह···क्लब में कुछ काम है और···

सरोज : घर में मेहमानों को बुलाकर खुद चल देना, शायद क्षत्रिय धर्मराजों की अतिथि-सत्कार की यही परिपाटी है? खैर, जाइये, इस घर के लिए मैं परायी नहीं हूं। मैं खाना खुद ही खा लूंगी।

[तभी कैलाशनाथ के हाथ का दस्ताना नीचे सोफे के पास गिर जाता है।]

सरोज : अरे, आपका दस्ताना गिर गया। (कहती-कहती पांव से दस्ताने को सोफे के नीचे सरका देती है।)

कैलाशनाथ : (चिढ़कर) और तुमने उसे सोफे के नीचे छुपा दिया। शरारत से बाज नहीं आतीं।

सरोज : शरारत करना तो मेरा अधिकार है, जीजा जी!

[कैलाशनाथ घुटने के बल बैठकर सोफे के नीचे से अपना दस्ताना निकालता है और साथ ही शाल वाला खाली डिब्बा भी।]

कैलाशनाथ : (त्योरी चढ़ाकर) यह डिब्बा किसने यहां छुपाया?

लीला : (हैरान-सी) यह डिब्बा मैंने तो अभी देखा है।

सरोज : यह तो साड़ी या शाल का डिब्बा जान पड़ता है। खोलकर देखिये।

कैलाशनाथ : (डिब्बे को खोलकर) यह तो खाली है।

सरोज : खाली नहीं, दस का यह नोट रखा है इसमें। (नोट उठाकर दिखाती है।)

लीला : (और भी हैरान होकर) दस का नोट किसने रखा इसमें ?

कैलशनाथ : (सरोज से नोट लेकर सन्देह-भरी दृष्टि से लीला को देखते हुए) लीला, तुम्हें कुछ पता नहीं ?

लीला : (आहत-सी) आपको मुझपर विश्वास नहीं ? (एकाएक) अरे हां, याद आया। मेरे पीछे आज शाम को विलायती शाह आया था।

कैलाशनाथ : (घृणा से) वही ठेकेदार न, जिसने सारी दिल्ली में रिश्वत का एक चक्रव्यूह रच रखा है।

लीला : आज के इण्टरव्यू में क्या उसका साला भी आया था ?

कैलाशनाथ : हां, आया था। विलायती शाह ने मुझे फोन किया था। अब समझा। तुमसे सिफारिश करवाने के लिए···

लीला : लेकिन मुझसे तो वह मिला ही नहीं। मेरे पीछे···

कैलाशनाथ : तुम्हारे पीछे वह रामू से मिला होगा ?

लीला : हां। और रामू अभी-अभी उसके साले की आपसे सिफारिश करने को मुझसे कह भी रहा था, और···

कैलाशनाथ : और क्या ?

लीला : रामू को मैंने दो-तीन बार इस कमरे में कोई खोयी चीज ढूंढ़ते हुए देखा है।

सरोज : (हंसते हुए) तो वह डिब्बे में रखे गये नोट को ही ढूंढ़ता रहा होगा। लीजिये, धर्मराज के घर में भी रिश्वत चलने लगी।

कैलाशनाथ : (गुस्से से) रामू ! रामू !

रामू : (जल्दी से आकर) जी, बाबू जी ?

कैलाशनाथ : (नोट दिखाते हुए) तेरा यही नोट खो गया था न ?

रामू : (भौंचक्का-सा) जी, नोट ? कैसा नोट ?

कैलाशनाथ : दस का नोट, जो इस खाली डिब्बे में रखा था और यह डिब्बा इस सोफे के नीचे रखा था।

रामू : (कांपकर) राम कसम, बाबू जी, मुझे न तो नोट का पता है, न इस डिब्बे का।

कैलाशनाथ : तुझे अभी पता चल जाता है। अपना बोरिया-बिस्तर बांध और अभी, इसी समय यहां से चलता-फिरता नजर आ।

लीला : (घबराकर) यह चला गया तो हमें खाना कौन खिलायेगा ?

कैलाशनाथ : खाना मैं खिलाऊंगा। आज से घर का सारा काम मैं अपने हाथों से करूंगा। तुम राजकुमारी बनी रहो, लेकिन मैं तो कोई राजकुमार नहीं। मैं तो देश के निर्माण के लिए ईंटें ढोने वाला एक मजदूर हूं।

रामू : (रोकर) बाबू जी, माफ कर दीजिये। मैं गरीब भूखों मर जाऊंगा।

कैलाशनाथ : तू मरे, चाहे जिये; लेकिन इस घर में तू नहीं रह सकता। जाने से पहले यह भी बताता जा कि विलायती शाह इस डिब्बे में डालकर क्या लाया था—शाल या साड़ी ?

रामू : (डरकर) जी, शाल।

कैलाशनाथ : कहां है वह शाल ? बीबी जी के पास है या···

लीला : (रोकर) आप मुझे नौकर के सामने जलील कर रहे हैं !

कैलाशनाथ : (आहत-सा) अरे, हम सब जलील हैं, नौकर भी और मालिक-मालकिन भी। आह ! मैं दुनिया के सामने दूध का धुला बनता था, ईमान और सच्चाई का देवता बनता था, धर्मराज बनता था, लेकिन ··

लीला : (रोकर) तो आप समझते हैं कि मैं ही आपके पतन का कारण हूं ? ठीक है। मुझे इस घर में रहने का अब कोई अधिकार नहीं। मैं जा रही हूं। (बाहर जाने लगती है।)

सरोज : ठहरो, जीजी ! रामू, बताता क्यों नहीं ? कहां है वह शाल ?

[तभी आया शाल लिये हुए आती है।]

रामू : जी, वह शाल···

आया : (शाल फेंकते हुए) यह रहा वह शाल। इस ईडियट ने हमें जबरदस्ती दिया। हमें अपना वाइफ बनना चाहता था।

रामू : (दर्द-भरे स्वर में) आया !

कैलाशनाथ : आया, मैं खुश हूं कि तूने सबकुछ सच बता दिया। लेकिन अब तेरी भी हमें जरूरत नहीं। देश के मजदूरों के घर में यह सामन्ती चोचले नहीं चल सकते। बच्चे की देखभाल अगर उसकी मां नहीं कर सकती, तो मैं खुद करूंगा। आया, कल सबेरे तू भी यहां से किनारा कर।

आया : (गिड़गिड़ाकर) साहब, हम बहुत गरीब है, एकदम विडो है।

हम कहां जायेगा ? हमने सब सच बोला।

सरोज : जीजा जी, आया ने सच बोला है। इसे तो क्षमा कर ही दीजिये।

कैलाशनाथ : खैर, इस घर में तो अब इसकी जरूरत नहीं। टहल-सेवा का काम छोड़कर इसे कोई उपयोगी धन्धा सीखना चाहिए। मैं कल इसे नारी-कल्याण केन्द्र में दाखिल करवा दूंगा।

रामू : बाबू जी, मेरे लिए कोई नर-कल्याण केन्द्र नहीं ?

कैलाशनाथ : हां, है —जेल ! और अब पुलिस को फोन करूं।

रामू : बाबू जी, मुझे पुलिस के हवाले न कीजिये। मैं आपके पांव पड़ता हूं।

कैलाशनाथ : अरे, पुलिस के हवाले मैं यह रिश्वत का माल करना चाहता हूं।

सरोज : जीजा जी, मेरे खयाल में तो फिलहाल विलायती शाह को आप खुद ही डांट दीजिये।

कैलाशनाथ : ठीक है, मैं अभी जाकर उसके ये रुपये और शाल लौटाता हूं और···(जाते-जाते रुककर) मेरा मफलर ? शायद कमरे में रह गया है। (अपने कमरे में जाता है। तभी दरवाजे की घंटी बजती है।)

लीला : शायद रामू आ गया।

[लीला लपककर दरवाजा खोलती है। एक मद्रासी युवक अन्दर आता है।]

लीला : आ गये, भैया ! बड़ी राह दिखायी।

युवक : (हाथ जोड़कर) नमस्कारम् लीला जी। अरे सरोज जी भी इधर हैं ?

[जल्दी से सरोज के पास पहुंचता है। सरोज बेरुखी से उसका स्वागत करती है।]

लीला : रामू !

युवक : (पलटकर) जी !

लीला : (हंसकर) अरे भई, मैं अपने इस नौकर को बुला रही हूं। इसका नाम भी रामू है। अरे, तू यहां बुत बना क्यों खड़ा है ? देखता नहीं, मेहमान आ गये हैं। जा, अन्दर जाकर मेज पर खाना लगा। आया, तू भी इसका हाथ बंटा।

[दोनों यंत्रवत् अन्दर जाते हैं। लीला कैलाशनाथ के कमरे में जाती है।]

युवक : अरे सरोज जी, आप मुझसे नाराज क्यों हैं जी ? घर का सभी लोग नाराज लगता है। मिस्टर कैलाशनाथ कहां हैं ?

सरोज : रामू, मुझे नहीं पता था कि तुम इतने नालायक हो।

युवक : नालायक ? मैं ?

सरोज : हां, तुम ! बड़े तीसमारखां बनते थे। अमेरिका ट्रेनिंग लेने गये थे और आज मामूली-सी इंजीनियर की पोस्ट के भी योग्य नहीं समझे गये।

युवक : क्या मैं सिलेक्ट नहीं हुआ ? मि० कैलाशनाथ के पी० ए० ने तो हिंट दिया था कि···

कैलाशनाथ : (कमरे से आते हुए) सरोज, मैं खाना खाकर ही···

युवक : (जल्दी से उठकर) नमस्कारम्, सर ! आज इण्टरव्यू के समय भेंट हुआ था।

कैलाशनाथ : (चौंककर, भौंचक्का-सा) अरे, तुम मि० रामस्वामी ! (खुश होकर) लीला, सुनना ! तुमने मुझे पहले क्यों नहीं बताया कि तुम्हारे भाई का असली नाम रामू नहीं, के० रामस्वामी अय्यर है। रामस्वामी, इण्टरव्यू में तुम्हें बता देना चाहिए था कि तुम्हारा नाम रामू भी है।

रामस्वामी : सर, आपने इण्टरव्यू में यह बात पूछी ही नहीं।

लीला : (हंसकर) जब हम मद्रास में इनके पड़ोस में रहते थे, तो सभी इन्हें प्यार से रामू कहते थे।

कैलाशनाथ : यह सब तुमने पहले क्यों नहीं बताया ? बेकार में इतना झगड़ा किया। तुम दोनों बहनें सुनकर खुश होंगी कि इंजीनियर की पोस्ट के लिए हमने आज इन्हीं को चुना है।

सरोज : (खुश होकर) सच, जीजा जी ?

लीला : (खुश होकर सरोज से) सरोज, बधाई ! (रामस्वामी से) देखो रामू, दो साल पहले मद्रास में सरोज को तुमने जो वचन दिया था, वह अब पूरा कर डालो।

[रामस्वामी और सरोज की अनुराग-भरी आंखें मिलती हैं।]

कलाशनाथ : (बड़े उत्साह से) हां, भई, तुम दोनों की जोड़ी बहुत अच्छी रहेगी। तुम दोनों के विवाह से यह भी साबित हो जायेगा कि नये भारत की तरुण पीढ़ी जाति, प्रान्त और उत्तर-दक्षिण की दीवारें गिराकर, भेद-भाव और ऊंच-नीच के चक्रव्यूह तोड़कर देश को एक बना रही है, राष्ट्रीय एकता का स्वप्न पूरा कर

रही है। (एकाकर रुककर, उदास होकर) लेकिन ठहरो! जब लोगों को पता चलेगा कि जिसे मैंने आज इंजीनियर की पोस्ट के लिए चुना है, उसीसे मैं अपनी साली का विवाह कर रहा हूं, तो कहेंगे, "यह कैलाशनाथ भी बेईमान और कुनबा-परस्त निकला। इण्टरव्यू में उसे ही चुना, जिसे पहले से उसकी साली चुन चुकी थी।"

सरोज : और जीजा जी, कुनबे के लोगों का आपके बारे में जो मत है, वह भी सुन लीजिए, "आप इतने ईमानदार और देशपरस्त हैं कि आपसे कोई सम्बन्ध नहीं रखना चाहिए।"

लीला : यह क्या कह रही, सरोज ?

कैलाशनाथ : अरे भई, सरोज ठीक कह रही है। मनपसन्द वर-घर पाकर अब यह क्यों हमसे कोई सम्बन्ध रखेगी ? खैर, कहो राम-स्वामी···

लीला : अब आप भी इसे रामू ही कहिये।

कैलाशनाथ : हां, तो रामू ! कहो, दिल्ली में आकर कैसे चक्रव्यूह में फंसे हो ?

रामस्वामी : सर, दिल्ली में चक्रव्यूह है !

[सब हंसते हैं।]

निरंकुश

○

बिना पेंदी का लोटा

पात्र

पेशकार
चपरासी
व्यक्ति
अभियोक्ता
साक्षी
मजिस्ट्रेट
वकील सफाई

[अवर न्यायालय, जो ट्यूब लाइट्स के प्रकाश से देदीप्यमान है। कर्मचारी नियत स्थानों पर विराजमान हैं। उनके पास लोग खड़े होकर या बैठकर बातें कर रहे हैं। दो-चार मुंशी-मुर्हरिर चुपचाप पत्रावलियों के निरीक्षण तथा प्रतिलिपिकरण में व्यस्त हैं। पीठासीन अधिकारी अनुपस्थित है।]

पेशकार : (सिर उठाकर) रामचंदर !

चपरासी : (तंद्रा त्यागकर) कहिए !

पेशकार : आवाज दो झाऊलाल को।

चपरासी : बहुत अच्छा।

[रामचंद्र बाहर बरामदे में जाकर उच्च स्वर में तीन बार पुकारता है, "सरकार, बनाम कोई श्री झाड़ूलाल हाजिर है ?" गुहार पर एक व्यक्ति उठकर खड़ा हो जाता है।]

व्यक्ति : झाड़ूलाल या झाऊलाल !

चपरासी : तुम कौन हो ?

व्यक्ति : झाऊलाल।

चपरासी : क्या ऊंचा सुनते हो ? मैंने झाड़ूलाल को पुकारा, झाऊलाल को नहीं।

व्यक्ति : पर कभी-कभी आवाज गलत लग जाती है, इसलिए पूछा मैंने।

चपरासी : तुम्हारी तारीख है आज ?

व्यक्ति : हां, भैया !

चपरासी : क्या किया था तुमने ?

व्यक्ति : किया तो कुछ नहीं था लेकिन शराब के केस में धर दिया गया हूं।

चपरासी : तब तुम्हें ही बुलाया जा रहा है। अदालत के सामने झाड़ूलाल और झाऊलाल में भेद नहीं रहता।

व्यक्ति : अपने वकील को बुला लाऊं ?

चपरासी : लिवा लाओ पर आना जल्दी। कहीं उसके चक्कर में भटकते फिरो और यहां बिना जमानती वारंट जारी हो जाय।

[व्यक्ति एक ओर को चल देता है। चपरासी पेशकार से आकर कुछ कहता है। फिर बाहर निकल जाता है। थोड़ी देर बाद एक श्याम वसन, बीड़ी का धुआं छोड़नेवाले एक पुरुष के साथ न्यायालय में प्रवेश करता है। काले वस्त्रधारी सज्जन अभियोक्ता हैं और पुछल्ला अभियोग पक्ष का साक्षी।]

अभियोक्ता : (डायस के समीप जाकर) झाऊलाल कहां है ?

चपरासी : वकील को लिवाने गया है।

अभियोक्ता : पेशकार साहब ! लिखिये बयान।

पेशकार : किसका ?

अभियोक्ता : इसका। चल बे आगे आ। (गवाह की ओर संकेत करके)

पेशकार : अभियुक्त को आ जाने दीजिये।

अभियोक्ता : वह आता रहेगा। मैं परीक्षण पूरा किये देता हूं। प्रतिपरीक्षण उसके वकील आकर कर लेंगे।

पेशकार : (कागज निकालकर, पेन की निब को मेजपोश से पोंछते हुए) आ भई।

[साक्षी पेशकार के निकट हो जाता है।]

अभियोक्ता : नाम बता अपना।

साक्षी : बालिश्टर सिंह।

पेशकार : पिता का नाम ?

साक्षी : मुख्त्यार सिंह ।

पेशकार : (लेखनी थामकर) दादा कलक्टर सिंह थे ?

साक्षी : नहीं। उनका नाम मुंशी सिंह था। यह नाम मैं अपने लड़के का रखूंगा।

पेशकार : तुम्हारा विवाह नहीं हुआ ?

साक्षी : हुआ था, पर औरत भाग गयी।

पेशकार : किसके साथ ?

साक्षी : उसीके, जिसके घर से मैं उसे ले आया था।

पेशकार : बड़ा चुनकर गवाह पेश करते हैं आप कोर्ट साहब ?

अभियोक्ता : मजाक छोड़िये और इसका हुलिया दर्ज कीजिये, शीघ्रता से। आज बहुत काम है करने को।

पेशकार : उम्र क्या है तुम्हारी ?

अभियोक्ता : चालीस-पैंतालीस के लगभग होगी।

साक्षी : यह तो बहुत हो जायेगी। तीस लिखिये।

पेशकार : रहते कहां हो ?

साक्षी : एक ठिकाना हो तो बतलाऊं।

अभियोक्ता : इसका पता है मार्फत मुफ्ती महफूजयार खां मुजफ्फराबादी मोहतमिम मवेशीखाना म्यूनिस्पैल्टी।

पेशकार : थाना ?

अभियोक्ता : कोतवाली।

पेशकार : काम क्या करते हैं ?

साक्षी : रिक्शा चलाता हूं।

चपरासी : कहो अल्लाह की कसम, सच कहूंगा।

साक्षी : जो जानता हूं सो कहूंगा। अल्लाह मेरा कौन लगता है, जो उसकी कसम खाऊं।

चपरासी : तो बोलो गंगा जाने सच कहूंगा।

अभियोक्ता : हो गया हलफ रामचन्दर। लिखिये पेशकार साहब।

पेशकार : बोलिये।

अभियोक्ता : आज से करीब पौने दो साल हुए, मैं सब्जी-मंडी के चौराहे पर खड़ा इन्तजार कर रहा था।

पेशकार : (लिखना रोककर) क्या मन-दो-मन आलू-प्याज खरीद लिया था, जो रिक्शे-ठेले की प्रतीक्षा कर रहे थे आप ?

अभियोक्ता : मैं नहीं। यह गवाह सवारियों की तलाश में खड़ा था।

पेशकार : तो इससे कहलवाइये न !

अभियोक्ता : मैं जो कह रहा हूं वह इसीका बयान है। आप चुपचाप लिखते रहिये।

पेशकार : बोलिये।

अभियोक्ता : पुलिस के एक दीवान जी मेरे पास आकर बोले, "मुखबिर से मालूम हुआ है यहां से पचास कदम दूर सड़क के किनारे चंबूतरे पर बैठकर कुछ लोग जुआ खेल रहे हैं।"

पेशकार : असंभव। यहां से इतने फासले पर न सड़क है और न चबूतरा। यह आप क्या गलत-सलत लिखा रहे हैं, कोर्ट साहब !

अभियोक्ता : यहां से आशय आपके बैठने के स्थान से न होकर उस जगह से है जहां पर दीवान जी की भेंट इस साक्षी से हुई थी।

पेशकार : समझा। आगे फर्माइये।

अभियोक्ता : तुम उन्हें पकड़ने में हमारी सहायता करो।

पेशकार : मैं ? मैं इस वक्त कोई मदद-वदद नहीं कर सकता। देखते नहीं किसी घड़ी हाकिम पधार सकते हैं !

अभियोक्ता : तुमसे, मतलब आपसे नहीं है। इस गवाह से है।

पेशकार : आगे चलिये।

अभियोक्ता : मैं एक साथ हो लिया। चलते-चलते उन्होंने मुझ जैसे तीन आदमियों को धर लिया। एक स्थान पर ठहरकर दीवान जी ने बाजाब्ता अपनी तलाशी दी और जब हम उनकी जेबें टटोल चुके तो उन्होंने नियमानुसार हमारा झाड़ा लिया। हमारे पास कोई वस्तु नहीं निकली।

पशकार : यह कैसे हो सकता है कि चारों खुक्खल रहे हों ? दीवान जी के पास पर्स और रुमाल तो रहा होगा।

अभियोक्ता : पेशकार साहब ! ये सवाल जिरह के लिए छोड़ दीजिये और लिखिये, उसके बाद हमारी टोली घटनास्थल की ओर चली। मौके से पांच पग पीछे हम लोग एक पीपल की आड़ में छिप गये।

पेशकार : पत्ते की या डाल व तने की ?

अभियोक्ता : पेड़ की, जिसमें पत्ते, डाल और तना सम्मिलित होते हैं। लिखिये, वहां से हमने देखा कि बहुत-से लोग एक चबूतरे पर बैठे ताश खेल रहे हैं। जैसे ही एक आदमी ने हुकुम की बेगम मांगी और दूसरे ने पत्ते बांटे, हम अर्राकर उन जुआरियों पर टूट पड़े। दो शख्स भाग गये।

पेशकार : बाकी घेरकर पकड़ लिये गये।

अभियोक्ता : अब पकड़ी आपने राह्। लिखिये, फड़ से ताश के पत्ते और नकदी को बटोरकर उनकी फेहरिस्त बनायी गयी और पकड़े हुए प्रत्येक व्यक्ति की जमातलाशी ली गयी। किसीके पास से देसी तमंचा, किसीके कब्जे से नौ इंच के फल का चाकू···।

पेशकार : धारदार या गुठ्ठल ?

अभियोक्ता : इतना तेज कि गर्दन साफ कर दे। लिखिये, किसी के पास से घड़ी, किसीके पास से ट्रांजिस्टर और मुलजिम हाजिर अदालत के दाहिने हाथ में लटके झोले से अंगोछे में लिपटी हुई यह बोतल निकली।

पेशकार : दीवान जी ने बोतल को सूंघकर बतलाया कि उसमें देशी शराब है। फिर उसे बारी-बारी से हर एक गवाह की नाक के पास ले जाकर सुंघाया।

अभियोक्ता : बिल्कुल ठीक। आगे लिखिये, सबके यकीन कर लेने पर कि बोतल में देसी शराब ही है, दीवान जी ने अभियुक्त से परमिट मांगा।

पेशकार : परमिट ? क्या कच्ची शराब रखने की परमिशन मिल जाती है ?

अभियोक्ता : है तो यह असंगत प्रश्न पर क्या किया जाये ? दरोगा जी ने डायरी में लिख मारा है। अच्छा मत लिखिये इसे।

पेशकार : मैंने तो टीप दिया।

अभियोक्ता : तो काट दीजिये।

पेशकार : काटना ठीक नहीं होगा। कुछ ऐसा जुड़वा दीजिये, जिससे कही हुई बात का महत्त्व न रहे।

अभियोक्ता : लिखिये, फिर कहा, मेरे सामने दीवान जी ने परमिट के बारे में कोई पूछताछ नहीं की थी।

पेशकार : लिख लिया। आगे चलिये।

अभियोक्ता : मुजलिम हाजिर अदालत पैर पकड़कर बोला, "माफ कर दो, दीवान जी।"

पेशकार : जब कोई बातचीत नहीं हुई तो माफी मांगने का सवाल कहां उठता है।

अभियोक्ता : किसी अपराधी को क्षमा-याचना से रोका जा सकता है ?

पेशकार : और बोलिये।

अभियोक्ता : दीवान जी ने मौके पर लिखा-पढ़ी की। बोतल को मुहरबंद

किया। जो लिखा उसे हमें पढ़कर सुनाया और उसपर हमारे दस्तखत और अंगूठों के निशान बनवाये। जिस कागज पर मेरा अंगूठा लगवाया गया था, वह यही है। जो बोतल अभियुक्त के पास से बरामद हुई थी, वह यही है। जिस अंगोछे में वह लिपटी थी वह भी यही है।

पेशकार : और जिस झोले से अंगोछे में लिपटी हुई बोतल निकली थी, वह भी यही है ?

अभियोक्ता : सहयोग के लिए धन्यवाद ! आगे लिखिये, दीवान जी मुलजिम को माल के साथ थाने ले गये और हम लोग अपने-अपने ठिकानों पर वापस आ गये।

पेशकार : अगले दिन दरोगा जी ने कोतवाली में बुलाकर हमसे पूछताछ की।

अभियोक्ता : मैं दीवान जी और मुलजिम हाजिर अदालत को पहले से नहीं जानता था।

पेशकार : और कुछ ?

अभियोक्ता : दैट्स आल एट दिस स्टेज। (साक्षी से) तुम यहीं बैठ जाओ। अभियुक्त के वकील आकर तुमसे जिरह करेंगे। वह जो सवाल पूछें उनका सोच-समझकर जवाब देना। घबराना नही। खर्चा शाम को मिलेगा। (फिर पेशकार से) मुझे दूसरी अदालत में बयान कराना है। आप सुविधा से इसका बयान पूरा करा लीजियेगा।

[अभियोक्ता न्यायालय के बाहर चले जाते हैं। साक्षी भी कुछ बहाना करके पीछे हो लेता है।

इस बार अदालत की कुर्सी पर मजिस्ट्रेट महोदय आसीन हैं परंतु चपरासी गायब है। उसके कर्त्तव्यों को कभी कोर्ट मुहर्रिर और कभी कोई अहलमद निबाह देता है। अभियुक्त अपने अधिवक्ता के साथ उपस्थित है। अभियोक्ता अन्य न्यायालय में व्यस्त होने के कारण नहीं आ सके हैं। गवाह साक्षी-कक्ष में परीक्षण के लिए खड़ा हुआ है।]

मजिस्ट्रेट : (गवाह से) शपथ ग्रहण करो।

पेशकार : (गवाह से) मुंह क्या देख रहे हो ? हलफ लो।

साक्षी : (धीमे स्वर में) मैं कुछ झूठ कहूंगा, कुछ सच कहूंगा। इस तरह झूठ और सच दोनों बोलूंगा। ईश्वर कृपा करे।

मजिस्ट्रेट : यह कैसे गुपचुप शपथ ली है तुमने ? ऐसा बोलो, जो सबको साफ सुनाई दे ।

साक्षी : सरकार, गला पड़ जाने से भारी हलफ मुझसे उठता नहीं, इसलिए यह बात हुई है ।

मजिस्ट्रेट : मक्कारी से काम नहीं चलेगा । जोर से हलफ उठाना पड़ेगा ।

वकील सफाई : श्रीमान जी, अब रहने दें । मैंने सुन लिया है । गवाह ने सही हलफ उठा लिया है । उसका गला खराब है। चीखने से और बिगड़ जायेगा और मेरी जिरह अधूरी रह जायेगी ।

मजिस्ट्रेट : आप सन्तुष्ट हैं तो ठीक है । प्रश्न कीजिये ।

वकील सफाई : देखो भई, तुम रिक्शा चलाते हो ?

साक्षी : जी हां ।

वकील सफाई : तुम्हारे पास रिक्शा चलाने का लाइसेंस है ?

साक्षी : जी नहीं ।

वकील सफाई : बिला लाइसेंस कब से चल रहे हो ?

साक्षी : शुरू से ।

वकील सफाई : दो-चार वर्ष से ?

साक्षी : आठ-दस साल हो गये होंगे ।

वकील सफाई : इस दौरान लाइसेंस न होने की वजह से तुम्हारा चालान हुआ ?

साक्षी : जी नहीं ।

वकील सफाई : क्यों ?

साक्षी : मैं रसूखवाला आदमी हूं ।

वकील सफाई : किससे रसूख है तुम्हारा ?

साक्षी : कोतवाली की पुलिस से ।

वकील सफाई : जिस वक्त दीवान जी तुमसे मिले उस समय तुम क्या कर रहे थे ?

साक्षी : झख मार रहा था ।

मजिस्ट्रेट : (मुंह बिगाड़कर) तमीज से जवाब दो । यह अदालत है, रिक्शे-तांगे का अड्डा नहीं ।

वकील सफाई : मान्यवर, शान्त रहें । इस वर्ग के लोगों में शिष्टाचार का अभाव रहता है । मैं दूसरे ढंग से पूछे लेता हूं ।

मजिस्ट्रेट : पूछिये ।

वकील सफाई : झख मारना समझते हो ?

साक्षी : खूब समझते हैं, साहब ! शहर में बस और टेम्पू चलने के बाद रिक्शा चलाने को हम लोग झक मारना कहते हैं ।

वकील सफाई : तो तुम सवारी की तलाश में खड़े थे ?

साक्षी : जी सरकार !

वकील सफाई : जब तुम दीवान जी के साथ हो लिये तो रिक्शे को अड्डे पर छोड़ दिया होगा ?

साक्षी : जी नहीं। उसे मैंने साथ में रखा।

वकील सफाई : तुम रिक्शा खींचकर ले गये या ठेलकर ?

साक्षी : चलाकर, दीवान जी को उसमें बिठाकर।

वकील सफाई : आगे जो गवाह मिले वह पैदल गये होंगे ?

साक्षी : नहीं। वे सब मेरे रिक्शे में लद लिये थे।

वकील सफाई : तुम यह कहना चाहते हो कि तुमने अपने रिक्शे में दो से ज्यादा लोग बिठाये ?

साक्षी : इसमें कसूर क्या किया मैंने ? रेल के डिब्बे में भी तो तादाद से ज्यादा सवारी सफर करती है।

वकील सफाई : मौके पर जो लिखा-पढ़ी की गयी उसके लिए कागज कहां से आया ?

साक्षी : वह दीवान जी के पास था।

वकील सफाई : जिस मुहर से सामान को सील किया वह किसने लाकर दी ?

साक्षी : वह दीवान जी की जेब में थी।

वकील सफाई : और सील करनेवाली लाख, मोमबत्ती और दियासलाई ?

साक्षी : ये तमाम चीजें दीवान जी की जेब से निकलीं।

वकील सफाई : वह ताश के पत्ते और नकदी ?

साक्षी : वे दीवान जी के पास पहले से मौजूद थे।

वकील सफाई : तुमने तो कहा है कि ये चीजें उस चबूतरे से बरामद हुईं जहां पर लोग जुआ खेल रहे थे।

साक्षी : उस बात को जाने दीजिये। अब जो कह रहा हूं उसे सच मानिये।

मजिस्ट्रेट : (बीच में टोककर) क्या गवाह मूल परीक्षण में कही गयी बातों से मुकर रहा है ?

वकील सफाई : यस, योर आनर ! यह कह चुका है कि इसने अपनी आंखों से चबूतरे पर लोगों को जुआ खेलते देखा था।

मजिस्ट्रेट : इससे पूछिये दोनों बयानों में से कौन-सा सही है ?

वकील सफाई : अभी पूछता हूं। पहले दो-एक महत्त्व के प्रश्न कर लूं।

मजिस्ट्रेट : ओ० के०।

वकील सफाई : क्यों भई, तुम शराब पीते हो ?

साक्षी : जी नहीं।

वकील सफाई : याद कर लो, आज से लगभग छः मास पूर्व तुम इसी कचहरी में बयान दे चुके हो कि घटना के समय तुम दारू के नशे में थे।

साक्षी : कहा होगा साहब ! उस वक्त उस तरह के बयान की जरूरत रही होगी।

वकील सफाई : क्या तुम मद्यपान किये हुए नहीं थे ?

साक्षी : हो सकता है।

वकील सफाई : क्या हो सकता है ?

साक्षी : यही कि मैंने बयान देते वक्त पी रखी हो।

वकील सफाई : फिर तुम कैसे कहते हो कि तुम शराब नहीं पीते ?

साक्षी : एक-दो बार का पीना भी कोई पीना होता है सरकार ! फिर जो बात अदालत पर लागू होती है वह बाहर कहां देखने को मिलती है ?

वकील सफाई : क्या मतलब ?

साक्षी : मतलब यह है साहब, कि यहां कसम खाकर झूठ बोला जाता है। कचहरी के बाहर इतना सफेद झूठ कहां बोलना पड़ता है ?

वकील सफाई : तुम देशी और विदेशी शराब में अंतर कर सकते हो ?

साक्षी : जी हां।

वकील सफाई : बतलाओ दोनों में क्या खास फर्क होता है ?

साक्षी : पहले सरकार, दोनों का एक-एक कुल्हड़ मंगवाने का प्रबंध करो।

मजिस्ट्रेट : (बीच में) क्या बेहूदा बात करता है। यह न्यायालय है या भट्ठी।

साक्षी : हजूर, नाराज मत हूजिये। मैं बहक गया था। शराब मेरी बड़ी भारी कमजोरी रही है।

वकील सफाई : तो दोनों किस्म की शराब का नमूना देखे बिना तुम उनका अंतर नहीं बतला सकते।

साक्षी : बस यह समझ लीजिये कि दोनों में वही फर्क होता है, जो आप में और कोर्ट साहब में है।

मजिस्ट्रेट (बिगड़कर) क्या बकता है ?

वकील सफाई : उल्टी-सीधी बात करोगे तो जेल भेज दिये जाओगे। तमीज से जवाब दो।

साक्षी : भूल हुई सरकार ! मैं देशी और विलायती शराब में कोई फर्क

नहीं कर पाता।

वकील सफाई : फिर तुमने यह कैसे कहा कि बोतल में देशी शराब थी।

साक्षी : दीवान जी ने बतलाया था।

वकील सफाई : वह शराब कहां से आयी ?

साक्षी : दीवान जी के पास थी।

वकील सफाई : मौके पर मुलजिम के कब्जे से कोई शराब बरामद हुई ?

साक्षी : जी नहीं।

वकील सफाई : तुम पुलिस से डरते हो ?

साक्षी : बहुत।

वकील सफाई : तुमने पुलिस की तरफ से आज तक कितनी गवाहियां दी होंगी ?

साक्षी : सौ-पचास तो दी होंगी।

वकील सफाई : लिखा-पढ़ी कहां हुई ?

साक्षी : मुझे नहीं मालूम।

वकील सफाई : मौके पर तो नहीं हुई ?

साक्षी : जी नहीं।

वकील सफाई : तुम्हारी निशानी कहां बनवायी गयी ?

साक्षी : कोतवाली में।

वकील सफाई : जब तुम्हारा अंगूठा लगवाया गया तो कागज पर कुछ लिखा था ?

साक्षी : वह बिल्कुल कोरा था।

वकील सफाई : हमारा यह कहना है कि तुम अपने रिक्शे में रखकर शराब की बोतलें ले जा रहे थे।

साक्षी : यह ठीक है।

वकील सफाई : कहां ले जा रहे थे ?

साक्षी : कोतवाली।

वकील सफाई : किसलिए ?

साक्षी : होली के सिलसिले में मंगवायी थीं।

वकील सफाई : कितनी बोतलें थीं ?

साक्षी : बीस।

वकील सफाई : तुमने उन्हें वहां पहुंचा दिया ?

साक्षी : जी हां।

वकील सफाई : तुम्हारी इस हरकत को किसी बाहरी व्यक्ति ने देखा था ?

साक्षी : जी हां।

वकील सफाई : किसने ?

साक्षी : 'चिमटा' अखबार के सम्पादक ने।

वकील सफाई : वे कहां मिल गये ?

साक्षी : रास्ते में।

वकील सफाई : क्या बातचीत हुई उनसे ?

साक्षी : वह बोले, "एक बोतल हमें दे दो। होली के टायटिल्स देने हैं।"

वकील सफाई : तुमने क्या किया ?

साक्षी : मैंने मना कर दिया।

वकील सफाई : इसपर उन्होंने कुछ कहा ?

साक्षी : कहा कि पुलिस को फोन करके अभी पकड़वाये देते हैं।

वकील सफाई : फिर क्या हुआ ?

साक्षी : कोतवाली में मुझे बोतलों के साथ बंद कर दिया गया।

वकील सफाई : उसके बाद क्या हुआ ?

साक्षी : वही, जिसके लिए मैं गवाही देने आया हूं।

वकील सफाई : हमारा कहना है तुम पुलिस के दबाव में आकर झूठी गवाही दे रहे हो। मुलजिम के पास से कोई शराब की बोतल बरामद नहीं हुई।

साक्षी : मैंने बिल्कुल सच्चा बयान दिया है, वैसे इतना मान सकता हूं कि मुलजिम के पास से उस वक्त शराब की बोतल नहीं निकली लेकिन यह शराब का धंधा करता है।

वकील सफाई : दैट्स आल योर आनर ! और कोई गवाह हो तो उसे भी जिरह के लिए बुलवा लिया जाय।

[इसी बीच में अभियोक्ता आ जाते हैं। वह गवाह की जिरह को पढ़ते हैं।]

अभियोक्ता : (मुंह बनाकर) सरकार ! मेरी अनुपस्थिति का बचाव पक्ष के वकील साहब ने नाजायज फायदा उठाकर साक्षी से अनेक बे-सिर-पैर की बातें कहलवा ली हैं।

मजिस्ट्रेट : अब क्या हो सकता है !

अभियोक्ता : हजूर, स्वयं दो-चार प्रश्न करके उलझी हुई स्थिति को सुलझाने की चेष्टा करके देखें।

मजिस्ट्रेट : अच्छी बात है। क्या पूछें ?

अभियोक्ता : यह दर्यापत करें कि इसने मूल परीक्षण में जो बतलाया वह सही है या जिरह में जो कुछ कहला लिया गया है वह ठीक है ?

मजिस्ट्रेट : क्यों जी, तुम्हारा कौन-सा बयान सही माना जाय ?

साक्षी : दोनों माई-बाप।

मजिस्ट्रेट : यह कैसे हो सकता है ?

साक्षी : हो सकता है सरकार। मैं समाजवादी हूं। सह-अस्तित्व में विश्वास रखता हूं। इसीलिए आवश्यकतानुसार कार्य किया करता हूं। कभी एक पक्ष का समर्थन करता हूं तो कभी दूसरे का ताकि दोनों कायम रहें। पुलिस ने मुझे डराया-धमकाया और मुफ्त का एक सिनेमा शो दिखलाया। उसके एवज में मैंने उसके मन माफिक बात कह दी। मुजलिम ने मुझे पंद्रह रुपये पेशगी दिये और दस रुपये गवाही के बाद देने का वायदा किया। इसीलिए मैंने उसकी तरफदारी भी कर दी।

मजिस्ट्रेट : यह क्या तमाशा है कोर्ट साहब! साक्षी है या बेपेंदी का लोटा।

अभियोक्ता : क्या कहूं मान्यवर! जमाना ही बदल गया!

मजिस्ट्रेट : आपको क्या कहना है, वकील साहब ?

वकील सफाई : इस विषय पर मुझे कोई इंस्ट्रक्शन्स नहीं है। वैसे मैं अपने विद्वान् मित्र से सहमत हूं कि युग बदल गया है।

मजिस्ट्रेट : तथ्यों का पता कैसे लगेगा ?

साक्षी : इस काम के लिए तो हजूर इतनी ऊंची कुर्सी पर बैठे हैं।

मजिस्ट्रेट : तुम चुप रहो। तुम्हें झूठ बोलने के अपराध में दण्डित किया जा सकता है।

साक्षी : मैंने सच बोलने की शपथ ही कहां ली थी। मैंने हलफ लेते वक्त कहा था, मैं कुछ झूठ कहूंगा, कुछ सच। इस तरह सच और झूठ दोनों कहूंगा।

मजिस्ट्रेट : नानसेंस, पेशकार साहब! तारीख देखकर छुट्टी कीजिये। कैसे-कैसे अद्भुत जीव आ जाते हैं न्यायालयों में।

[मजिस्ट्रेट आसन छोड़कर पार्श्व भाग में विलीन हो जाते हैं। कोर्ट साहब, वकील सफाई, साक्षी और अभियोक्ता सभी न्यायालय के बाहर चले जाते हैं।]

चारों तरफ

○

प्रकाश पण्डित

पात्र

एक पुरुष : पति
एक स्त्री : पत्नी
तुलसी : नौकर
प्राणनाथ : पति का मित्र
कृष्ण आनन्द : पति का मित्र
गुलजारीलाल : पति का मित्र
दयानारायण : पति का मित्र

[पर्दा उठने पर पति-पत्नी सोफे में धंसे दिखाई देते हैं। सोफे के अगल-बगल मोढ़े पड़े हैं। बीच में छोटी मेज।

पति : हां तो, सिनेमा के बाद किसी अच्छे-से रेस्तरां में खाना खाने में (उंगलियों पर गिनते हुए) चिकन करी, कोर्मा, बिर्यानी, कोफ्ते और···और···

पत्नी : और नान और सलाद। और मीठे पुडिंग। लेकिन देखिये, जनाब ! अगर आज भी आपने कोई गड़बड़ की तो हमारा-आपका कांट्रैक्ट कैन्सल ! चाहे आपका कोई कैसा ही दोस्त क्यों न मिल जाय···जी ! मैंने कहा, ये कैसे-कैसे दोस्त है आपके ? न अक्ल न शऊर ! अभी कल मिस्टर शर्मा ने···

पति : कल की बात छोड़ो, डार्लिंग ! आज, बस आज की बात करो। मेरा जी चाहता है, खाने के बाद लम्बी सैर को निकल चलें। इंडिया गेट बल्कि उससे भी आगे—पुराने किले तक। आज कितने दिन हो गये हम इकट्ठे घूमने नहीं गये। (उठकर खड़ा हो जाता है।)

पत्नी : आपको अपने दोस्तों से फुर्सत मिले जब ना !

पति : (आश्चर्य से) दोस्त ! तो तुम समझती हो डार्लिंग ! ये जो ऐरे-गैरे, नत्थू-खैर आये दिन हमारे यहां टपकते रहते हैं, ये सब मेरे दोस्त हैं ?

पत्नी : मैं तो यही समझती हूं।

पति : तुम गलत समझती हो, डार्लिंग ! यह तो बस जाहिरदारी समझो जो मैं उन्हें दुतकार नहीं देता, वर्ना मेरी आदत तुम जानती हो, किसीकी अनुचित बात मुझसे बर्दाश्त नहीं होती। कोई कितना ही बड़ा क्यों न हो, डांटकर रख देता हूं।

पत्नी : (उठते हुए) जी, मैंने कहा घूमने का प्रोग्राम आज रहने दीजिये। सिनेमा और खाने के बाद काफी देर हो जायेगी। तुलसी बेकार में कुढ़ेगा और बाबा की आदत भी आप जानते हैं, ज्यों ही दस बजे और उसकी नींद टूटी। मुझे न देखा तो सारा घर सिर पर उठा लेगा।

पति : मैं समझता हूं, आज बाबा को भी साथ ले चलें। रंगीन फिल्म है, खुश होगा।

पत्नी : और जो अंधेरे में चीखा तो···

पति : तुम इसकी चिन्ता न करो। कहोगी तो उठके बाहर ले जाऊंगा। लेकिन मैं चाहता हूं, आज लम्बी सैर को चलें। रात भी चांदनी है और इधर कई दिन से···लो, अब तुम जल्दी से तैयार हो जाओ···

[स्टेज की दायीं ओर का दरवाजा बाहर से खटकता है।]

पति : (ऊंचे स्वर में) तुलसी···अरे ओ तुलसी···

[स्टेज की बायीं ओर के दरवाजे से तुलसी प्रवेश करता है।]

तुलसी : जी साब !

पति : (धीमे स्वर में) देखो बाहर कौन है···जो भी हो, कह देना साहब घर पर नहीं हैं।

तुलसी : जी साब !

[तुलसी थोड़ा-सा दरवाजा खोलता है।]

तुलसी : फर्माइये।

प्राण : (नपी-तुली आवाज में) आप फर्माइये।

तुलसी : जी साब तो···

प्राण : साहब की ऐसी-तैसी। तुम रास्ते से हट जाओ—आदमी हो या चीन की दीवार ? (भीतर आकर) क्यों जनाब, यह क्या

बदतमीजी है कि कोई दस मील पैदल चलकर हुजूर के दर्शन करने आये और आगे से जवाब मिलता है, (मुंह बनाकर) फर्माइये।

पति : ओह, नहीं-नहीं। आओ-आओ, कहां से आ रहे हो?

प्राण : जहन्नुम से—नमस्ते भाभी!

[हाथ जोड़ता है और मोढ़ा सरकाकर सोफे के करीब बैठता है। पति-पत्नी भी सोफे पर बैठ जाते हैं।]

प्राण : क्या मैं पूछ सकता हूं कि हुजूर कल पिकनिक में क्यों तशरीफ नहीं लाये?

पति : अरे क्या बताऊं भाई, बस यों ही—कुछ देर हो गयी—मैंने सोचा…

प्राण : हुजूर ने सोचा, मिस रोज तो जा नहीं रहीं, आप वहां क्या झख मारने जायेंगे—भाभी! मैं तुम्हें बताये देता हूं कि इन महानुभाव को, जिन्हें तुम्हारा पति होने का सौभाग्य प्राप्त है, बड़ी मजबूत नकेल की जरूरत है।

पति : अरे यार, मजाक छोड़ो। यह बताओ, कहां से आ रहे हो इस वक्त?

प्राण : कहां से आ रहा हूं। कमाल है? तो क्या जनाब समझते हैं, मैं आपकी तरह किसी क्लब, किसी होटल, किसी बालरूम या रेस-कोर्स से आ रहा हूं। ये सब गुलछर्रे आप ही को मुबारिक हों। शरीफ आदमी हूं, शरीफों की तरह सीधा दफ्तर से आ रहा हूं।

पति : अरे, मैं तो इसीलिए पूछ रहा था कि…खैर, कुछ चाय-वाय पिओगे?

पत्नी : जी हां, चाय पीजियेगा?

प्राण : भाभी, चाय मैं बाद में पीऊंगा, पहले इस कम्बख्त की खबर ले लूं। तुम नहीं जानतीं ऊपर से यह जितना भोला नजर आता है, अंदर से उतना ही…

पत्नी : (ऊंची आवाज में) तुलसी!

तुलसी : (दूर से) जी, बीबी जी!

पत्नी : सुनो, जरा चाय के लिए पानी रख दो।

तुलसी : जी, बीबी जी!

प्राण : और भाभी, चाय के साथ क्या खिलाओगी?

पत्नी : जो आप कहें।

प्राण : यों तो कोई खास जरूरत नहीं। मेरा मतलब है, बाजार से मंगवाने की जरूरत नहीं। घर में कुछ जो कुछ भी हो···

पत्नी : जी घर में तो···

प्राण : न हो तो कुछ पकौड़े ही तल दो। बहुत अच्छे तलती हो पालक के पकौड़े।

पत्नी : (अनमने से) जी !

पति : अरे प्राण ! बात असल में यह है कि आज हम जरा···

प्राण : मैं तुम्हारी कोई बात नहीं सुनूंगा जी ! आखिर तुमने हमारी भाभी को समझ क्या रखा है ! यह कहां का इन्साफ है कि वह बेचारी तो दिन-भर घर में पड़ी तुम्हें भगवान की तरह पूजती रहें और तुम···तुम···भाभी ! जाओ, बनाओ पकौड़े। मैं जरा इससे दो हाथ कर लूं।

[पत्नी उठकर बायें दरवाजे से बाहर चली जाती है।]

पति : अरे भैया, मैं यह कह रहा था कि आज हम लोग जरा···

प्राण : हम लोग से तुम्हारा क्या मतलब है? तुम और मैं? नहीं जनाब ! यह सेवक तो भर पाया—मेरी-तुम्हारी दोस्ती हो चुकी। आखिर यह कहां की तुक है कि हम तो तुम्हारी खातिर पिकनिकों का इन्तजाम करते फिरें और तुम···

पति : भई, काम ही से फ़ुर्सत नहीं मिली। क्या कहूं, मैं तो खुद चाहता था कि···लेकिन सुनो, आज हम लोग जरा···मेरा मतलब है मैं और तुम्हारी भाभी···

[दाहिना दरवाजा बाहर से खटकता है।]

पति : (ऊंचे स्वर से) तुलसी···अरे ओ तुलसी···जरा देखना बाहर कौन साहब हैं?

तुलसी : (दूर से) जी साब !

प्राण : सुनो, इससे कह दो, अब उनसे न कह दे कि (मुंह बिगाड़कर) फर्माइये !

[इससे पूर्व कि तुलसी बढ़कर दरवाजा खोले, नवागंतुक स्वयं ही दरवाजा खोलकर भीतर आ जाता है।]

कृष्ण आनन्द : तुलसी को आवाज देने की जरूरत नहीं। दरवाजा खुला है। मैंने तो सिर्फ इसलिए खटखटाया था कि कहीं तुम हमारी भाभी से···

पति : अच्छा, अच्छा ! आओ बैठो।

कृष्ण आनन्द : घरवाले न जाने कहां चले गये हैं ! मैंने सोचा, जब तक नहीं

आते, तुम्हारे यहां वक्त कटी कर लूं (प्राण की ओर देखकर सोफे पर बैठते हुए) आप···

पति : ओह ! आप हैं मेरे प्रिय मित्र श्री प्राणनाथ, आजकल फिनांस मिनिस्ट्री में हैं। पहले टाटा नगर में थे। और आप हैं कृष्ण आनन्द, मेरे प्रिय मित्र। हाल ही में हमारे पड़ोस में आये हैं।

प्राण और कृष्ण : (एक साथ) वेरी ग्लैड टू मीट यू···

पति : (कृष्ण से) सुना था, तुम बम्बई जानेवाले हो ?

कृष्ण : हां, इरादा तो है लेकिन इस वक्त···मुआफ कीजियेगा, प्राण साहब ! इनसे जरा हमारी बेतकल्लुफी है···कुछ चाय-वाय मिलेगी या नहीं ?

पति : जरूर, जरूर ! चाय बन रही है। कुछ साथ लोगे ?

कृष्ण : कोई ऐसी चीज खिलाओ कि···(पेट पर हाथ फेरते हुए) पेट में पहुंचकर मालूम हो कि कुछ पहुंचा है। घरवाले न जाने कब आते हैं !

पति : पालक के पकौड़े चलेंगे ? बन रहे हैं।

कृष्ण : अरे नहीं, पालक के पकौड़े से क्या होगा ! इस वक्त मुझे जरा ठोस अनाज की जरूरत है। भाभी कहां हैं ? जरा भाभी को बुलाओ···(ऊंची आवाज से) भाभी !

पत्नी : (दूर से)···जी, अभी आयी। (बायें दरवाजे से प्रवेश करती है।)

कृष्ण : नमस्ते भाभी ! क्या हाल-चाल हैं ?

पत्नी : जी, अच्छी हूं। आप सुनाइये !

कृष्ण : बस मजे हैं। तुम्हें इसलिए तकलीफ दी है कि···चाय के साथ क्या खिलाओगी ?

पत्नी : जो आप चाहें।

कृष्ण : अरे भाभी ! कहना क्या है···बस दो-चार अंडों का आमलेट, कुछ टोस्ट, हो सके तो सैंडविचेज। पालक के पकौड़े तो प्राणनाथ जी के लिए बन ही रहे हैं।

पति : अरे नहीं, हम सब खायेंगे।

कृष्ण : तो भाभी, पालक के साथ-साथ जरा बैंगन और गोभी भी तल लेना।

पत्नी : जी बैंगन और गोभी तो···

पति : बात यह है भाई कृष्ण, कि आज हम लोग जरा···

कृष्ण : न हो तो दो परांठे ही बना दो···घर में आलू तो जरूर होंगे।

आलू के परांठे खाये मुद्दत हो गयी—लेकिन उनमें प्याज मत डालना, भाभी। प्याज से मेरा जी मिचलता है।

पत्नी : (अनमने से) जी !

पति : बात यह है कृष्ण, कि आज हम लोग जरा···

पत्नी : (व्यंग्य से) जी अब रहने दीजिये अपनी सफाई। मैं सब जानती हूं।

कृष्ण : ओहो ! तो आज फिर आप लोगों में खट-पट हो गयी है। मुआफ कीजिये प्राणनाथ साहब, मेरी इस घर में जरा बेतकल्लुफी है ···मैं तुमसे दस बार कह चुका हूं कमबख्त ! कि हमारी भाभी को तंग न किया करो। लाखों में एक हैं हमारी भाभी। वक्त-बेवक्त जो भी आ जाये घर के आदमियों-सा सुलूक करती हैं। जरा हमारे घर की तरफ देखो। कोई दोस्त-मित्र पानी मांग ले तो मजाल है, एक हफ्ते से पहले नसीब हो जाये—भगवान हर किसी को ऐसी बीबी दे—लेकिन यह तो नाशुकरा है नाशुकरा —तुम जाओ भाभी, मैं करता हूं इसकी मरम्मत। आखिर इसने समझ क्या रखा है···

[पत्नी बायें दरवाजे से बाहर जाती है।]

पति : कुछ मुझे कहने दोगे या अपनी ही हांके जाओगे। बात असल में यह है कि आज हम लोग जरा···

कृष्ण : आज ही नहीं, यह तुम्हारा रोज का दस्तूर है। जब भी आओ, भाभी बेचारी के साथ झगड़ा···

पति : अरे नहीं, झगड़ा-वगड़ा कुछ नहीं हुआ। बात यह है कि हम लोग जरा···

[दायें हाथ का दरवाजा फिर खटकता है।]

पति : (ऊंचे स्वर में) तुलसी···अरे ओ तुलसी···

[उत्तर नहीं आता]

···कहां जा के मर गया है ? मुआफ कीजिये, मैं जरा···।

[उठकर दरवाजा खोलता है। गुलजारीलाल प्रवेश करता है।]

गुलजारीलाल : क्या दयानारायण आ चुका है ?

पति : नहीं तो, क्यों ?

गुलजारीलाल : बड़ा उल्लू का पट्ठा है। मुझे बेकार परेशान किया। खैर, तुम जरा मुझे सात रुपये देना, टैक्सीवाले को दफा कर दूं, फिर इतमीनान से बातें होंगी।

पति : (परेशान होकर) सात रुपये···तुलसी···अबे ओ तुलसी···

गुलजारीलाल : बड़ा उल्लू का चर्खा निकला । कह रहा था ठीक छह बजे यहां पहुंच जाऊंगा ।

पति : (फिर जोर से) अरे ओ तुलसी ! कहां मर गया जाकर ?

पत्नी : (दूर से) तुलसी बाजार गया है ।

पति : ओह ! अच्छा ! रुको, मैं अभी लाता हूं ।

[गुलजारीलाल दरवाजे पर खड़ा रहता है । प्राण और कृष्ण आपस में खुसर-पुसर करते हैं । पति बायें हाथ के दरवाजे में से गुजरकर मंच के उस भाग में जाता है, जहां अब तक अंधेरा था । उसके जाते ही उधर प्रकाश हो जाता है और पत्नी कड़ाही में पकौड़े तलती नजर आती है । साथ-साथ साड़ी के पल्लू से सुटर-सुटर नाक पोंछती जाती है ।]

पति : (धीमे स्वर में) डार्लिंग, जरा मुझे सात रुपये तो देना ।

पत्नी : (चुप रहती है।)

पति : मैंने कहा, डार्लिंग ! मुझे सात रुपये···

पत्नी : (खीझकर) मेरे पास जो खजाने दबे पड़े हैं, फावड़ा लाकर खोद लीजिये ।

पति : ओहो ! जरा धीरे बोलो ! वो लोग सुनेंगे तो क्या कहेंगे ?

पत्नी : क्यों धीरे बोलूं, मुझे किसी मुए का डर नहीं । किसीकी दबैल नहीं हूं मैं ।

पति : फिर वही । मैं कहता हूं डार्लिंग, तुम समझती क्यों नहीं ?

पत्नी : बहुत समझ चुकी मैं—मैं भी कहूं, ये आज सैर और सिनेमा के चोचले क्यों हो रहे हैं ? यह मालूम न था कि बैल की तरह जुतना है । पूरी रात रसोई में सिर मारना है ।

पति : अरे भई, तुम बिल्कुल नहीं समझतीं । क्या तुम समझती हो कि···खैर, लाओ । अभी मुझे सात रुपय दो । गुलजारीलाल बाहर खड़ा है । उस मुसीबत को तो टालूं ।

पत्नी : उसे क्यों टालेंगे ? बुलाकर गोद में बिठाइये । पकौड़े और परांठे ठुंसवाइये···

पति : नहीं डार्लिंग, नहीं । लाओ, मुझे जल्दी से सात रुपये दे दो वर्ना···

पत्नी : वर्ना क्या ? पर्स में जो कुछ रखा है, निकालकर बांट दीजिये भुखमरों में । हमपर एक पैसा खर्च करना हो तो जान निकल

जाती है कि हाय ! इसे तो वहां मारो जहां पानी न मिले और यार-दोस्त चाहे पूरा घर लूट ले जायें।

[पति दीवारगीर पर पड़े पर्स में से दस का नोट निकालकर और दरवाजे में से गुजरकर मंच के मुख्य भाग में आता है। उसके इधर आते ही पत्नी वाले भाग का प्रकाश धीरे-धीरे बुझ जाता है। पति बायें दरवाजे की ओर बढ़ता है।]

पति : (दस का नोट देते हुए) लो भई गुलजारीलाल, यह दस का नोट है। टैक्सी वाले से बाकी···

गुलजारीलाल : यह और भी अच्छा किया तुमने कि दस का नोट ले आये। मेरी जेब में इस वक्त सिर्फ दस नये पैसे थे और मुझे अभी··· अच्छा प्यारे, मैं चला···(जाने को मुड़ता है।)

पति : दयानारायण आये तो क्या कहूं ?

गुलजारीलाल : कहना कि तुम बड़े झूठे, दगाबाज, बदमाश हो। वक्त देते हो, लेकिन वक्त पर पहुंचते नहीं। मिलोगे तो तबीयत साफ कर दूंगा। बाई-बाई···

[स्वर में 'बाई-बाई' कहकर पति पलटकर सोफे पर आ बैठता है।]

प्राण : क्यों भई, कितनी देर है अभी ?

कृष्ण : मेरे पेट में तो चूहे नाच रहे हैं।

प्राण : जरा जल्दी करो भाई, मुझे घर पहुंचना है। काफी देर हो चुकी है।

कृष्ण : और मेरे घरवाले भी शायद आ चुके हों।

पति : बस, हो रहा है अभी दो मिनट में···जाकर देखता हूं कितनी देर है···

[उठकर फिर उसी कमरे में जाता है और उसी प्रकार उसके पहुंचने पर उधर प्रकाश हो जाता है।]

पति : अभी कितनी देर है, डार्लिंग ?

पत्नी : (चुप रहती है।)

पति : मैं पूछता हूं, डार्लिंग ! चाय में कितनी देर है ? वो लोग···

पत्नी : भाड़ में जायें वो लोग और मैं आपसे क्या कहूं !

[तुलसी प्रवेश करता है।]

पति : देखो तुलसी ! बीबी जी का पारा आज बहुत गर्म हो रहा है। तुम जल्दी से चाय लाओ।

तुलसी : जी साब !

[पति पुनः मुख्य मंच पर आ जाता है और उधर का प्रकाश बुझ जाता है ।]

पति : (मित्रों से) बस अभी दो मिनट में आती है।

कृष्ण : जो बन गया था, वही ले आते ।

प्राण : पालक के पकौड़े तो बन ही चुके होंगे ।

पति : ऐं, हां, नहीं, वह तुलसी अभी…

प्राण : कैसा नमकहराम नौकर रखते हो जी। मेरा नौकर होता तो खड़े-खड़े कान से पकड़कर निकाल देता। कृष्ण आनन्द जी, आप ही बताइये, ऐसे बदतमीज नौकरों से लंगूर पालना ज्यादा अच्छा है या नहीं जो मालिक के घर पर मौजूद होने पर भी उसके दोस्तों से दरवाजे पर ही पूछना शुरू कर दे कि (मुंह बिगाड़कर) फर्माइये।

पति : नहीं प्राण ! यह बात नहीं, बात असल में यह थी कि…

[तुलसी चाय की ट्रे लिये प्रवेश करता है ।]

पति : लो वह आ गयी चाय, (ऊंचे स्वर में) डार्लिंग ! तुम भी आओ ना !

प्राण : हां भाभी, आओ न तुम भी।

कृष्ण : भाभी…भाभी…

[तुलसी मेज पर सामान रखकर चला जाता है। पत्नी आकर सोफे पर बैठ जाती है। सब लोग खाना शुरू करते हैं। पत्नी चाय बनाने लगती है। मंच का प्रकाश धीरे-धीरे मध्यम होकर बुझ जाता है और फिर धीरे-धीरे उभर आता है । अब सब प्लेटें साफ हैं तथा प्राण और कृष्ण आनन्द खड़े हैं।]

कृष्ण : भई वाह, मजा आ गया। परांठे बनाना कोई हमारी भाभी से सीखे।

प्राण : और पकौड़े ?

कृष्ण : पकौड़े तो बहुत ही लाजवाब थे। मुझे तो मालूम ही न था कि भाभी पकौड़े भी इतने उमदा बनाती हैं। आज मालूम हुआ। कल फिर खिलाओगी भाभी ?

पत्नी : (रुआंसी होकर) जरूर !

प्राण : अच्छा भाभी, चाय के लिए धन्यवाद !

पत्नी : इसमें धन्यवाद की क्या बात है ?

कृष्ण : मैं तुम्हें बताऊं भाभी ! हम लोगों की तो खैर दूसरी बात है, तुम जरा इसके दोस्तों से तुनककर बात किया करो। कोई आये कोई जाये, मरे या जिये तुमसे कोई सरोकार नहीं। फिर देखना बच्चा जी के होश ठिकाने आते हैं या नहीं। जब बाहर बेइज्जती होगी तो घर पर इज्जत करेंगे।

प्राण : अच्छा, भई दीनानाथ ! अच्छा भाभी, बाई-बाई।

कृष्ण : टा-टा !

[दोनों बाहर चले जाते हैं। तुलसी आकर बरतन उठाकर ले जाता है।]

पति : (गहरा सांस लेकर सोफे में धंसते हुए) तुम ही बताओ डार्लिंग ! इसमें मेरा क्या कसूर है ?

पत्नी : (क्रोध से) मैं किसी की डार्लिंग-वार्लिंग नहीं। मुझे कोई डार्लिंग न कहे।

पति : न, तुम ही बताओ डार्लिंग, इसमें मेरा क्या कसूर है, अगर लोग ऊंट की तरह मुंह उठाये घर में आयें।

[पत्नी चुप है।]

पति : हम तो इस तरह किसीके यहां नहीं जाते। आदमी को वक्त-बेवक्त देखना चाहिए। न जाने दूसरा किस हाल में हो। कहीं आने-जाने का प्रोग्राम···

पत्नी : अजी बस हो चुका आना-जाना। मैं सब समझती हूं। अगर कोई घर को घर समझे तो किसकी मजाल है कि···

पति : तो क्या तुम समझती हो कि मैं ही उन्हें पैगाम भेज-भेजकर बुलाता हूं कि आओ और कूदो मेरी छाती पर ?

पत्नी : और नहीं तो क्या मैं बुलाती हूं कि आओ नहलाऊं तुम्हें असली घी में ? हम पर एक नया पैसा खर्च करना पड़ जाये तो देखिये क्या आफत आती है···

और ठीक ही तो है। आपको हमसे कुछ सरोकार हो जब ना। जिन मर्दों को परायी औरतें···

पति : परायी औरतें ? यह तुम क्या कह रही हो, डार्लिंग ! तुम भी उस घनचक्कर की बातों में आ गयीं। उसकी तो आदत ही है···

पत्नी : जी हां, प्राण की आदत है। कृष्ण आनन्द की भी आदत है। जो कोई सच्ची बात कह दे बस उसीकी आदत है।

पति : खैर, छोड़ो अब यह किस्सा ! कमबख्तों ने सारा प्रोग्राम चौपट

कर दिया। अब आये कोई मेरे यहां। बाहर ही से सड़क का रास्ता न बता दिया तो दीनानाथ नाम नहीं।

पत्नी : आपका क्या है, आप कोई और नाम रख लेंगे और···

पति : और राहगीरों को उठा-उठाकर घर भर लूंगा कि आओ मेरी बीवी बहुत अच्छे पकौड़े तलती है और परांठे बनाने में तो जवाब नहीं उसका। हमें तो कभी न खिलाये···

पत्नी : आपको घर की कोई चीज पसन्द हो जब ना। जिन मर्दों को बाहर की औरतें

पति : फिर वही···भई, तुम्हें मेरे सिर की कसम है डार्लिंग! मुझे ज्यादा परेशान न करो। मैं पहले ही से···तो कहो, चलती हो अब?

पत्नी : कहां? अपने मां-बाप के घर? पहुंचा दीजिये।

पति : ओहो! नहीं भई, सिनेमा!

पत्नी : नौ बजे सिनेमा। अभी मेरा दिमाग इतना खराब नहीं हुआ कि बच्चे वाली होकर रात के नौ बजे सिनेमा-थिएटर देखती फिरूं।

पति : तुम जल्दी से तैयार हो जाओ। सिनेमा न सही, जरा टहल ही आयेंगे···

पत्नी : इस वक्त?

पति : यही तो वक्त है डार्लिंग! जब हम आसानी से फरार हो सकते हैं, वर्ना कोई ताज्जुब नहीं कि अभी किसीकी मुहब्बत की रग फड़क उठे और वह उठ भागे मुझसे गले लिपटने। मेरी हालत पर दया करो डार्लिंग, और चलो, जल्दी से निकल चलो यहां से।

पत्नी : और बाबा?

पति : बाबा को भी साथ ले चलो। और चाहो तो तुलसी को भी··· तुलसी बाबा को संभाल लेगा।

पत्नी : और खाना पकाने के लिए रात बारह बजे मुझे फिर रसोई में धकेल दीजियेगा।

पति : भई सिनेमा न सही, खाना तो बाहर खायेंगे ही···लेकिन यह सब बाद में होता रहेगा। तुम जल्दी से कपड़े बदल लो और (ऊंचे स्वर में) तुलसी! अबे ओ तुलसी!!

तुलसी : (दूर से) जी साब!

पति : इधर आओ।

[तुलसी आता है ।]

पति : (अलमारी पर से ताला उठाकर देते हुए) देखो, चारों तरफ अच्छी तरह देखकर बाहर के दरवाजे को बाहर से ताला लगा दो और पिछवाड़े की दीवार फांदकर आओ मेरे पास ।

तुलसी : (आश्चर्य से) जी !

पति : जी-वी कुछ नहीं । जो कहता हूं उसपर अमल करो । अब बचने की सिर्फ यही सूरत है । और सुनो, आकर तुम भी तैयार हो जाओ, घूमने चलेंगे ।

तुलसी : (प्रसन्न होकर) जी, अभी आया ।

[दायें दरवाजे से बाहर जाता है । इस बीच में पत्नी अलमारी से काले रंग की साड़ी निकाल लेती है ।]

पति : यह काली साड़ी नहीं चलेगी डार्लिंग ! इस वक्त तो कोई सफेद साड़ी पहनो । चांदनी रात में सफेद साड़ी तुम पर कितनी खिलती है ।

पत्नी : यही ठीक है । यहां कौन-सा किसी को दिखाना है ।

पति : नहीं डार्लिंग ! इस वक्त तो सफेद ही साड़ी पहनो और···और जूड़े में चमेली का फूल···

पत्नी : अब रहने भी दीजिये ये चोंचले ।

[तुलसी बांयें दरवाजे से प्रवेश करता है और पत्नी उसी दरवाजे से बाहर जाती है ।]

तुलसी : जी, लगा दिया साब !

पति : गुड ! अच्छी तरह देख लिया था न ?

तुलसी : जी, खूब अच्छी तरह देख लिया ।

पति : अच्छा जाओ, जूते-वूते पहन लो और फिर उसी तरह दीवार फांदकर और चारों तरफ देखकर दरवाजा खोलना ।

तुलसी : जी !

[तुलसी बायें दरवाजे से बाहर जाता है और पत्नी उसी दरवाजे से प्रवेश करती है। उसने सफेद साड़ी पहन रखी है ।]

पति : अ···हा···यह हुई ना बात । डार्लिंग, तुम्हें तो किसी राजा-नवाब की बीवी होना चाहिए था । यह रंग-रूप, यह लिबास, क्या बताऊं डार्लिंग ! जब तुम मेरे साथ कदम से कदम मिला-कर चलती हो और लोगों की नजरें तुम्हारी तरफ उठती हैं तो जानती हो क्या होता है···?

पत्नी : मुझे क्या मालूम क्या होता है ?

पति : मेरी छाती गज-भर की हो जाती है। फख्र से मेरे पांव जमीन पर नहीं पड़ते और···

पत्नी : किसीको बनाना कोई आपसे सीखे।

पति : नहीं डार्लिंग। मैं बना नहीं रहा, सच कह रहा हूं···(जोर से) तुलसी, अबे ओ तुलसी !

तुलसी : (दूर से) जी साब !

पति : जाओ, खोलो दरवाजा—लेकिन जरा होशियारी से चारों तरफ देखकर। रास्ता बिल्कुल साफ हो जब खोलना।

तुलसी : जी ! (कहकर जाता है।)

पति : हां तो डार्लिंग ! मैं तुमसे कह रहा था···

[बुरी तरह घबराया हुआ तुलसी प्रवेश करता है।]

तुलसी : साब ! गजब हो गया साब !!

पत्नी : (घबराकर) क्या हुआ ? इतने घबराये हुए क्यों हो ?

तुलसी : जी वह···

पति : अरे वह क्या···कुछ कहोगे भी।

तुलसी : जी कोई दीवार फांद रहा है।

पत्नी : (भय से) ऐं ?

पति : क्या कहा, दीवार फांद रहा है ? कौन-सी दीवार फांद रहा है ?

तुलसी : जी, हमारा।

पति : हमारी दीवार फांद रहा है। कौन फांद रहा है ?

[बायें दरवाजे से दयानारायण प्रवेश करता है।]

दयानारायण : मैं फांद रहा हूं, तुम्हारा बाप। यह बचने का खूब तरीका निकाला तुमने। बाहर से दरवाजा बंद करके समझते हो तुम बच जाओगे ?

पति : ओह, नहीं भाई ! मुआफ करना, हम तो डर गये थे कि न जाने कौन···

दयानारायण : जी हां, अब आपको हमसे डर ही तो लगेगा।

पति : नहीं, यह बात नहीं दयानारायण। बात यह थी कि···

दयानारायण : मैं बात-वात कुछ नहीं जानता। पहले मेरी बात का जवाब दो कि बाहर से दरवाजा बंद करके तुम···

पति : हम लोग जरा बाहर जा रहे थे।

दयानायराण : खूब ! दरवाजा बाहर से बंद है और तुम बाहर जा रहे थे। क्यों मुझे बेवकूफ बनाते हो दीनानाथ ! यह हथकंडे किसी और

को दिखाना। दयानारायण कच्ची गोलियां नहीं खेला कि इस आसानी से उसे चकमा दे जाओगे। पचास बार तुमने कहा था तो आज आया हूं और इस इरादे से आया हूं कि आज रात यहीं रहूंगा।

पति : रात यहीं रहोगे ? लेकिन हम लोग तो···

दयानारायण : तुम लोग जाओ जहन्नुम में···मुआफ करना भाभी, इससे मैं निबटता रहूंगा, तुम जरा जल्दी से मुझे खाने को कुछ ला दो। आज तो शाम की चाय भी नसीब नहीं हुई।

पति : लेकिन···

दयानारायण : तुम चुप रहो जी ! तुम्हारी लेकिन-वेकिन मैं अभी निकालता हूं। आखिर तुमने मुझे समझ क्या रखा है ? तुम समझते हो कि अगर तुम हमारी भाभी को धोखा दे सकते हो तो सारी दुनिया को धोखा दे सकते हो—भाभी ! जरा तुलसी के हाथ एक कुर्त्ता-पायजामा भी भिजवा देना—और मेरे लिए अलग बिस्तर लगाने की जरूरत नहीं। मैं इस चुगद के साथ ही सो जाऊंगा—क्यों बे घनचक्कर ! क्या समझा है तुमने मुझे ? मारे घूंसों के भुरकस निकाल दूंगा। हड्डी-पसली एक कर दूंगा तुम्हारी···

पति : (मरे हुए स्वर में) डार्लिंग !

पत्नी : (व्यंग्य से) जी !

पति : (सिर पकड़कर सोफे पर गिरते हुए) डार्लिंग !

पत्नी : जी !

[पर्दा धीरे-धीरे गिरता है।]

पर्दा उठने से पहले

○

राजेन्द्रकुमार शर्मा

पात्र

अनिल : एक नाटककार और निर्देशक
शीला : अनिल की पत्नी
धनीराम : एक सेठ का मुशी
मक्खनलाल : अनिल का बातूनी पड़ोसी
मुन्नू : अनिल का पुत्र
पिंडीदास, सुब्रामनियम : अनिल के पड़ोसी
वीना : अनिल के नाटक की नायिका

[मध्यम वर्ग की एक बैठक। निर्देशक की सूझ-बूझ और नाटक खेलनेवाली संस्था की आर्थिक स्थिति के अनुसार सजायी जा सकती है। बैठक में रेडियो, बुकशेल्फ और अन्य सजावट की वस्तुओं के अतिरिक्त अंगीठी पर एक टाइम-पीस भी रखा है। दीवार पर भगवान कृष्ण या किसी और देवता का चित्र टंगा हुआ है। पर्दा उठने पर शीला एक कुर्सी पर बैठी हुई स्वेटर बुनती दिखाई पड़ती है।

पर्दा उठने के बाद नेपथ्य से आठ बजने की आवाज आती है। शीला स्वेटर बुनना बंद कर देती है।]

शीला : सुबह आठ बजे के निकले हैं, रात के आठ बजने को आये। इनकी बला से कोई मरे या जिये! (उठकर घड़ी में चाबी देते हुए) न अपना होश, न किसी दूसरे की खबर! बस, रात-दिन रिहर्सल-रिहर्सल! भगवान न करे किसी के पति को

नाटकबाजी की लत हो ! (चौंककर) हाय राम ! लगता है दाल लग गयी ।

[शीला अंदर चली जाती है । दूसरे दरवाजे से अनिल धीरे-धीरे हाथ में जूते लिए हुए इधर-उधर देखता हुआ प्रवेश करता है । एक बार अंदर के दरवाजे की तरफ झांककर देखता है और फिर भगवान के चित्र के सामने खड़ा हो जाता है ।]

अनिल : हे भगवान् ! तुम तो अंतर्यामी हो । तुम्हें तो पता लग गया होगा कि परसों मेरा नाटक है और आज हीरोइन ने जवाब दे दिया है । अब क्या करूं ? इस बार तो किसी तरह लाज रख लो, प्रभु ! आगे कभी नाटक नहीं करूंगा । (कान को हाथ लगाने लगता है पर अचानक यह देखकर कि उसके हाथ में जूते हैं, क्रोध से जूते फेंक देता है ।) क्षमा करना, भगवान !

शीला : (जूते पटकने की आवाज सुनकर अंदर से ही) सत्यानाश हो इस बिल्ली का ! जरा दरवाजा खुला रह गया और झट अंदर !

[शीला की आवाज सुनकर अनिल बाहर दौड़ जाता है। शीला हाथ में बेलन लिये हुए आती है ।]

शीला : (इधर-उधर बिल्ली को ढूंढ़ते हुए) निकल बाहर !

अनिल : (डरते हुए दरवाजे पर खड़े होकर) इजाजत हो तो रात यहीं काट लूं । सुबह फिर निकल जाऊंगा ।

शीला : (संभलकर) ओह, आप ! (फिर तुनककर) ठीक तो है । घर तो आप रात काटने ही आते हैं। आपने तो घर को सराय समझ रखा है, सराय !

अनिल : तुम तो बस यूं ही नाराज हो जाती हो । कभी यह भी पूछा है कि मैं किस मुसीबत में हूं ! क्यों देर हो गयी ?

शीला : तुम्हारे लिए घर पर रहना सबसे बड़ी मुसीबत है । बाहर तो मौज रहती है, मौज !

अनिल : रिहर्सल करने को तुम मौज कहती हो ?

शीला : रिहर्सल ! रिहर्सल ! तुमपर चौबीसों घंटे रिहर्सल का ही भूत सवार रहता है ।

अनिल : रिहर्सल पर ही नाटक की सफलता निर्भर है, शीला, तुम नहीं जानतीं···

शीला : (बीच में) मैं जानना भी नहीं चाहती । पर तुम कान खोलकर

सुन लो, कल से दफ्तर के बाद सीधे घर आना होगा, नहीं तो मुझे मेरे मैंके भेज दो, पीछे सारे दिन रिहर्सल किया करना। मैं पूछती हूं, नाटक का इतना ही शौक था तो शादी क्यों की थी।

[अनिल एकदम जोर से खांसता है और फिर पानी मांगता है। शीला जल्दी से पानी लेकर आती है।]

शीला : लो, पानी पी लो।

अनिल : (पानी पीता है) हे भगवान्!

शीला : कैसी तबीयत है अब?

अनिल : (हंसकर) मेरी तबीयत तो ठीक है, पर तुम्हारा पारा कुछ उतरा कि नहीं!

शीला : (बिगड़कर) ओह! तो क्या वह खांसने की रिहर्सल कर रहे थे!

अनिल : यह तो तुम्हारा गुस्सा उतारने की एक खुराक थी।

शीला : अच्छा, यह बहानेबाजी छोड़ो और···

अनिल : तुम्हें हमारे प्यार पर गुस्सा आता है और हमें तुम्हारे गुस्से पर प्यार···

शीला : मुझे तो तुम्हारी रिहर्सल पर गुस्सा आता है।

अनिल : (शरारत-भरे स्वर में) और प्यार किस बात पर आता है!

शीला : (लजाकर) तुम्हें तो हर वक्त मजाक सूझता है।

अनिल : तो फिर इसका कोई समय नियत कर लो।

शीला : तुम्हें तो बातें बनानी आती हैं! यहां इंतजार करते-करते जान निकल जाती है।

अनिल : (अपने स्वर को और मीठा बनाते हुए) शीला, तुम कितनी अच्छी हो। मैंने पिछले जन्म में न जाने कौन-से पुण्य किये थे जो तुम जैसी पत्नी मिली। तुम जैसी सुंदर, सुशील और सुघड़ स्त्री तो बड़े भाग्य से मिलती है।

[शीला जाने लगती है।]

अनिल : (चौंककर) अरे, सुनो तो! कहां चल दीं?

शीला : तुम अपने ड्रामे का पार्ट याद करो। मुझे और बहुत काम हैं।

अनिल : शीला, सच मानो, मैं यह नाटक नहीं कर रहा। मैं यह तुम्हारे लिए कह रहा हूं। सचमुच तुम कितनी समझदार हो!

शीला : सुबह तो कह रहे थे कि किस मूर्ख से पाला पड़ा है?

अनिल : यह तो मेरी मूर्खता थी। मैं सचमुच बेवकूफ हूं, जाहिल हूं,

नालायक हूं और···

शीला : बस, इतना ही बहुत है। यह रही कलम-दवात, आज इतना ही लिख दो, नहीं तो भूल जाओगे।

अनिल : मैं मजाक नहीं कर रहा।

शीला : अच्छा, अब बातें न बनाओ। कपड़े बदलकर खाना खा लो।

अनिल : मैं तो भगवान् को और तुम्हारे पिताजी को रात-दिन मन-ही-मन धन्यवाद दिया करता हूं जिन्होंने तुम जैसी साक्षात् लक्ष्मी···

शीला : (बीच में टोकते हुए) मैं सब समझती हूं। मैं कहे देती हूं, तुम्हारे नाटक-वाटक खेलने के लिए मेरे पास पैसे नहीं हैं। मैं कहती हूं, अगर तुम्हारे नाटक का खर्च टिकटों से पूरा नहीं होता तो क्या डॉक्टर ने बताया है कि नाटक खेलो।

अनिल : मुझे तुम्हारे पैसे बिलकुल नहीं चाहिए। मैं सच कहता हूं, अगर यह नाटक खेला गया, तो लोगों को टिकट नहीं मिलेगी।

शीला : हाय राम, तो क्या सबको मुफ्त दिखाओगे ?

अनिल : मेरा मतलब है···

शीला : हां, एक बात और सुन लो, मुझे नाटक में तुम्हारा लड़कियों के कंधे पकड़ना और उन्हें हाथ पकड़कर बाहर ले जाना बिल्कुल पसंद नहीं !

अनिल : तुम तो बहुत नैरो माइंडेड हो ! वह मेरी पत्नी है।

शीला : (क्रोध से) क्या कहा ? तो मैं क्या तुम्हारी···

अनिल : (घबराकर) मेरा मतलब है···वह नाटक में मेरी पत्नी है। हमें रंगमंच पर ऐसा अभिनय करना पड़ता है कि लोग समझने लगें हम सचमुच में मियां-बीवी हैं।

शीला : लोग समझें या न समझें, पर तुम समझ लो, मुझे यह सब अच्छा नहीं लगता।

अनिल : और जो तुम्हें पसंद नहीं वह मुझे पसंद नहीं। अब मेरे नाटक की नायिका वीना नहीं है।

शीला : तो कोई और उसकी बहन नीना मिल गयी होगी। पर मैं तो हैरान हूं कि ये लड़कियां नकली बीवी बनने को कैसे तैयार हो जाती हैं।

अनिल : अभिनय एक कला है, शीला !

शीला : मैं सब समझती हूं। इन नकली बीवियों से तो तुम लोग गालियां भी सुन लेते हो, थप्पड़ भी खा लेते हो। पिछले नाटक

में तुम्हारे कितने जोर का थप्पड़ मारा था उसने !

अनिल : वह तो नाटक का एक सीन था।

शीला : कितनी रिहर्सल की थी उस सीन की ?

अनिल : बीस।

शीला : तो बीस चांटे लगाये थे उसने !

अनिल : (जरा झेंपकर, बात टालते हुए) अच्छा, यह बहस छोड़ो। मैंने तो आज से निर्णय कर लिया है कि मेरे नाटक की नायिका तुम होगी।

शीला : मैं !

अनिल : हां, तुम !

शीला : मुझसे यह नाच-गाना नहीं होगा।

अनिल : तुम्हें न नाचना है, न गाना। केवल एक्टिंग करनी होगी।

शीला : तुम्हारा दिमाग तो खराब नहीं हो गया है !

अनिल : खराब नहीं, ठीक हो गया है। जानती हो ये हीरोइन कितने नखरे दिखाती हैं! परसों मेरा नाटक 'अधूरा नाटक' खेला जाने वाला है और आज वीना रिहर्सल में नहीं आयी।

शीला : मैं कहती हूं इन नाटकों के चक्कर में मत पड़ो।

अनिल : क्या तुम नहीं चाहतीं कि दुनिया में मेरा नाम हो। यदि मेरा यह 'अधूरा नाटक' सफल हो गया तो रास्ते चलते लोग इशारा किया करेंगे कि वह जा रहा है 'अधूरा नाटक' का लेखक और निर्देशक। मेरे साथ तुम्हारी फोटो भी अखबारों में छपेगी और उसके नीचे लिखा होगा—'नाटक के लेखक और उनकी पत्नी।'

शीला : मुझसे यह न होगा।

अनिल : ऐसा न कहो। टिकट बिक चुके हैं। लोगों को निमंत्रण भेजा जा चुका है।

शीला : तो उसे मना लो जाकर। उसके हाथ जोड़ो, पांव पड़ो !

अनिल : मुझसे यह न होगा। मैं सोचता हूं उसकी क्यों खुशामद करूं। तुम किससे कम हो ! तुम मेरा साथ दो तो मुझे किसीकी परवाह नहीं।

शीला : मुझसे उस जैसी एक्टिंग न होगी।

अनिल : वह एक्टिंग क्या खाक करती है ! जब गुस्से में जोर से चीखती है तो ऐसा लगता है कि इंजन की सीटी बज रही हो और जब धीरे बोलती है तो ऐसा लगता है मानो ग्रामोफोन की चाबी खत्म हो गयी हो।

शीला : पहले तो बड़ी तारीफ करते थे।

अनिल : अपने मुंह से अपने नाटक की हीरोइन की कौन बुराई करता है। (खुशामद करते हुए) देखो शीला, बहुत थोड़ा समय है। परसों नाटक है। हमें रात-दिन रिहर्सल करनी पड़ेगी। मुझे विश्वास है कि तुम उससे अच्छा अभिनय कर लोगी। तुम यों भी उससे कहीं अधिक सुंदर हो। तुम्हारी आम की फांक की तरह आंखें, सेब की तरह गाल, चीकू की तरह नाक, टमाटर-से लाल होंठ, नारियल की तरह घने बाल और···और···

शीला : भूल गये अपना पार्ट ! (हंसी) तुम्हें तो अपना डॉयलाग भी याद नहीं है।

अनिल : (झेंपकर) ओफ ! मैं अपना पार्ट नहीं याद कर रहा बल्कि तुमसे सच कह रहा हूं। सचमुच तुम्हारी आम की फांक की तरह आंखें, सेब की तरह···

शीला : (हंसते हुए) तुम्हारा मतलब है मैं फलों की टोकरी हूं !

अनिल : मैं मजाक नहीं कर रहा। विश्वास न हो तो शीशा देख लो।

शीला : तीस दिन हो गये हैं शीशा टूटे। तुमसे कितनी बार कहा···

अनिल : खैर, छोड़ो। इस समय तो तुम मुझपर ही विश्वास करो। शीला, तुम सचमुच हीरोइन बनने के योग्य हो। वीना तो वैसे भी स्टेज पर जंचती नहीं। उसके धंसे हुए गाल, पतली नाक और मोटे होंठों ने तो उसे पूरा कारटून बना दिया है।

शीला : पर तुम्हारे इश्तिहार उसे सौंदर्य की मूर्ति, संगीत की देवी और नृत्य की रानी कहते हैं ?

[दरवाजे पर दस्तक]

अनिल : यह बेवक्त न जाने कौन आ टपका !

शीला : अखबारवाला लगता है। सुबह भी अपने पैसे लेने आया था।

अनिल : तुम इससे कह दो कि अब के सरकारी नोटों की जगह हमारे ड्रामे के टिकट ले ले।

[धनीराम दरवाजा खटखटाता है।]

धनीराम : अनिल बाबू !

अनिल : यह तो कोई और लगता है। मैं अंदर जाता हूं, तुम कह दो कि मैं घर में नहीं हूं।

[शीला दरवाजा खोलती है।]

धनीराम : नमस्ते, बहन जी !

शीला : नमस्ते !

धनीराम : (अन्दर आकर) अनिल बाबू घर पर हैं ?

शीला : जी नहीं, वह तो···

धनीराम : क्षमा कीजिएगा। क्या अनिल बाबू, जो प्रसिद्ध नाटककार हैं, यहीं रहते हैं ?

शीला : जी हां, रहते तो यहीं हैं पर···

धनीराम : (जैसे बिना सुने ही) वह तो महान कलाकार हैं। उनके दर्शनों को आया था। कब तक लौटेंगे ?

अनिल : मैं भई, आ गया। आइये, आइये।

[शीला अन्दर जाती है।]

धनीराम : आपके नाटकों का जवाब नहीं, साहब !

अनिल : (खुश होकर) आपने मेरा पिछला नाटक देखा होगा ?

धनीराम : नहीं साहब, भला मैं नाटक कैसे देख सकता था। आपने पास तो भिजवाया ही नहीं था।

अनिल : आप कहां से तशरीफ ला रहे हैं ?

धनीराम : मैं सेठ गरीबदास का मुंशी हूं।

अनिल : सेठ गरीबदास ?

धनीराम : जी हां, परसों आपने उनसे एक कालीन और सोफा-सेट ड्रामे के हाल में भिजवाने के लिए कहा था न ?

अनिल : जी हां।

धनीराम : (घिघियाते हुए) ये चीजें ठीक वक्त पर पहुंच जायेंगी। सेठ साहब को तो नाटक का शौक नहीं है पर सेठानी को राम-लीला और नौटंकी बहुत पसंद हैं। उन्होंने दस पास मंगवाये हैं। और साहब, हम तो आपका नाटक जरूर देखेंगे और बच्चों को भी दिखायेंगे। पांच पास मुझे दे दीजिये। सेठ जी ने सोफा-सेट और कालीन पहुंचाने का काम मुझे ही सौंपा है।

अनिल : आप सोफा-सेट और कालीन मत भिजवाइयेगा। अब जरूरत नहीं है।

धनीराम : (आश्चर्य से) क्या नाटक नहीं खेला जायेगा ?

अनिल : नहीं।

धनीराम : मगर साहब, टिकट बिक चुके हैं, उनका क्या होगा ? क्या आप पैसे वापस करेंगे ?

अनिल : जी हां, पैसे वापस कर दूंगा।

धनीराम : (घबराकर) खैर, टिकटवालों को तो आप पैसे वापस देकर शांत कर देंगे पर आपने पासवालों के बारे में भी सोचा है,

उनका क्या होगा ?

अनिल : वे सब फेल हो जायेंगे ।

धनीराम : (निराश स्वर में) जी···अच्छा, नमस्कार ! (जाता है ।)

अनिल : पास ! पास ! पास ! एक सोफा-सेट के बदले में पंद्रह पास !

शीला : (तौलिये से हाथ पोंछती हुई आती है ।) मैंने तो उसे कह दिया था कि घर पर नहीं हो । पर उसने महान कलाकार कहा तो फौरन बाहर निकल आये ।

अनिल : देखो शीला, अगर मेरा नाटक न हुआ तो टिकटवाले पैसे वापस मागेंगे, पासवाले मजाक उड़ायेंगे, दुनिया हंसेगी···

शीला : पर मैंने तो कभी नाटक में पार्ट नहीं किया ।

अनिल : उसकी तुम चिंता न करो । पिछले साल वह शर्मा का नाटक था···क्या नाम था उसका, हां···'हम सब एक हैं'···उसकी हीरोइन ने तीन दिन पहले जवाब दे दिया । उसे तो चक्कर आने लगे । वेहोश हो गया । पर उसकी बीवी ने कहा, "तुम चिंता न करो । मैं नाटक में पार्ट करूंगी ।" उसने रात-दिन एक कर दिया और ऐसा अच्छा अभिनय किया कि कमाल कर दिया । अखबारों ने मियां-बीवी की तारीफ के पुल बांध दिये ।

शीला : अच्छा बाबा, मुझे क्या है ! तुम सिखा दो, जैसा मुझसे होगा, कर दूंगी ।

अनिल : (खुशी से उछल पड़ता है ।) शाबाश ! थैंक यू, शीला थैंक यू ! तुम कितनी अच्छी हो ! आओ, रिहर्सल शुरू करें । तुम्हारा एक आधुनिक फैशनेबुल लड़की का पार्ट है ।

शीला : (सोचते हुए) फैशनेबुल लड़की के पार्ट के लिए तो कोई अच्छी साड़ी चाहिए । तुमसे कितनी बार कहा है कि एक साड़ी ला दो पर तुम सुनते ही नहीं ।

अनिल : मिसेज वर्मा से साड़ी मांग लेना ।

शीला : मैं नहीं मांगूंगी ।

अनिल : तो फिर मैं किसीसे मांग लाऊंगा ।

शीला : मैं किसीकी उतरन नहीं पहनूंगी ।

अनिल : मैं नयी ला दूंगा ।

शीला : (खुशी से) तो चलो, पहले साड़ी ले आयें । फिर आकर रिहर्सल करेंगे ।

अनिल : (समझाते हुए) शीला, समय बहुत कम है । रिहर्सल शुरू कर दो । साड़ी कल ले आयेंगे ।

शीला : और हां, टॉप्स का टांका भी टूटा हुआ है, उसे भी बनवा लाना।

अनिल : मैं यह सब कर दूंगा। अब तुम बाहर की कुंडी लगा लो, कोई आ न जाये। नाटक तो तुमने पढ़ा है न ?

शीला : एक बार पढ़ा तो था।

अनिल : तो बस ठीक है। तुम रेखा का पार्ट कर रही हो। (शीला के हाथ में पुस्तक देते हुए) लो, यहां से शुरू करो। हां-हां, शाबाश···बोलो···

शीला : (डरते हुए) "रवि, मैं तो तुम्हें अपना हृदय सौंप चुकी हूं। इसे कहीं खो न देना।"

अनिल : शाबाश ! जरा जोर से और दिल पर हाथ रखकर।

शीला : "मैं तो तुम्हें अपना हृदय सौंप चुकी हूं।" (अपना हाथ दायीं ओर छाती पर रखती है।)

अनिल : ऊं हूं ! दिल दायीं तरफ नहीं होता। वायीं तरफ हाथ रखकर कहो।

शीला : जब दिल दे ही दिया तो न दायी तरफ रहा, न बायीं तरफ !

अनिल : अच्छा, छोड़ो। आगे पढ़ो।

शीला : (पढ़ते हुए) "क्या मैं भी तुमसे कुछ पूछ सकती हूं ?"

अनिल : "पूछो।"

शीला : (जिस तरह अध्यापक विद्यार्थी से प्रश्न पूछता है) "क्या तुम मुझे सचमुच प्रेम करते हो ?"

अनिल : यह तो तुम इस तरह कर रही ही जैसे दस का नोट देकर मुझसे हिसाब मांगती हो।

शीला : तो तुम्हीं बोलकर दिखाओ।

अनिल : (अभिनय करते हुए) "क्या तुम मुझे सचमुच प्रेम करते हो ?" मेरा मतलब है जरा शरमाकर, लजाकर, गरदन उठाकर, नजरें झुकाकर।

शीला : (बिगड़कर) मुझसे नहीं होता। (पुस्तक फेंक देती है।)

अनिल : (मनाते हुए) नहीं-नहीं, मेरा मतलब है तुम बिलकुल ठीक कर रही हो। अच्छा, आगे चलते हैं। (अभिनय) "रेखा, तुम मेरा जीवन हो, प्राण हो, आत्मा हो। मैं तुम्हारे बिना जीवित नहीं रह सकता। जिस तरह आइसक्रीम रेफ्रिजरेटर के बाहर नहीं रह सकती, उसी तरह मैं तुमसे अलग होकर नहीं जी सकता।"

शीला : तभी तो सारा दिन घर से बाहर रहते हो !

अनिल : मजाक छोड़ो। तो मैं कह रहा था कि मैं तुमसे अलग होकर नहीं जी सकता। (अभिनय करते हुए) "रेखा, मैं तुम्हारे लिए आकाश के तारे तोड़ सकता हूं, समुद्र में छलांग लगा सकता हूं, एवरेस्ट की चोटी पर चढ़ सकता हूं···(शीला जोर से हंसती है !) हंसो नहीं ।"

शीला : (हंसते हुए) सामने वाले नीम के पेड़ से दो दातुन तो तोड़ नहीं सकते और डींग मार रहे हो कि एवरेस्ट की चोटी पर चढ़ सकता हूं ।

अनिल : मेरी जान पर बनी है और तुम्हें मजाक सूझ रहा है !

शीला : बुरे दिन आयें तुम्हारे दुश्मनों के ! अच्छा, आगे बोलो ।

अनिल : (अभिनय करते हुए) "रेखा, जी चाहता है कि हम-तुम ऐसी जगह चलें जहां कोई न हो···" (दरवाजे पर दस्तक होती है।) अब यह कौन आ टपका ? मैं देखता हूं कौन है। (दरवाजा खोलता है ।)

मक्खनलाल : (प्रवेश करते हुए) अरे भई, मैं हूं मक्खनलाल । जै राम जी की !

अनिल : जै राम जी की। कहिए, क्या हुक्म है ?

मक्खनलाल : हुक्म-वुक्म क्या, बात यह है कि इधर आये कई दिन हो गये थे, मैंने सोचा कि कहीं आप यही न समझें कि मैं आपसे नाराज-वाराज हो गया हूं ।

अनिल : यह आप क्या कह रहे हैं ! आप निश्चिंत रहिये, अगर आप छः महीने भी न आयें तो भी हम यह नहीं सोच सकते ।

मक्खनलाल : भई, अपने को तो तुमसे मिले बिना चैन ही नहीं पड़ता। क्या बताऊं, इन दिनों कुछ फुर्सत-वुर्सत ही नहीं मिली। बात यह थी कि···

अनिल : (टालते हुए) कोई बात नहीं, आजकल काम से फुर्सत किसे मिलती है ।

मक्खनलाल : काम-वाम तो ऐसा ही था। बात यह थी कि मेरी मौसी का लड़का···

अनिल : (बात काटकर) आप ठीक कहते हैं, आजकल मेहमानों के मारे नाक में दम है ।

मक्खनलाल : नहीं भई, मेहमान-वेहमान को तो हम सिर पर बिठाते हैं। भागवान के ही घर मेहमान आते हैं। जरा माचिस तो देना ।

(अनिल जेब से दियासलाई निकालकर देता है।) हां, तो मैं कह रहा था···लो, मैं तो सिगरेट की डिब्बी ही भूल आया।

अनिल : जी, सिगरेट !

मक्खनलाल : आप बैठे रहो, मैं ले लेता हूं।

[मक्खनलाल सिगरेट का पैकेट उठाने के लिए मेज की तरफ जाता है।]

अनिल : (स्वगत) यह तो चिपक ही गया। जाने का नाम ही नहीं लेता।

मक्खनलाल : लो, भूल गया। मैं क्या कह रहा था ?

अनिल : (क्रोध दबाते हुए) आप कह रहे थे कि आपको कहीं जरूरी काम से जाना है।

मक्खनलाल : (बेफिक्री से) काम-धंधे तो दुनिया में लगे ही रहते हैं। आज तो मैंने सारे जरूरी काम-वाम एक तरफ रख दिये। बस, आपसे मिलने-विलने का ही परोगराम बनाया है। (बड़े इत-मीनान से कुर्सी पर बैठ जाता है।)

अनिल : बड़ी कृपा की आपने, लेकिन···

मक्खनलाल : हां, तो मैं कह रहा था कि इन दिनों मेरी तबीतत-वबीयत ठीक नहीं रही। बात यह थी कि···

अनिल : अब कैसी तबीयत है आपकी ?

मक्खनलाल : ठीक है। पर पांच-छः दिन से जुकाम-वुकाम हो गया था। और छींकें-वींकें आने लगी थीं।

अनिल : अब तो ठीक हैं न आप ?

मक्खनलाल : अजी, मैंने भी परवा-वरवा नहीं की। बस, जुशांदा पिया और अपने काम में जुटा रहा। जुशांदा भी क्या, बस दो-चार तुलसी-वुलसी के पत्ते लिये, तीन-चार काली-वाली मिर्च लीं और···

अनिल : मतलब यह कि जुकाम ठीक हो गया।

मक्खनलाल : मैं तो अपनी देसी-वेसी दवाइयों का ही परयोग करता हूं। इन डॉक्टरों के पास सिवाय टीके-वीके और सुलफादीन की गोलियों के और है ही क्या !

अनिल : सुलफादीन ! आपका मतलब शायद सल्फा डायजीन की गोलियों से है···?

मक्खनलाल : हां, कुछ ऐसा-वैसा ही नाम है।

[दोनों चुप हो जाते हैं।]

मक्खनलाल : और क्या खबरें-वबरें हैं, अनिल बाबू ?

अनिल : कोई खास बात नहीं। बात यह है कि मैंने एक हफ्ते से अखबार ही नहीं पढ़ा।

मक्खनलाल : तो कोई अपने दफ्तर-वफ्तर की खबर सुनाओ।

अनिल : सब ठीक-ठाक है।

मक्खनलाल : क्या बात है अनिल बाबू तबीयत-वबीयत तो ठीक है ? कुछ उदास लग रहे हो।

अनिल : सब आपकी कृपा है।

मक्खनलाल : वह आपका नाटक-वाटक कब हो रहा है ?

अनिल : परसों।

मक्खनलाल : लो, परसों के एक सिनेमा के पास मिल रहे हैं। पर भैया, हम तो तुम्हारा खेल देखेंगे। सिनेमा-विनेमा तो रोज ही देखते हैं। दो-चार पास-वास भिजवा देना।

अनिल : पास तो मैं आपके घर ही भिजवा देता, आपने बेकार कष्ट किया।

मक्खनलाल : कष्ट-वष्ट क्या ! यह तो अपना घर है। अपनी बिजली फ्यूज हो गयी थी। मैंने सोचा, दो-तीन घंटे अनिल बाबू के यहां ही आराम-वाराम करेंगे। (कुसा में और धंस जाता है।)

अनिल : दो-तीन घंटे ! (जहर का-सा घूंट पीते हुए) पर हम लोग तो जरा बाहर जा रहे हैं।

मक्खनलाल : अब रात-बात को कहां जाओगे ?

अनिल : कुछ जरूरी काम है।

मक्खनलाल : ऐसा भी क्या जरूरी काम-वाम है ! बैठो, यहीं गपशप लगाते हैं।

अनिल : हम लोगों को एक दोस्त के यहां जाना है।

मक्खनलाल : तब तो घंटे-दो घंटे में लौट आओगे। मैं यहीं बैठता हूं।

अनिल : असल में हम लोगों को एक शादी में जाना है। रात को वहीं रहेंगे।

मक्खनलाल : तब तो भई, फिर चलते हैं। देखूं शायद मोहनलाल घर आ गये हों। हां, पास जरूर भिजवा देना; नहीं तो मैं कल खुद ही ले जाऊंगा।

अनिल : आप कष्ट न कीजियेगा। मैं भिजवा दूंगा।

मक्खनलाल : अच्छा तो दस पास भिजवा देना। चिन्ता-विन्ता न करना कोई पास बेकार नहीं जायेगा और एक-आध बच भी गया तो

अगले दिन वापस हो जायेगा। (जाता है।)

अनिल : हे भगवान ! मुश्किल से बला टली है। यह लोग न खुद कोई काम करते हैं और न किसीको करने देते हैं। (पुकारकर) शीला ! शीला !

शीला : (अन्दर से) अभी आयी।

अनिल : शीला, हमें एक मिनट भी व्यर्थ नहीं गंवाना चाहिए। लो, मैं शुरू करता हूं। (अभिनय करते हुए) "शीला, जब तुम··· सौरी, शीला नहीं, रेखा ! हां, रेखा, जब तुम मेरे पास होती हो तो मुझे स्वर्ग मिल जाता है, मानो···मानो···"

[तभी दूर से बिल्ली की म्याऊं-म्याऊं की आवाज आती है।]

शीला : रसोई में बिल्ली घुस गयी है। मैं अभी भगाकर आयी। (तेजी से रसोई की तरफ जाती है।)

अनिल : ओह ! मुझे भी अपना पार्ट याद नहीं (याद करते हुए) हां, मानो अतृप्त होंठों को अमृत मिल गया हो। (अभिनय करते हुए) "जब मैं तुम्हारे पास होता हूं तो मैं इस दुनिया में नहीं होता। मुझे···"

शीला : भाड़ में जाय तुम्हारी रिहर्सल ! ऐसी अशुभ बातें मुंह से न निकालो।

अनिल : शीला, तुम समझती क्यों नहीं ! यह नाटक है, नाटक ! लो, यहां से पढ़ो तुम।

शीला : (पढ़ते हुए) "मैं क्या जानूं तुम मेरे कौन हो ! पर हां, जब तुम मेरे पास नहीं होते तो ऐसा लगता है जैसे मेरी दुनिया आबाद हो गई हो···"

अनिल : ओह ! आबाद नहीं, बरबाद हो गयी हो। फिर से बोलो।

शीला : (बहुत तेजी से बोलती है।) "जब तुम चले जाते हो, तो ऐसा लगता है कि मेरी दुनिया बरबाद हो गयी हो।"

अनिल : ऊंह ! मजा नहीं आया। (जरा एक्टिंग करके) देखो, पहले सिचुएशन समझ लो। (समझाते हुए) थोड़ी देर के लिए मान लो कि तुम मुझसे प्रेम करती हो और तुम्हारे पिता जी यह नहीं चाहते कि तुम्हारी शादी मुझसे हो।

शीला : वह कब चाहते थे ! वह तो मामा जी ने···

अनिल : शीला, जरा भावुक बनो। भूल जाओ कि हम-तुम पति-पत्नी हैं। भूल जाओ कि हमारी शादी हो चुकी है।

[तभी बाहर से मुन्नू पीपनी बजाता हुआ आता है।]

मुन्नू : ममी ! ममी ! (पीपनी बजाता है।)

शीला : लो, इसे म्यूजिक डायरेक्टर बना लो।

अनिल : (क्रोध से) शीला, तुम्हें क्या हो गया है ?

शीला : इतनी देर तक बाहर नहीं खेलते, बेटे !

अनिल : अभी तो साढ़े आठ ही बजे हैं। जाओ बेटा, बाहर खेलो।

मुन्नू : पापा जी, आप तो परसों कह रहे थे कि आठ बजे के बाद बाहर नहीं खेलना चाहिए।

अनिल : आज बाहर मौसम अच्छा है।

मुन्नू : नहीं, पापा जी, मैं तो आपके साथ खेलूंगा।

[शीला हंसती है पर जब अनिल उसकी ओर देखता है तो एकदम चुप हो जाती है।]

अनिल : (शीला से) तुम्हीं जरा कहो न इसे। (मुन्नू से) बेटा, यह लो दो आने। जाओ, सामने लच्छू की दुकान से टाफी ले आओ।

मुन्नू : टाफी तो मेरे पास हैं। पापा जी, आपका नाटक परसों हो रहा है न ?

[शीला भीतर जाती है।]

अनिल : हां।

मुन्नू : मुझे पिंकी और टुन्नू के लिए दो पास चाहिए।

अनिल : हां-हां, जरूर मिलेंगे। अब जाओ, टोनी के साथ खेलो।

मून्नू : पापा जी, रामलीला की कहानी सुनाओ।

अनिल : रात को सोते समय सुनाऊंगा।

मुन्नू : नहीं, पापा जी, अभी सुनाओ।

अनिल : देखो मुन्नू, गीता आंटी नया बाजा लायी है। वह कह गयी थीं कि मुन्नू को भेज देना।

मून्नू : नया बाजा !

अनिल : हां !

मून्नू : अहा जी, हम तो नया बाजा देखेंगे ! (खुशी में कूदता हुआ बाहर चला जाता है।)

अनिल : ओफ्फो ! अब तुम कहां चली गयीं ? शीला ! शीला !

[शीला आती है।]

अनिल : कहां चली गयी थीं ?

शीला : अंगीठी में कोयले डालने गयी थी। रिहर्सल के बाद खाना नहीं खाना है या आज व्रत ही रखना है !

अनिल : तुम्हें चाहिए था कि इतनी देर में आगे पढ़ लेतीं।

शीला : नाटक तो मैंने पढ़ा हुआ है।

अनिल : अच्छा तो अब जरा आखिरी सीन की रिहर्सल कर लेते हैं। (पुस्तक में दिखाते हुए) देखो, यहां से, शाबाश ! बोलो।

शीला : (पढ़कर) "मेरे देवता ! मैं तो तुम्हारे चरणों की धूल हूं, मुझे यूं न ठुकराओ।"

अनिल : जरा गला दबाकर रोते हुए, शाबाश ! आगे चलो। (शीला आगे बढ़ जाती है।) ओहो ! मेरा मतलब आगे बढ़ने से नहीं ···आगे पढ़ने से है। हां, शाबाश ! जरा रोते हुए···चलो··· मेरा मतलब पढ़ो।

शीला : (रोते हुए) "मेरे देवता, मैं तो तुम्हारे चरणों की धूल हूं, मुझे यूं न ठुकराओ। रेखा रमेश के पैरों पड़ती है। रमेश उसे धक्का दे देता है।"

अनिल : यह तो ब्रैकेट में लिखा है। जो ब्रैकेट में लिखा हो उसे नहीं बोलते।

शीला : मुझे क्या पता ?

अनिल : (तभी जैसे कुछ याद आता है।) वह मुन्नू की पिस्तौल कहां रखी है ? मैं अभी लाया। तब तक तुम इस सीन को फिर से पढ़ लो। (मेज की दराज में, फिर पुस्तकों की अलमारी में पिस्तौल ढूंढ़ता है, फिर अलमारी के नीचे से पिस्तौल उठाते हुए) लो, मिल गयी। अब आगे चलो। मुझे जरा क्यू दो।

शीला : क्यू !

अनिल : मेरा मतलब अपनी पहली लाइन फिर बोलो···

शीला : "मुझे यूं न ठुकराओ।"

अनिल : "मेरी आंखों से दूर हो जा, नहीं तो मैं तुझे मार डालूंगा।"

शीला : "इस जीवन से तो अच्छा है मैं मर जाऊं। लो, चलाओ गोली। तुम्हें मेरी कसम है।"

अनिल : "मैं कहता हूं हट जाओ मेरे रास्ते से ! (जोर से) हट जाओ नहीं तो···"

[दरवाजे से मि० सुब्रामनियम और पिंडीदास झांकते हैं।]

शीला : "चलाओ गोली ! चलाओ !"

अनिल : "मैं कहता हूं हट जाओ ! चली जाओ ! नहीं तो खून हो जायेगा, खून !"

[सुब्रामनियम और पिंडीदास झपटकर अनिल को पकड़

लेते हैं ।]

सुब्रामनियम : ह्वाट आर यू डूयिंग जी ?

पिंडीदास : यानी तुम की करता है ?

अनिल : मुझे छोड़ दो !

सुब्रामनियम : तुम एजूकेटिड होकर यह क्या करता जी ?

पिंडीदास : यानी तुम पढ़या-लिखया बन्दा ! ए की करता है ?

अनिल : मैं कहता हूं आप लोग जाइये ।

सुब्रामनियम : तुम सिस्टर दूसरा कमरा में चले जाओ जी ।

पिंडीदास : हां भैन जी, तुम इक पास्से हो जाओ ।

अनिल : मैं कहता हूं मैं अपने घर में कुछ भी करूं, आपको क्या !

सुब्रामनियम : तुम मरडर करेगा जी तो पुलिस हमको भी पकड़ेगा ।

पिंडीदास : यानी पड़ोसियों को भी गवाही देनी होगी ।

सुब्रामनियम : हमको भी विटनेस देना होगा ।

पिंडीदास : यानी कि गवाही ।

अनिल : (झटका देते हुए) छोड़ दो !

सुब्रामनियम
पिंडीदास : पुलिस ! पुलिस !

[शीला और अनिल एक-दूसरे की ओर देख जोरों से हंस पड़ते हैं ।]

सुब्रामनियम : ह्वाट इज दिस, अनिल बाबू ?

पिंडीदास : यानी ए क्या है, भई ?

अनिल : आप लोग तो खूब डर गये !

सुब्रामनियम : डरने की बात है जी ! हमारा दिल तो अभी तक धुकुर-धुकर करता जी ।

अनिल : यह पिस्तौल तो मुन्नू की है ।

सुब्रामनियम : बट ह्वाट इज दिस ?

पिंडीदास : यानी ए सब की था ?

अनिल : यह तो हम लोग रिहर्सल कर रहे थे ।

सुब्रामनियम : रिहर्सल ?

पिंडीदास : ओ क्यों भई ?

अनिल : ड्रामे की रिहर्सल । परसों मेरा नाटक खेला जा रहा है । उसी-की रिहर्सल कर रहे थे ।

सुब्रामनियम : इज इट राइट, सिस्टर ?

पिंडीदास : यानी क्या यह सच है, भैन जी ?

शीला : जी हां।

पिंडीदास : वाह भाई, अनिल बाबू। तुमने तो कमाल कर दिया।

सुब्रामनियम : यह तो फर्स्ट अप्रैल के माफिक हो गया जी। अच्छा भई, रिहर्सल करो मैं चलता हूं।

अनिल : माफ कीजिये, आप लोगों को…

पिंडीदास : कोई नहीं। अब हम लोग जाता है।

[दोनों बाहर चले जाते हैं। शीला और अनिल हंसते हैं।]

शीला : लो, और करो रिहर्सल !

सुब्रामनियम, पिंडीदास : (दोनों वापस आकर दरवाजे में से झांककर एक साथ) नाटक का पास जरूर भेज देना।

अनिल : यह तो नाटक में नाटक हो गया।

शीला : बस करो ! मैं बाज आयी इस रिहर्सल से !

अनिल : (खुशामद करते हुए) यह न कहो, शीला, नहीं तो मैं सचमुच पागल हो जाऊंगा। अगर यह नाटक न खेला गया तो लोग मुझपर हंसेंगे, मेरा मजाक उड़ायेंगे। मेरा घर से बाहर निकलना मुश्किल हो जायेगा।

शीला : अच्छा है। इस बहाने दो-चार दिन आराम से तो घर बैठोगे।

[दरवाजे पर दस्तक]

शीला : लो, फिर कोई आ गया !

अनिल : तुम कह दो कि मैं घर पर नहीं हूं। मैं अंदर जाता हूं।

[शीला दरवाजा खोलती है। एक युवती प्रवेश करती है।]

वीना : मिस्टर अनिल यहीं रहते हैं ?

शीला : जी हां, लेकिन वह इस समय घर में नहीं हैं।

[अनिल आवाज सुनकर दौड़ा हुआ आता है।]

अनिल : अरे, आप ?

वीना : हलो अनिल !

अनिल : आइये, आइये ! मुझे तो किसी ने बताया कि आप बाहर चली गयी हैं। हे भगवान ! तूने मेरी लाज रख ली। बैठिये, बैठिये !

अनिल : (शीला से धीमे से) जल्दी से चाय बना दो।

शीला : कौन है ?

अनिल : मेरे अफसर की बीवी है। इनकी जरा अच्छी तरह खातिर कर दो।

शीला : नमस्ते, बहन जी ! मैंने आपको पहचाना नहीं था।

वीना : नमस्ते।

अनिल : जाओ, जल्दी करो !

शीला : मैं अभी आयी, बहन जी ! (जाती है।)

अनिल : मुझे विजय ने बताया कि आप नाराज होकर बाहर चली गयी हैं। सच जानिये, मेरे तो होश उड़ गये, चक्कर आने लगे, पैरों तले से जमीन खिसक गयी।

वीना : उन्होंने आपको गलत बताया।

अनिल : आप सुबह रिहर्सल में क्यों नहीं आयीं ?

वीना : मुझे एक जरूरी काम हो गया था।

अनिल : मगर मेरा तो हार्ट फेल हो गया होता।

[शीला एक हाथ में प्लेट लिये आती है, पर दोनों की बातें सुनकर चुपचाप पीछे खड़ी हो जाती है।]

वीना : मैं आपको कभी धोखा नहीं दे सकती।

अनिल : आप कितनी अच्छी हैं ! आप एक महान कलाकार हैं। आप तो इतना अच्छा अभिनय करती हैं कि बम कमाल है। और उसपर आपकी यह पर्सनैलिटी लोग देखते ही रह जाते हैं।

वीना : झूठी तारीफ करना तो कोई आपसे सीखे।

अनिल : मैं सच कहता हूं। आप सौन्दर्य की मूर्ति, संगीत की देवी और नृत्य की रानी हैं।

[शीला के हाथ से प्लेट गिर पड़ती है।]

शीला : तो यह है वीना, जिसके लिए कह रहे थे कि बोलती है तो ऐसा लगता है जैसे इंजन सीटी मार रहा हो।

वीना : नॉनसेंस !

शीला : (रोष-भरे स्वर में) मेम साहब ! गाली देना अपने घरवालों को ! मैंने तुझ जैसी बहुत देखी हैं।

अनिल : (क्रोध से) शीला ! (वीना से) वीना, इनका बुरा न मानना, इनका तो दिमाग खराब है।

शीला : झूठ बोलते शर्म नहीं आती ! तुम्हीं तो कह रहे थे कि नखरे दिखाती है, अकड़ती है, मैंने भी सोच लिया है उससे पार्ट नहीं कराऊंगा।

वीना : यह सब क्या है। आप मेरी बेइज्जती कर रहे हैं।

शीला : बड़ी आयी इज्जत वाली !

वीना : मुझे पता नहीं था कि तुम इतने कमीने हो ! खबरदार, जो अब⋯(क्रोध में जाने लगती है।)

शीला : जा-जा···!

अनिल : वीना जी, सुनिये तो···

वीना : खबरदार, जो अब मेरे पीछे आये !

अनिल : ओह, चली गयी ! शीला, यह तुमने क्या किया ? शीला ! शीला !

शीला : जाओ, उसके हाथ जोड़ो और पैरों पड़ो। मेरा तो दिमग खराब है।

अनिल : लेकिन मेरे 'अधूरा नाटक' का क्या होगा ?

शीला : कान खोलकर सुन लो, मेरे जीते-जी अब तुम्हारा नाटक पूरा नहीं होगा। (अंदर जाती है।)

अनिल : हाय, मेरा नाटक तो पर्दा उठने से पहले ही खत्म हो गया।

[परदा गिरता है।]

पृथ्वी का स्वर्ग

○

रामकुमार वर्मा

पात्र

अचल : एक चित्रकार, आयु २२ वर्ष
केशव : अचल का मित्र, आयु २४ वर्ष
दुलीचंद : सेठ, अचल का चाचा, आयु ५० वर्ष
मंगल : दुलीचंद का नौकर, आयु ४० वर्ष
भिखारिन : आयु ३० वर्ष
बोझा ढोनेवाला : आयु २४ वर्ष

स्थान : सेठ दुलीचंद का बाहरी कमरा
समय : संध्या, ६ बजे
[कमरे में अचल और केशव बातें करते हुए आते हैं। इसी समय घड़ी में ६ बजते हैं।]

अचल : यह ६ बजे ! सारा दिन यों ही बीता।

केशव : (थके हुए स्वर से) हां, दिन यों ही बीत गया और अभी न जाने कितने दिन बीतेंगे !

अचल : तुम तो इतनी निराशा की बातें करते हो, केशव ! कभी न कभी तो मिलेगा ही।

केशव : मिल चुका। जमाना बदल गया है, अचल। वह तेजी से भागता जा रहा है, अपनी ही धुन में ! दुनिया बन गयी है रेसकोर्स और हर एक आदमी बन गया है घोड़ा, तेज भागनेवाला घोड़ा।

अचल : घोड़ा ? (हंसकर) इस रेसकोर्स में गधे नहीं दौड़ते !

केशव : (हंसी में हंसी मिलाकर) गधे ? यह खूब कहा। गधे नहीं दौड़ते ! अरे अचल ! गधे दौड़ते नहीं हैं, बोझा ढोते हैं, बोझा।

अचल : ठीक है, लेकिन इस दुनिया के आदमी दौड़ते भी हैं और बोझा

भी ढोते हैं। घोड़े और गधे के बीच में आज का आदमी खड़ा है।

केशव : सचमुच आज का आदमी घोड़े और गधे के बीच की चीज बन गया है! (रुककर) तुम्हारे चाचा जी—दुकान से अभी नहीं आये क्या?

अचल : शायद नहीं। आते तो इतना सन्नाटा न रहता। कभी इसको आवाज देते, कभी उसको। कभी यह करते, कभी वह करते।

केशव : हमेशा कुछ न कुछ करते ही रहते हैं तुम्हारे चाचा जी; और वे क्या! सभी लोग कुछ न कुछ करते ही हैं।

अचल : हां! अजीबोगरीब है आज का आदमी! सब कुछ करता है, लेकिन सब अपने लिए। मुझे तो ऐसा मालूम होता है कि जिस तरह कीचड़-भरी जमीन पर चलते वक्त हर कदम पर जूता कीचड़ की तहें जमाता हुआ भारी बन जाता है, उसी तरह यह आदमी भी हर कदम पर दुनिया अपने चारों ओर लपेटता चलता है। कीचड़ को वह दौलत समझता है और अपने को इतना भारी बना लेता है कि चलना भी दुश्वार हो जाता है।

केशव : क्या बात कही है, अचल! बिल्कुल यही बात है। दौलत का नशा इतना जबरदस्त है आदमी पर कि वह इंसान को कुर्सी समझकर उसपर बैठ जाता है। आज इंसान इंसान पर बैठा हुआ है। कहां है उसमें सहानुभूति, कहां है उसमें कोमलता, कहां है भावना, कल्पना और सब कुछ जिनसे तुम्हारा चित्र बनता है। यही वजह है कि आज दिन-भर खोजने पर भी तुम्हारी चीज तुम्हें नहीं मिली। यों समझो, अचल! कि जिस तरह पतझड़ में पेड़ों के पत्ते झड़ जाते हैं न, उसी तरह आज के कवि और चित्रकार की सारी चीजें खत्म हो गयी हैं। आज तो तेज और गरम हवा चल रही है। चाबुक जैसी मार से पत्ते खड़-खड़ करते हुए इधर-उधर उड़ रहे हैं। तुम्हें याद है न, शैली की 'ओड टू वेस्ट विंड' पोयम?

अचल : याद है, लेकिन उसमें एक भविष्यवाणी भी है कि पतझड़ के बाद वसंत अवश्य आयेगा। मेरे हृदय का चित्रकार फिर हरा-भरा होगा। उसमें भावनाओं से भरे चित्रों के फूल खिलेंगे।

केशव : ईश्वर करे इसी जन्म में खिलें। तुम्हारे चित्रों के लिए मनचाहे रंग और आवश्यक चीजें मिलें। आज तो दिन-भर खोजने पर तुम्हारा ब्रश नहीं मिला।

अचल : (सोचता हुआ) कई बार इच्छा होती है, केशव ! कि मैं चित्र बनाना ही छोड़ दूं। चित्रकार के लिए न वातावरण है, न सामग्री। इच्छाएं दिल में ही घुटकर रह जाती हैं। बहुत दिनों से सोच रहा हूं कि एक चित्र बनाऊं।

केशव : कौन-सा ?

अचल : 'पृथ्वी का स्वर्ग'। इस पृथ्वी में स्वर्ग कहां है !

केशव : अरे ! तो इसमें क्या कठिनाई है ? कश्मीर का चित्र खींच दो। जहांगीर बादशाह ने कश्मीर को देखकर एक बार कहा भी था :

अगर फ़िरदौस बर रुए ज़मीनस्त
हमी नस्तो हमी नस्तो हमी नस्त।

अगर पृथ्वी पर कहीं स्वर्ग है तो यहीं है, यहीं है, यहीं है। बस, अपने चित्र में कश्मीर का कोई सीन खींच लो।

अचल : (सोचते हुए) कश्मीर का ?

केशव : और क्या ! गुलमर्ग और पहलगांव का कोई सीन ले लो ! अगर कोई कठिनाई हो तो बाजार में कश्मीर के बहुत-से फोटो मिलते हैं, कोई लेकर उसी में रंग भर दो। नीचे लिख दो **'पृथ्वी का स्वर्ग'**।

अचल : लेकिन मेरी पृथ्वी का स्वर्ग वहां नहीं है, केशव ! मेरी पृथ्वी का स्वर्ग इस मनुष्य के जीवन में है। वह ठोस नहीं है, तरल है, जो मदाकिनी की तरह मानव के प्राणों में कल-कल ध्वनि करता है। वह प्रेम में है, दया में है, सहानुभूति में है जो आज के संसार में कल्पना की वस्तु बन गयी है।

केशव : (व्यंग्य से) अच्छा, तो आप कवि भी हैं।

अचल : कवि और चित्रकार में भेद क्या है ? कवि अपने स्वर में और चित्रकार अपनी रेखा में जीवन के सत्य और सौंदर्य के राग भरता है। यही तो मैं अपने मनचाहे ब्रश की पतली लकीरों से खींचना चाहता था कि 'पृथ्वी का स्वर्ग' कहां है ! स्वर्ग क्या है ? और पृथ्वी क्या है और पृथ्वी के किस कोने में स्वर्ग है। इसी का रूप अपने चित्र में उतारना चाहता था, केशव ! यह बात तो···

[नेपथ्य में 'कमबख्त कहीं का', 'गधा कहीं का' कहते हुए और हांफते हुए सेठ दुलीचंद का प्रवेश]

दुलीचंद : (खांसते और हांफते हुए) कमबख्त कहीं का, गधा कहीं का !

दस आने लेगा। एक छोटा-सा संदूक उठाने के दस आने ! समझा न, दस आने यानी चालीस पैसे—चालीस बरस की उमिर भी होगी तेरी !

अचल : चाचा जी आ गये।

केशव : नमस्ते, चाचा जी !

दुलीचंद : (न सुनते हुए) चोर कहीं का ! लूट मचायी है ! जिसको देखो वही लूट-मार करना चाहता है। हम सब अंधे हैं न ! दस आने लेगा, दस रुपये नहीं ! तेरे लिए मैंने खजाना इकट्ठा करके रख छोड़ा है।

अचल : कौन है, चाचा जी !

दुलीचंद : अरे, वही बोझा ढोनेवाला ! जितने चोर और बदमाश हैं सब बोझा ढोनेवाले बन गये हैं। रात में चोरी का माल ढोते हैं; दिन में बोझा उठाते हैं। चाहते हैं कि दुनिया में जिसके पास पैसा है, समझा न, वह उनके गोलक में चला जाय ! कमीने कहीं के !

केशव : यह तो ठीक है, चाचा जी ! आप ही से ये लोग मानते हैं। आपने इन्हें खूब समझा है।

दुलीचंद : जिंदगी-भर यही किया है कि और कुछ, समझा न ? (नेपथ्य में देखकर) चला आ इधर। सीधे ! (अचल से) अरे ! वह पुराने घर का छप्पर है न ? वह टूट रहा है। ठीक करने में अभी कुछ दिन लगेंगे। बीच के कमरे में एक संदूक पड़ी थी। उठवाकर ले आया। यों मामूली कपड़ों की संदूक है, लेकिन कपड़े अपने ही तो हैं, समझा न ? उनपर भी पैसा खर्च हुआ है, तो कपड़े क्यों बर्बाद हों ! ऐं ? (ठहरकर) सांस भर आयी। (खांसता है, बाहर देखकर) इधर ले आ ! गधा कहीं का ! किसी धोबी के यहां होता तो दिन-भर ढोता और एक पैसा न मिलता ! (एक पर जोर देकर) एक पैसा न मिलता, समझा न, इधर ले आ !

[एक बोझेवाला सिर पर संदूक लेकर करहाता हुआ आता है।]

दुलीचंद : देख, गिरा मत देना। सिर पर बोझा संभलता नहीं और दस आने लेगा। दस आने ! समझा न ? गिनती आगे नहीं आती नहीं तो और ज्यादा मांगता, समझा न ? (शान से कुर्सी पर बैठता है।)

बोझावाला : (केशव से, हांफता हुआ) बाबू, तनी मदद कइ दें।

दुलीचंद : (अकड़कर) हैं ! मदद कर दें ! मदद के चार पैसे कटेंगे, समझा न ?

केशव : क्या बड़ा वजन है ? ले उतार, मैं इस तरफ थामे हूं ।

अचल : तुम रहने दो, केशव ! मैं नौकर बुलाता हूं । (पुकारकर) अरे मंगल !

[नेपथ्य से मंगल का स्वर—आया सरकार !]

केशव : (जोर से) नहीं, आने की जरूरत नहीं है । (धीरे) मैं उतरवा देता हूं ।

दुलीचंद : अब अगर यहां केशव न होता तो मैं उतरवाता ? जांगर नहीं चलता तो बोझा ढोता क्यों है ? लेकिन लालच तो खाये जाता है, समझा न ?

केशव : (बोझावाले से) अच्छा, ले उतार । मैं इस तरफ से थामे हूं ।

[बोझावाला, 'ऊंह' करते हुए गहरी सांस लेकर संदूक उतारता है ।]

बोझावाला : हाय राम ! मूड़ौ टूट गवा रहा !

दुलीचंद : दवा के पैसे भी ले ले मुझसे । समझा न ?

अचल : बहुत भारी है क्या ?

बोझावाला : जाने एहिमा ईंट-पाथर भरा बा ।

दुलीचंद : अबे, चार तमाचे मारूंगा खींच के, सिर फिर जायेगा । मैं इसमें ईंट-पत्थर भरूंगा ! गधे कहीं के । पुराने कपड़े हैं । कीड़ों से बचाने के लिए इसी संदूक में डाल दिये । तू कपड़ों को ईंट-पत्थर कहता है ।

बोझावाला : सोना-चांदी होय, हजूर ! यहि मां । हमका ऐहिसे का ? हमका त हमार मजदूरी चाही ।

दुलीचंद : तो मजदूरी मांग । सोना-चांदी या पत्थर की है । पत्थर होगा तेरे दिमाग में !

अचल : चाचा जी, इसे मजदूरी दे दीजिये ।

दुलीचंद : तुम कहते हो, अचल ! तो मैं दे देता हूं । समझा न ? नहीं तो इसकी जबानदराजी पर एक पैसा न देता । ले यह चवन्नी ।

बोझावाला : (चवन्नी लेकर आंखें फाड़कर) चवन्नी ? ई का है हजूर! पहिले तो कहिन कै उठाय लै चलो । तुम्हारा मेहनत समझ लेएंग । अब हजूर चवन्नी दिखावत हैं । धइलें आपन पास ई चवन्नी ।

दुलीचंद : जरा तमीज से बात कर, समझा न ? इस कदर मार मारूंगा, समझा न ?

बोझावाला : काहे मार मारेंगे ? कौनों जुरम किहिन है का ? अबे-तबे किहे जात हैं। हम तो भला मनई समझ के हजूर-हजूर कहत हैं, मुदा ई···

केशव : ए, बहस मत करो। ये बहुत बड़े आदमी हैं, जानता नहीं ? सेठ दुलीचंद का नाम नहीं सुना क्या ? तेरे ऐसे हजार नौकर हैं इनके पास !

अचल : (बोझा ढोनेवाले से) खैर, यह बताओ, तुम कितना चाहते हो आखिर···

बोझावाला : हज़ूर ! हम बारा आना कहिन औ ई, दुई आना। हम आपन जाय लगैं तो ई हज़ूर चार आना बढ़ाइन। हम दस आना कहिके जाय लागे तो ई कहिन कि तुम्हार मजदूरी समझ लेयंगे और वाजब दे देयंगे।

केशव : अच्छा, आठ आने ले लो।

दुलीचंद : (बीच में ही), नहीं, इसको चार आने से एक पैसा बेशी नहीं मिलेगा। समझा न ?

बोझावाला : हजूर कुछ न देयं।

अचल : अच्छा, ये छह आने और लो। (पैसा देता है।) जाओ ! देखो, आयंदा जबान न लड़ाया करो।

बोझावाला : हजूर, सीधे बात करें तो हम ऐसने खिजमत कइ सकत हैं। मुदा अबे-तबे।

दुलीचंद : (उठकर) अबे, मारता हूं चार तमाचे !

केशव : अच्छा, जाओ जी। चार की गिनती चाचा जी को बहुत पसंद है।

बोझावाला : हजूर ! गरीब हैं, मुला आदमी हैं, हजूर !

[प्रस्थान]

दुलीचंद : (व्यंग्य से) आदमी है, जानवर से बदतर ! समझा न ?

अचल : चाचा जी ! आप थक गये हैं। जरा आराम कीजिये। (जोर से) अरे मंगल ! चाचा जी के लिए पानी लाना।

[नेपथ्य में मंगल का स्वर—अच्छा सरकार !]

केशव : पानी क्या शरबत मंगवाओ, चाचा जी बहुत थक गये हैं।

दुलीचंद : (व्यंग्य से) क्यों ! क्या आपको भी शरबत पीना है, जनाब ! शरबत में पैसे खर्च होते हैं, समझा न ! जब पानी से काम चल सकता है, तब शरबत की जरूरत ? तुम अपने बाप का पैसा यों ही बरबाद करोगे, मैं जानता हूं। समझा न ?

केशव : चाचाजी ! आपके आशीर्वाद से शरबत ही पीता हूं। पानी की जगह पानी और शरबत की जगह शरबत। बाबूजी को खुशी होती है, जब मैं पैसे का अच्छा उपयोग करता हूं।

दुलीचंद : वाह रे, अच्छा उपयोग ! एक दिन शराब पियोगे और कहोगे कि पैसे का मैं अच्छा उपयोग करता हूं। समझा न ? सांप टेढ़ा चले और कहे कि मेरी चाल सबसे अच्छी है, तो अजगर ही तारीफ करे आदमी तो तारीफ करने से रहा।

अचल : चाचाजी ! केशव की बातें तो कॉलेज की डिबेटिंग सोसायटी के लिए हैं। आप उनपर और लोगों की तरह विचार न करें।

दुलीचंद : तो मेरा घर वह 'डुबोटिंग सौसेटी' समझता है, समझा न ?

[मंगल का पानी लेकर प्रवेश]

केशव : चाचा जी ! पानी पी लीजिये। आपका गला सूख रहा है। (मंगल से) सुराही का है न ?

दुलीचंद : जाड़े में सुराही का ? केशव ! तेरा दिमाग तो नहीं फिर गया ! बूढ़ों से हंसी करता है ?

केशव : चाचाजी ! मैं आपको बूढ़ा हरगिज नहीं समझता। जो आपको बूढ़ा समझे वह खुद बूढ़ा।

दुलीचंद : तो फिर मुझसे हंसी क्यों करता है ?

केशव : चाचा जी, मैं खुश रहना चाहता हूं और दूसरों को खुश देखना चाहता हूं। मैं जिंदगी को खेल समझता हूं, कसरत नहीं।

दुलीचंद : तो मैं कसरत समझता हूं। सुना अचल ! मैं कसरत समझता हूं। समझा न ? देखना, इस खेल में कहीं हाथ-पैर न टूट जायं।

अचल : केशव दूसरे के हाथ-पैर तोड़ने की कोशिश में रहता है, चाचा जी ! अपने हाथ-पैर साफ बचा लेता है।

दुलीचंद : हाथ-पैर भले ही बचा ले, इम्तहान में उसका सिर न टूटे तो कहना !

केशव : चाचा जी, फर्स्ट डिवीजन का डंडा सिर के पास आते ही तिलक की लकीर बन जाता है, मैं क्या करूं ! अच्छा चाचा जी, अब आज्ञा दीजिये। (अचल से) अचल ! अब मैं जा रहा हूं।

अचल : थोड़ी देर और बैठ न !

दुलीचंद : उसे जिंदगी का और खेल खेलना है। जाने दो। (केशव से) केशव ! फेल मत होना, समझा न ? बेचारे बाप का पैसाबरबाद जायगा। तुम्हारा वक्त तो यों ही जाता है, पैसा न जाना चाहिए।

केशव : चाचा जी ? वक्त नहीं आता, पैसा तो फिर भी आ जाता है। अच्छा नमस्ते। (अचल से) अचल ! नमस्ते ! (प्रस्थान)

अचल : नमस्ते !

दुलीचंद : अचल ! तुम जानते हो कि केशव को मैं बिल्कुल पसंद नहीं करता, फिर भी तुम उसे घर आने देते हो ?

अचल : चाचा जी ! केशव अच्छा लड़का है। मेरा मित्र है। हंसना उसका स्वभाव है। मुझे तो वह बहुत पसंद है।

दुलीचंद : लेकिन मुझे यह पसंद नहीं कि इसकी संगति में तुम फिजूलखर्च बन जाओ। शरबत मंगवाता है। खुद ही न पीना चाहता था ? उसका क्या जाता है ? खर्च तो मेरा होता है।

अचल : मैं समझता हूं, चाचा जी ! कि खर्च तो गंगा जी का प्रवाह है। जल तो बहता ही है, इसलिए खर्च होना भी जरूरी है। हां, बरसाती नदी की तरह खर्च नहीं होना चाहिए।

दुलीचंद : देखो, मुझसे बहस न किया करो, अचल ! तुम तस्वीरें बनाते हो, तो समझते हो कि मेरे स्वभाव को भी तुम अपने जैसा बना लोगे ?

अचल : सो मैं नहीं कहता, चाचा जी ! मैं तो अपने मन की बातें सच्चाई के साथ आपके सामने रख रहा हूं।

दुलीचंद : लेकिन इस सच्चाई के साथ तुम्हें मेरा भी ख्याल रखना चाहिए ! समझा न ? और तुम रख सकते हो, यह मैं जानता हूं। तभी तो मैंने भाई रामस्वरूप जी से कह दिया था कि अचल को मेरे पास भेज दो। घर में कोई लड़का नहीं है, तो अचल आके मेरे घर में खुश रहे। मेरी धन-दौलत को संभाले ! समझा न ?

अचल : मैं तो आपका सेवक हूं, चाचा जी !

दुलीचंद : सो तो मैं मानता हूं, अचल ! और कैसे न मानूंगा ? अपना ही घर समझ के तो तुमने इस घर को सजाया है। समझा न ? कमरे में एक से एक अच्छी तस्वीर। और कहीं लेने जाओ तो सौ-सौ रुपये में एक तस्वीर मिलेगी। तुममें तो यह सिफ्त है कि चार पैसे के खर्च से चार रुपये का माल तैयार करते हो ! हां। (खुशामदी हंसी।)

अचल : यह आपका आशीर्वाद है, चाचा जी !

दुलीचंद : आशीर्वाद तो हुई है, तुम तो अभी और अच्छी-अच्छी तस्वीरें बनाओगे, समझा न, (स्मरण करते हुए) हां, जो तुम एक नयी

तस्वीर बना रहे थे, वो बन गयी ?

अचल : अभी नहीं बनी, चाचा जी ! आज दिन-भर एक-एक दुकान में खोजा मगर ब्रश नहीं मिला।

दुलीचंद : अरे, अखबार में तो रोज छपता है कि ये ब्रश ठीक है, वह ठीक है।

अचल : (हंसकर) चाचाजी ! वह तो दांतों का ब्रश है, तस्वीर के लिए दूसरा ब्रश लगता है।

दुलीचंद : अरे, यह मैं क्या जानूं। मैंने कभी कोई तस्वीर थोड़े बनाई है। और अब बुढ़ापे में बनानी भी नहीं है। समझा न ? अच्छा अब जाओ तुम—जाओ, आराम करो।

अचल : मैं क्या आराम करूंगा। हां, आप आराम कीजिये, आज आप बहुत थक गये हैं।

दुलीचंद : अरे, मैं तो रोज ही थकता हूं, अचल ! कोई नयी बात है ? तुम जरूर आज ब्रश खरीदने के चक्कर में थक गये होगे। मेरा तो यह रोज का काम है। आराम करने से कहीं काम होता है ? अगर मैं आराम करता तो आज सेठ दुलीचंद की यह साख न होती। (जोर देकर) हां। समझा न ? सेठ दुलीचंद का यह नाम न होता ! लाखों का माल एक मिनट में ले सकता हूं। समझा न ? (गर्व की मुद्रा)।

अचल : यह तो सभी जानते हैं, चाचा जी ! अच्छा, यह संदूक यहीं रहेगा ?

दुलीचंद : (लापरवाही से) रखा लेंगे अन्दर। पुराने फटे कपड़े हैं। ऐसी क्या फिकर। कीड़े लग जाते, गरम कपड़े हैं न ? एक-आध दुशाला भी है। आजकल गरम कपड़े की कीमत ! शिव-शिव ! अरे पहले जितने में एक अच्छी गाय मिलती थी, गाय न ? उतने रुपयों में उसकी पूंछ बराबर कपड़ा ! चार अंगुल ! हाय रे, क्या जमाना आ गया है। अब कुछ दिनों में गरम कपड़ा किराये पर मिलेगा, किराये पर।

अचल : सच है, चाचा जी ? बुरा जमाना आ गया है।

दुलीचंद : हां। तो पहले सोचा कि दर्जी से कह दूंगा कि उसमें से कुछ अच्छे कपड़े निकालकर अचल के काम के लायक चीजें बना दो. समझा न ? और यह भी सोचा कि आजकल जाड़े के दिन हैं, गरीबों को दे दूंगा। ऐं ? जिंदगी में कुछ दान-पुण्य भी करना चाहिए।

अचल : बहुत अच्छा सोचा, चाचा जी आपने। गरीबों को ही दे दीजिए, अभी मेरे पास कपड़े हैं।

दुलीचंद : खैर, जैसा तुम कहोगे, वैसा ही होगा। लेकिन भाई रामसरूप जी बुरा नहीं मानें कि बेटे को इतने दिनों घर रखा और कपड़ा भी न बनवाया। ऐं? एक कपड़ा भी न बनवाया! समझा न?

अचल : वे इन बातों को नहीं सोचते, चाचा जी! और मैं भी तो घर ही का लड़का हूं। जैसे उनका लड़का, वैसे आपका लड़का।

दुलीचंद : तुम बहुत अच्छे बेटे हो, अचल! समझा न? बस इतनी बात है कि उस बेवकूफ केशव को तुम बुलाते हो। मुझे अच्छा नहीं लगता। समझा न? खैर! बुला लो उसे, लेकिन जब मैं बाहर रहूं। अच्छा अब तुम जाओ। जाओ, अपनी तस्वीर बनाओ।

अचल : अच्छी बात है। मंगल को भेज दूं?

दुलीचंद : (सोचते हुए) मंगल को एं, ए, अच्छा। नहीं···नहीं, मैं बुला लूंगा, बुला लूंगा मैं। समझा न? तुम जाओ।

अचल : बहुत अच्छा! (प्रस्थान)

अचल के जाने के बाद थोड़ी देर तक दुलीचंद 'केशव मुरारी, केशव मुरारी' गुनगुनाता है। फिर दरवाजे तक आकर देखता है। कहता है···

'कोई नहीं, गया! सीधा लड़का है? समझा न? अब जरा देख लूं।'

शीघ्रता से उठता है और संदूक खोलता है। ऊपर का हरा दुशाला निकालने के बाद नोटों का बण्डल निकालता है। उन्हें गिनता है। एक बंडल हाथ में लेकर··· 'एक हजार···दो हजार, चार हजार, पांच सौ और···और···यह पांच सौ··· पांच हजार। कुल पांच हजार। पांच हजार न? ऐं···चार हजार पांच सौ···और ये···पांच सौ, हां···ठीक···ठीक पांच हजार···कम्बख्त इनकमटैक्स वालों की वजह से बैंक में जमा भी नहीं कर सकता। पांच हजार···और कुछ तो नहीं है? (इतने में किसीके आने का खटका होता है। ऐं···ऐं···कहता हुआ शीघ्रता से नोट समेटने की कोशिश करता है शीघ्रता से बोल उठता है—) 'एं, एं जरा वहीं रहना···मैं···मैं कपड़े बदल रहा हूं···मैं जरा कपड़े बदल रहा हूं।'

शीघ्रता में उसी हरे दुशाले में नोट समेटकर तह में

अंदर तक सरकाकर संदूक में बंद करता है और फिर ताला बंद कर कुर्सी पर बैठता है ।]

दुलीचंद : (संतोष की सांस लेकर) अच्छा ! समझा न ? कौन ? अचल ? अंदर आ जाओ, अचल ! अब मैं कपड़े बदल चुका। बदल चुका !

[धीरे-धीरे मंगल का प्रवेश ।]

दुलीचंद : ऐं, मंगल ! तुम हो । (बनावटी हंसी हंसते हुए) हं, हं, हं ! मैं जरा कपड़े बदल रहा था। शाम को रास्ते में बड़ी धूल थी, समझा न ? कपड़े धूल से भर गये थे···हां···क्या बात है ?

मंगल : सरकार, हाथ-मुंह धोने के लिए पानी गरम हो गया है ।

दुलीचंद : अच्छा-अच्छा···तुम बहुत अच्छे आदमी हो ! बहुत अच्छे··· और···हां···अचल कहां है ?

[मंगल पैर दबाने बैठ जाता है ।]

मंगल : सरकार ! यहां से उठकर वो भीतर कमरे में चले गये हैं और अपनी तस्वीर बना रहे हैं । सरकार ! अचल बाबू बहुत सीधे आदमी हैं । हाय, हाय जैसे बिलकुल साधू-संन्यासी । आज के जमाने के लड़कों की तरह वो सिगरेट भी नहीं पीते । कपड़े भी आपकी तरह सीधे-सादे पहनते हैं । आपकी तरह पैसे भी ज्यादा खर्च नहीं···

दुलीचंद : (भौंहें सिकोड़कर) हैं···हैं···क्या कहता है कि···

मंगल : (संभलकर) नहीं, नहीं सरकार ! मतलब जै है···सरकार ! कि जैसे जरूरी कामों में आप पैसा खर्च करते हैं न, वैसे वो भी जरूरी कामों में ही पैसा खर्च करते हैं । (खुशामद के स्वर में) है न सरकार ! बिलकुल आपकी तरह संत-महात्मा हैं, सरकार !

दुलीचंद : ठीक है, ठीक है ! इस शहर में सेठ दुलीचंद इस बात के लिए मशहूर है, समझा न ! कि पैसा किस तरह खर्च करना चाहिए ।

मंगल : सो तो ठीक है···सरकार ! मुदा सरकार ! अचल बाबू में एक बात है कि दीन-दुखियों को देख के उनका दिल गंगाजल की तरह हो जाता है । वाह ! क्या कहना है, सरकार ! किसी का दुख-दर्द वो देख नहीं सकते !

दुलीचंद : (अन्यमनस्कता से) हां ठीक है । दीन-दुखियों की मदद करनी

चाहिए। अच्छा, तो मैं हाथ-मुंह धो लूं।

मंगल : हां, सरकार! पानी गरम है। अचल बाबू ने पहले ही हुकुम करा था कि सरकार आ गये हैं। उनके हाथ-मुंह धोने के लिए पानी गरम हुई जाय।

दुलीचंद : हां···अचल मेरा बहुत ध्यान रखता है। बहुत अच्छा लड़का है। समझा न? मगर तस्वीरें बनाता है, अगर रोजगार करता तो कितना अच्छा होता, समझा न? खैर, सिखला दूंगा, धीरे-धीरे सब सीख जायेगा। मेरा कहना बहुत मानता है, समझा न? अच्छा···अच्छा तुम जाओ···मैं अभी आता हूं।

[मंगल जाता है।]

दुलीचंद : (पुकारकर) देखो···सुनो···

[मंगल लौटकर आता है।]

मंगल : हुकुम सरकार!

दुलीचंद : देखो···तुम जा रहे हो···अच्छा जाओ, जाओ···हां···अपने अचल बालू को मेरे पास भेजते जाना···समझा न?

मंगल : बहुत अच्छा सरकार! (प्रस्थान)

दुलीचंद : (सोचते हुए) मंगल कहता है कि दीन-दुखियों को देख के··· समझा न? अचल का दिल गंगाजल की तरह हो जाता है। जैसे मेरा दिल कुछ नहीं होता! अरे, मेरा दिल तो तिरबेनी की तरह हो जाता है, तिरबेनी की तरह···मुझे कोई खुशभर कर ले फिर तिरबेनी नहाये, खूब नहाये···समझा न? अचल मुझसे भी आगे बढ़ जाय? नहीं···नहीं बढ़ सकता। उसीसे पूछूंगा···आता होगा (रुककर) एं···उसके आने के पहले देख लूं···संदूक का ताला ठीक तरह से बंद है? (उठकर संदूक का ताला देखता है। खींचकर जोर लगाता है।) हां ठीक है···बिलकुल ठीक है।

[अचल का प्रवेश।]

अचल : चाचा जी, आपने मुझे बुलाया?

दुलीचंद : (संदूक के पास से जल्दी से उठकर) हं, हं अचल! आ गये तुम? यों ही संदूक देख रहा था, पुराने गरम कपड़े हैं, ठीक हैं ठीक हैं, समझा न? तुम्हारे काम आ सकते हैं। नीचे के एक-आध कपड़ों को कीड़ों ने खाया है, बाकी सब ठीक हैं। हं, हं, हं, दुशाला ठीक है। तुम्हें पसंद आये तो तुम्हीं काम में लाना···!

अचल : आपकी जैसी आज्ञा होगी, वैसा ही होगा, चाचा जी !

दुलीचंद : तुम बहुत अच्छे लड़के हो, अचल ! मंगल भी तुम्हारी तारीफ कर रहा था। अभी आया था। पहले मैं समझा कि तुम आये हो···हं, हं···तुम ! समझा न ! बाद में निकला मंगल मनहूस। पर तुम्हारी बड़ी तारीफ कर रहा था। कहता था, तुम···दीन-दुखियों का दरद नहीं देख सकते···एं···नहीं देख सकते···

अचल : (लज्जा के स्वर में) चाचा जी ! वह तो यों ही बकता है। कभी इसकी तारीफ, कभी उसकी तारीफ। हां, तो किसलिए आपने मुझे याद किया ? क्या संदूक की सफाई करनी है ?

दुलीचंद : नहीं-नहीं, बेटा ! इतने छोटे काम के लिए तुम्हें तकलीफ दूंगा ? नहीं। हरगिज नहीं। हरगिज नहीं। और सफाई भी क्या, पुराने कपड़े हैं। मैं देख ही चुका, समझा न ? एक आध अंगरखा, एक आध दुशाला। बस, यही। कोई नुमायशी चीजें थोड़े ही हैं। समझा न ? पुराने घर में पड़ी थीं···इधर उठवा ले आया। पुराने सड़े कपड़े। तुम्हारी तस्वीर की तरह नये थोड़े ही हैं ? हं, हं···तुम्हारी तस्वीर बन गयी ?

अचल : अभी पूरी नहीं हुई, चाचा जी !

दुलीचंद : किसकी तस्वीर है ! लक्ष्मी जी की होगी !

अचल : नहीं, चाचा जी ! लक्ष्मी जी की तस्वीरें बहुत बन चुकी हैं। और अब तो हर काले बाजार में उनके मंदिर पर मंदिर बन रहे हैं। जो तस्वीर मैं बनाना चाहता हूं, वह दूसरे तरह की है।

दुलीचंद : किस तरह की, जरा सुनूं !

अचल : वह है नये किस्म की। उसका नाम होगा 'पृथ्वी का स्वर्ग !'

दुलीचंद : (अट्टहास करके) पृथ्वी—ई का स्वर्ग। ह, ह, ह, ह, ह। पृथ्वी का स्वर्ग (हंसता है।) और पृथ्वी में स्वर्ग कहां ! समझा न ? पृथ्वी में स्वर्ग कैसे आ सकता है ? गरीब लोगों की नीयत खराब हो गयी है। अब तुम्हीं देखो···वह बोझा ढोनेवाला ! किस तरह आंखें निकाल के बातें करता था। जैसे खा ही जायेगा ! समझा न ? जैसे हमें खा जायेगा। मैं चार आने दे रहा था, एक बक्स उठाने के लिए। क्या था ? पिछले जमाने में यह काम मुफ्त में होता था, बहुत हुआ तो दो पैसे तमाखू पीने के लिए दे दिये···बस···समझा न ? और इस जमाने में

चार आने दे रहा था···चार आने। फिर भी वो आंखें फाड़कर खाने को दौड़ता था! कहता था (विकृत स्वर से) हमका त हमार मजूरी चाही! ऐसी नीयत खराब है तो (सांस लेकर) ओफ-ओह! पृथ्वी में स्वर्ग होगा? अरे स्वर्ग तो स्वर्ग है, इस दुनिया पर स्वर्ग होने लगे तो दुनिया काहे की?···एं···फिर दुनिया काहे की? (सांस छोड़कर) छोड़ो इन बातों को, इनमें क्या धरा है, समझा न? दुनिया अपने रास्ते चलेगी और स्वर्ग अपने रास्ते? दोनों अलग···बिल्कुल अलग···तो कुछ बना?

अचल : अभी तक तो नहीं बन सका है, चाचा जी! लेकिन बना के रहूंगा।

दुलीचंद : अरे, क्या बनाओगे, बेटा! सीधे-सादे हो···भोले-भाले हो। समझा न? जाने क्या-क्या सोच लेते हो! लेकिन खैर··· बनाओ। बच्चा खिलौने से खेलता है, तुम तस्वीरों से खेलो। खेलो···कुछ आना-जाना थोड़े ही है! समझा न?

अचल : तो फिर मैं जाऊं?

दुलीचंद : अच्छा बेटा! जाओ। एं? नहीं, नहीं, रुको! बात यह है कि··· कि यह संदूक यहां पड़ी है। समझा न? यों इस संदूक में कुछ है नहीं; यही, एक-आध दुशाला···एक-आध अंगरखा। लेकिन संदूक तो संदूक है। रास्ते का मकान! आते-जाते किसीकी नजर पड़ जाय। समझा न? चुपके से खिसका ले। अगर इसे अंदर ले जाऊं तो फिर एक मजदूर बुलाऊं। चार आने के दस आने मांगे। समझा न?

अचल : तो मैं अंदर कर दूं इसे? मंगल को भी बुला लूं!

दुलीचंद : सो तो होइ सकता है, समझा न? पर इसे कहां रखना है, यह भी तो सोचना है।

अचल : अरे, पुराने कपड़ों की संदूक है, कहीं भी रख दी जायेगी!

दुलीचंद : अरे भाई! तुम तो सीधे आदमी हो! समझते नहीं। अरे भाई! संदूक तो संदूक है। लोग शक की निगाह से यों ही देखते हैं। सेठ दुलीचंद की संदूक। जाने इसमें कितने हजार का माल होगा! समझा न? फिर वो बोझावाला भी देख गया है, सिर पर उठा के लाया है। दस आदमियों से कहेगा कि सेठ दुलीचंद की संदूक बहुत भारी है। समझा न? आज के जमाने में लोग यों ही ताक लगाये बैठे रहते हैं। समझा न?

तो इस संदूक को देखकर ठीक जगह रखानी पड़ेगी, नहीं तो पुराने घर में ही क्या बुरी थी ! समझा न ?

अचल : तो फिर कहां रखी जाय?

दुलीचंद : अभी तो यहीं रहने दो। मैं हाथ-मुंह धो लूं, समझा न ? जरा लक्ष्मी जी को फूल चढ़ा दूं । तब तक तुम यहीं बैठो ! न हो तो अपनी तस्वीर बनाओ ! जरा निश्चित हो जाऊं, समझा न ? फिर देख के रखा देंगे संदूक ।

अचल : बहुत अच्छा, तो मैं अपनी तस्वीर बनाने का सामान ले आऊं ?

दुलीचंद : वाह, वाह ! तुम बहुत होशियार बेटे हो ! यहीं ले आओ ! समझा न ?

अचल : अच्छी बात है। मैं आया। (अंदर जाता है।)

दुलीचंद : ठीक इंतजाम हो गया, समझा न ! (अंदर आवाज देता है।) अरे, मंगल ! जरा पीढ़ा रखना । मैं आ रहा हूं, समझा न ? बाल्टी में पानी गरम रहे। बस अभी आया। (कुछ धीरे से अपने-आप) बहुत धूल में भर गया हूं। आज की म्युनिसिपालिटी भी क्या है, धूल···धूल · धूल···छिड़काव तो कभी होता नहीं, गोया पानी मोल बिकता है, मोल···समझा न ? अरे, हां (पुकारकर) और तौलिया भी रख देना···मंगल ! मैं (अपने-आप) अंगरखे में धूल ! (झाड़ता है।) सोने की धूल होती तो क्या बात थी ?

[अचल का प्रवेश]

दुलीचंद : तुम आ गये अचल ! बहुत अच्छा ! समझा न ? तस्वीर का सामान भी ले आये ? अच्छा है । अब यहीं बैठ के तस्वीर बनाओ। ऐसी तस्वीर बनाओ कि दुनिया के लोग कहें, समझा न ? कि सेठ दुलीचंद का भतीजा तस्वीर खींचने में बिलकुल राममूर्ति है···हां···समझा न ? मैं उठता हूं। ये अंगरखा यहीं रख दूं···एं···हां···धूल बहुत भरी···(अचल से) अचल ! यह अंगरखा यहीं रख देता हूं। (अंगरखा उतारता है।) अब चलता हूं । (पुकारकर) मंगल ! मैं जा रहा हूं। (अपने-आप बड़बड़ाते हुए)···बुढ़ापे का तन भी क्या है ! पैर रखता कहीं हूं···पड़ता कहीं है ! (अचल से) अचल बेटा ! तुम बैठना। मैं अभी दस-पंद्रह मिनट में आता हूं। समझा न ? जय हरी···जय हरी ! (प्रस्थान···भीतर से ही) अरे अचल ?

वहीं बैठना ! समझा न ? मैं अभी आता हूं ! चल रे मंगल ! लोटे में पानी भर दे···जय हरी···जय हरी···!

अचल : (आप ही आप) वाह, चाचा जी ! बुढ़ापे में हाथ-पैर ढीले हो जाते हैं तो जबान मजबूत हो जाती है।···हाथ-पैर कम चलते हैं तो जबान ज्यादा···(सोचता है।) क्या चित्र बनाऊं? बूढ़े आदमियों के हाथ-पैर की तरह मेरा ब्रश भी नहीं चलता। (अपने चित्र को देखता है।) चित्र पूरा करने की कोशिश करूं। (अपने चित्र को देखता है।) यह पृथ्वी है, इसमें जो आग की लपट है···यह आग की लपट है··· यह आग की लपट···वह किस तरह से उठे, इस तरह से···(सोचता है।) नहीं···नहीं···(फिर सोचता है।) यह लपट···यह लपट···। (नेपथ्य से पास ही किसी स्त्री की सिसकियों की आवाज। उस ओर ध्यान देते हुए) एक लपट तो इस ओर से आ रही है ! खिड़की से देखूं। (खिड़की के पास जाकर देखता है।) स्त्री है ! बाल बिखरे···हाथ में बच्चा है···मरा या···जिंदा। (जोर से पुकारता है।) अरे···सुनो···इधर आओ !

[स्त्री ने अचल को देख लिया है। अपने प्रति सहानुभूति करनेवाले को पाकर वह और जोर से चीख पड़ती है।]

अचल : (अस्थिर होकर) मंगल तो चाचा जी के हाथ-पैर धुला रहा होगा। अच्छा, मैं ही देखता हूं। (खिड़की के पास आकर) हां, ठीक है। इसी रास्ते चली आओ। हां-हां·· इसी रास्ते··· आओ।

[भिखारिन सिसकियां लेते हुए आगे बढ़ती है।]

अचल : हाय रे, संसार ! तुझमें कौन-सा दुःख नहीं है। चारों ओर चीत्कार, चारों ओर हाहाकार···तुझमें स्वर्ग कैसे बन सकता है ? कैसे बन सकता है ? यह कवि की कोरी कल्पना है··· कल्पना ही है !

[भिखारिन का सिसकियां लेते हुए प्रवेश]

अचल : बोलो न, बहन ! तुम्हें क्या दुःख है ? यह तुम्हारा बच्चा जिंदा है, जिंदा है न ?

भिखारिन : (सिसकते हुए) जिंदा है, पर मरने जा रहा है ! (सिसकियां) मेरा लाल। हाय ! मैं इसे जिंदा नहीं रख सकती ! यह मर जायेगा कल। मैं इसका फिर मुंह नहीं देख सकूंगी···नहीं देख

सकूंगी। (सिसकियां)

अचल : इस तरह मत घबराओ, बहन ! साफ-साफ बतलाओ। बात क्या है ? तुम्हारा बच्चा नहीं मरेगा···नहीं मरेगा।

भिखारिन : मैंने न जाने पूरब जन्म में कौन-से पाप किये हैं कि अपने बच्चे के लिए डायन बन रही हूं। इसके बाप को तो खा लिया, अब इसे खाने जा रही हूं। (सिसकियां)

अचल : ऐसी बात मत कहो, बहन ! क्या तुम्हारा बच्चा बीमार है ?

भिखारिन : मैं मर जाऊं तो यह अच्छा हो जाए। मेरे ही भाग ने आग लगा रखी है ! मेरा बच्चा सुबह तक हंसता रहा। दोपहर के बाद (सिसकियां) मैंने दूध पिलाया ! वही इसे जहर हो गया ! (भरे हुए गले से) जहर हो गया ! इसका सिर तप रहा है।

अचल : तो उसकी दवा करो। यह लो रुपया (रुपया उसके पास फेंकता है।) यहां पास ही एक अच्छे वैद्य रहते हैं, उनसे दवा ले लो तुम्हारा बच्चा अवश्य ठीक हो जायेगा।

भिखारिन : बाबू ! तुम देवता हो ! तुम्हारी दया से मेरा बच्चा जरूर अच्छा हो जायेगा। भगवान तुम्हारी जय करें। मगर इसे मैं रात की ठंड से कैसे बचाऊंगी। (सिसकियां) मेरे पास तो तन ढकने को छोड़ दूसरा कपड़ा नहीं है, बाबू ! और ठंड से यह कैसे बचेगा !

अचल : अच्छा, ठहरो बहन ! मैं तुम्हें कपड़ा भी दूंगा। गरम कपड़ा। यह लो, मेरा कोट ले जाओ···(कोट उतारता है, ठहरकर) एं, इनसे क्या काम चलेगा ! अच्छा ! तुम्हें एक दुशाला दूंगा। इसी संदूक में है। चाचा जी आज ही लाये हैं। इसमें से निकाल दूंगा। (संदूक के पास जाता है। रुककर) एं···ताला बंद है। (भिखारिन से) ठहरो बहन ! चाचा जी मुंह-हाथ धो रहे हैं। उनके आते ही, अभी तुम्हें दुशाला देता हूं। संदूक में एक दुशाला भी है पर ताला बंद है।

भिखारिन : मेरे भाग में ही ताला पड़ा है बाबू ! तो संदूक में ताला क्यों न हो !

अचल : (सहसा) अरे ठहरो···ठहरो बहन ? चाचा जी का अंगरखा यहां है। जेब में चाभी होगी। (अंगरखा की जेब देखता है।) यह रही, अभी निकाल देता हूं। (शीघ्रता से संदूक खोलता है, ऊपर ही हरा दुशाला रखा है। उसकी तहें न खोलकर वैसे ही

निकालकर उसे भिखारिन की तरफ उछाल देता है।)

भिखारिन : बाबू, जुग-जुग जियें। बाबू का बच्चा जुग-जुग जिये!

अचल : यह सब कुछ नहीं, जाओ। इस दुशाले से बच्चे को ठीक तरह से ढक लो। इसे ठंड नहीं लगेगी।

भिखारिन : भगवान जनम-जनम आपको बड़ा आदमी बनाएं! आप लाख बरस जीयें, बाबू! अब मेरा बच्चा बच जायेगा! बाबू! जुग-जुग जियें। मेरा बच्चा बच जायेगा!

[प्रस्थान]

अचल : (दुहराकर) बच्चा बच जायेगा! ईश्वर करे, बच्चा बच जाये!

[नेपथ्य से दुलीचंद की आवाज]

दुलीचंद : अंगरखे में मेरी चाभी रह गयी, अचल! समझा न? मेरी चाभी रह गयी!

[दुलीचंद का प्रवेश]

दुलीचंद : अंगरखे में मेरी चाभी रह गयी। समझा न? मैं लक्ष्मी जी की पूजा करने जा रहा था कि···(खुली हुई संदूक पर उसकी नजर जाती है। सहसा घबराकर) अयं! यह क्या! यह संदूक किसने···किसने···किसने खोली? अरे···(अचल को झकझोरकर) यह संदूक किसने खोल···डाली!

अचल : मैं···मैंने···खोली, चाचा जी!

दुलीचंद : अरे···तो···तो···तो मैं···एक मिनट को गया और···और ···तूने खोल डाली। (झपटकर संदूक के पास जाता है। कपड़े तितर-बितर करते हुए) अरे, इसका हरा-हरा···हरा दुशाला कहां गया! अरे, मेरा हरा दुशाला (रोते हुए स्वर में) मेरा दुशाला···

अचल : हरा दुशाला! वह मैंने एक भिखारिन को दे दिया!

दुलीचंद : (रुदन के स्वर में) भिखारिन को दे दिया? कहां है वह भिखारिन? (दरवाजे की ओर झपटकर) कहां है, भिखारिन! गायब हो गयी! (खिड़की के पास दौड़ता है) इस खिड़की से भी नहीं दीख रही है! हाय! बाप रे! मैं लुट गया! मैं लुट गया? मेरा हरा दुशाला, (रोते हुए) समझा न? मेरा हरा दुशाला, (सिसकता है) भिखारिन को दे···दी···या···।

अचल : चाचा जी, माफ कीजिये।

दुलीचंद : तेरी माफी गयी भाड़ में। बुला उस भिखारिन को! हाय!

(रोता है।)

अचल : मुझे क्या पता कि वह भिखारिन कहां गयी और मैं नहीं जानता था कि वह हरा दुशाला आपको इतना प्यारा है! आप ही ने तो कहा था कि पुराने कपड़े हैं और तुम्हारे लिए···

दुलीचंद : तेरे बाप के लिए, गधे···नालायक···बड़ा सीधा बनता है? समझा न? अरे देना था तो कोई दूसरा कपड़ा दे देता? वही दिया, हरा दुशाला। हाय! दुनिया-भर मुझे लूटने के लिए जुटी है।

अचल : भिखारिन का बच्चा मर रहा था, चाचा जी!

दुलीचंद : (चीखकर) अरे, कल मरने को हो तो आज मर जाय! और साथ-साथ तू भी मर जा! (रोते हुए) हाय! मेरा हरा दुशाला···

अचल : वह तो पुराना दुशाला था, कीड़ों से बचाने के लिए···

दुलीचंद : (रोते हुए) कीड़ों से बचाने के लिए, लेकिन तुम जैसे मकोड़े ने तो उसे खा लिया। हाय रे! मैं तो लुट गया! (रोता हुआ) लुट गया!

अचल : तो मैं जाता हूं, भिखारिन को खोजता हूं।

दुलीचंद : जा, भाग और भिखारिन से छीन ले।

अचल : दी हुई चीज मैं वापस नहीं ले सकता, चाचा जी!

दुलीचंद : बड़ा बाप का बेटा कहीं का, यहां मैं लुट गया और यह दी हुई चीज वापस नहीं लेता! (पुकारकर) अरे मंगल! अरे मंगल! अरे दौड़! अचल मुझे मारे जा रहा है। हाय! हाय! हाय! मार डाला!

अचल : मैं खुद यहां से चला जाता हूं। यह ~~हरा~~ दुशाला न हुआ, हजारों की दौलत हो गयी!

दुलीचंद : (झुंझलाकर) हां-हां, हो गयी! तू क्या जाने! तूने उसे देखा नहीं?

अचल : देखा क्यों नहीं। वह तह किया हुआ ऊपर ही रखा था। वैसे ही उठाकर दे दिया भिखारिन को।

दुलीचंद : (व्यंग्य से रोने के स्वर में) उठाकर दे दिया भिखारिन को। यहां मेरी टोपी उछाल दी और कहता है···

[मंगल का प्रवेश। दौड़ता हुआ आता है।]

दुलीचंद : अबे, तू कहां मर गया था! मैं, मैं लुट गया···मुझे···

मंगल : सरकार ! पूजा के लिए अगरबत्ती लेने चला गया था ।

दुलीचंद : मशाल लेने नहीं चला गया ! लगा दे तू भी घर में आग ! हाय ! मैं लुट गया···समझा न···!

मंगल : (घबराकर) लुट गया···क्या हो गया, सरकार ?

दुलीचंद : उस भिखारिन को पकड़···जा···जल्दी !

मंगल : किस भिखारिन को, सरकार ?

दुलीचंद : अबे, बाहर देख। उस भिखारिन ने मुझे भिखारी बना दिया। समझा न ? और पूछता है किस भिखारिन को !

मंगल : (अचल से) कौन भिखारिन, अचल बाबू ?

दुलीचंद : अचल बाबू की नानी ! कोई भिखारिन है उसीके इशक में इसने हरा दुशाला···

अचल : (तीव्रता से) चाचा जी !

दुलीचंद : मुझे भिखारी बनाके अब मुझसे लड़ता है ! वह भिखारिन जाने कहां···हाय···हाय···मैं···लुट गया !

[भिखारिन का प्रवेश]

दुलीचंद : (चौंककर) यह भिखारिन आ गयी···आ गयी !

भिखारिन : (भरे हुए गले से) यह मैं नहीं लूंगी, बाबू जी, नहीं लूंगी ! यह पाप है, इस दुशाले के भीतर ये नोट रखे हैं। मैं इन्हें नहीं लूंगी, बाबू जी !

[नोट के बंडल जमीन पर डाल देती है। दुलीचंद झपटकर नोट समेटने लगता है।]

दुलीचंद : ये हैं मेरे रुपये··· ये हैं मेरे नोट···एक हजार···दो हजार··· दो हजार पांच सौ···चार हजार पांच सौ···हजार···हां··· पूरे हैं···! मेरे नोट पूरे हैं···समझा न ?

भिखारिन : बच्चे को उढ़ाने के लिए दुशाला खोला तो ये नोट नीचे गिर पड़े। ये रुपये लेना पाप है, बाबू जी ! किसी पाप से इस बच्चे के बाप नहीं रहे, इन रुपयों से बच्चा भी न रहता ! ऐसा रुपया मैं नहीं चाहती, बाबू जी !

मंगल : तो तू ले के क्यों भागी इन रुपयों को !

भिखारिन : दुशाले के अंदर लिपटे थे···मैं क्या जानूं कि इसमें रुपये हैं। दूध तो जहर नहीं हुआ, ये रुपये जरूर जहर हो जाते !

[बच्चा रोने लगता है।]

भिखारिन : चुप रह बच्चे···अब तू अच्छा हो गया···पहले तो बेहोश-सा पड़ा था···अब तू बच जायेगा···(अचल से) बाबू ! यह

दुशाला भी रख लीजिये···यह भी नहीं लूंगी।

अचल : दुशाला मैंने तुझे दे दिया, बहन !···अब उसे नहीं लूंगा।

दुलीचंद : ठीक है, ठीक है···अचल उसे नहीं लेगा···और···और··· और मैं तुझे आठ आना पैसा और भी दे सकता हूं, आठ आना, समझी न ?

[बोझावाला आता है।]

बोझावाला : हजूर, यू चवन्नी जो आप हमका दीन रहे···यू खोटी है।

दुलीचंद : (बोझेवाला को झिड़कता हुआ) अबे भाग, शोर न कर। मैं यहां लुटा जा रहा था···इसके लिए चवन्नी खोटी है। यहां मैं बाल-बाल बच रहा हूं, यह कहता है···(मुंह बनाकर) 'यू चवन्नी खोटी है' भाग यहां से, नहीं तो मारता हूं चार तमाचे···

अचल : (बोझावाले से) बोझावाले ! तुम अभी ठहरो !

दुलीचंद : (भिखारिन से) हां, तो रुपये लौटाने के बदले मैं तुम्हें आठ आने देता हूं। समझी न ?

भिखारिन : मुझे कुछ नहीं चाहिए, बाबू जी ! अपने बेटे को आंचल में ही छिपा लूंगी। मेरा फटा आंचल ही उसका दुशाला है।

[सहसा केशव का प्रवेश]

केशव : (नेपथ्य से बोलता हुआ आता है) अचल ! तुम्हारा ब्रश मिल गया, मिल गया। उससे तुम पृथ्वी का स्वर्ग खींच सकते हो। (भिखारिन और अन्य व्यक्तियों को देखकर) अयं, यह क्या ?

अचल : (दृढ़ स्वर से) 'पृथ्वी का स्वर्ग' यही है केशव ! इस भिखारिन में, जो अपने-आप रुपये देने चली आयी। यही 'पृथ्वी का स्वर्ग' है ! यही 'पृथ्वी का स्वर्ग' है, जो कागज पर नहीं खिंच सकता। सच्चाई और पाप से घृणा—यही तो स्वर्ग है। (जोर से) मैंने 'पृथ्वी का स्वर्ग' देख लिया ! अब मैं इस घर से जाता हूं। चाचा जी, नमस्ते !···(भिखारिन से) चलो, बहन ! (केशव से) चलो केशव···

[प्रस्थान ! पीछे-पीछे भिखारिन और केशव भी जाते हैं।]

दुलीचंद : अरे अचल ! सुन तो···ये पांच हजार मिल गये···अब मैं तुझसे नाराज़ नहीं हूं···समझा न ?

अचल : (नेपथ्य से) यही 'पृथ्वी का स्वर्ग' है, केशव ! यही 'पृथ्वी का स्वर्ग' है !

[पर्दा गिरता है ।]

लिपस्टिक की मुस्कान

○

विष्णु प्रभाकर

पात्र

रीता : एक अति आधुनिक नारी, आयु लगभग चौबीस वर्ष
राकेश : रीता का पति, आयु छब्बीस वर्ष
आया : बेबी की आया, आयु बीस-बाईस वर्ष
नर्स : अस्पताल की नर्स, आयु पच्चीस वर्ष
बेबी : रीता और राकेश का पुत्र, आयु दो-तीन वर्ष
चन्दा : रीता की परिचिता, आयु चौबीस-पच्चीस वर्ष
सिपाही इत्यादि।

पहला दृश्य

[रंगमंच पर एक अति आधुनिक नारी के निजी कमरे का दृश्य जिसका एक द्वार बाथरूम में जाता है, दूसरा शयन-कक्ष में, तीसरा बरामदे में, बाहर से उसीसे आना-जाना होता है। एक सुंदर श्रृंगार-मेज लगी है, शीशे के आसपास प्रसाधन की सामग्री बिखरी है—तेल पालिश, लिपस्टिक, पाउडर, तेल, कंघा, रिबन, रूज, हेयरपिन, यू डी कोलोन आदि। दूसरी ओर कपड़ों की ड्राअर है, वह भी खुली है, कुछ कपड़े तिपाई पर रखे हैं, नीचे शू और सैंडिल पड़ी हैं। समय संध्या का है। सितंबर का अंत है, पर गर्मी अभी है, इसलिए पंखा चल रहा है, वस्त्र हिलते हैं। कमरे की सजावट साहबी है। फर्श पर कालीन है। दरवाजों और खिड़कियों पर नीले पर्दे हैं। श्रृंगार-मेज के ठीक सामने एक कद्दावर शीशा है। पर्दा उठने पर रंगमंच पर कोई व्यक्ति नहीं है पर

दूसरे ही क्षण एक युवती बड़ी अदा से प्रवेश करती है। शरीर स्वस्थ-सुडौल, रंग गोरा। उसने गरारा और कुर्ता पहना है, दुपट्टा गले में पड़ा है. बाल कटे हैं जो नाक की सीध में दो ओर बंटकर दोनों कानों के पास जाकर घुंघराले बनाये गये हैं, भंवें धनुषाकार बनी हैं नाक कुछ लंबी लगती है, नेत्र लम्बे हैं और सलोनी स्याही की दो रेखाएं कानों की ओर बढ़ती-बढ़ती रास्ते में खो गयी हैं। होंठ खुले हैं और लिपस्टिक के कारण उनका रंग गहरा रक्तिम है। उंगलियों में डायमंड की त्रिभुजाकार अंगूठियां हैं। नाखून बहुत लम्बे हैं और पालिश के कारण आरक्त हैं। कानों में मत्स्याकार कर्णफूल हैं। गले में श्वेत मोतियों का हार और कलाई पर रिस्टवाच है। वह पुकारती तथा गरारे को हाथों में सहेजे आती है।]

रीता : (बनावटी गूंजती बारीक आवाज) आया…आया! (आकर शीशे के सामने खड़ी हो जाती है और अपने श्रृंगार की परख करती है। कंधे पर बालों को नजाकत से छूती है, पाउडर उठाकर हल्के से छुआती है, फिर रूज का प्रयोग करती है। गुनगुनाती रहती है, फिर पुकारती है।) आया…आया…। (क्रोध उभर आता है।)

आया : (दूर से आता स्वर) आती हूं, मेमसाहब! (पास आकर) जी, मेमसाहब! (आया भी युवती है, रंग सलोना और नक्श तीखे हैं लम्बी वेणी में एक फूल लगा है। होंठों पर हल्की लिपस्टिक है, साड़ी पहने है, जिसका एक छोर कमर पर झूलता है, पेट पर पेटी-सी बंधी है।)

रीता : कहां मर जाती है जाकर? कितनी बार कहा कि मुझे आज जल्दी जाना है, इण्टरव्यू का वक्त आठ बजे है और अब पांच बज चुके हैं और आज ही साढ़े पांच पर मेकअप पर भाषण होगा। और…

[इसी समय बेबी भागता हुआ आता है। वह सुंदर, स्वस्थ और चतुर बालक है। हरे रंग की निकर, कमीज पहने है। वह सीधा आकार रीता से चिपट जाता है। रीता सांप ने काटा हो ऐसे कांप उठती है।]

बेबी : ममी…ममी…!

रीता : (बढ़ता कोप) यू इडियट, गधा! (एकदम बेबी को पीछे धकेलती है।) सारी ड्रेस खराब कर दी! (बेबी फर्श पर गिरते-गिरते कुर्सी से टकराता है और चीखता है। आया दौड़कर उठाती है।) आया, यह क्या है! बेबी इस वक्त यहां कैसे आया? तुमको कितनी बार समझाया···

आया : (नम्र स्वर) मेमसाहब! बेबी मेरे पास था। (साथ-साथ बेबी को उठाकर पुचकारती रहती है।) मैं उसे बाहर ले जाने की तैयारी कर रही थी, न-न···बेबी···कोई बात···न-न···तुम शेर के बच्चे हो···।

[बेबी कंधे से चिपटकर चुप होने लगता है।]

रीता : (चीखकर) शटअप यू फूल, मैं कहती हूं वह यहां क्यों आया? तुमने उसे यहां क्यों आने दिया? तुम्हें पता नहीं···।

आया : (पूर्ववत्) मेमसाहब, आपने मुझे पुकारा···।

रीता : मैंने तुझे पुकारा था, पर बेबी को नहीं। तुझे मालूम है कि बेबी को मेरे पास किस वक्त लाना होता है और किस वक्त नहीं···

आया : मेमसाहब···

रीता : मेमसाहब, मेमसाहब की क्या रट लगाई है! खबरदार जो कभी मुझे मेमसाहब कहा।

आया : मेमसाहब···

रीता : (चीखकर) चली जाओ, ले जाओ बेबी को, इतनी देर से खड़ी-खड़ी क्या कर रही है। ले जा इसको, मुझे ड्रेस बदलनी पड़ेगी इण्टरव्यू के लिए जाना है और कमबख्त बेबी ने सारा मूड बिगाड़ दिया। उसे इतना सिर चढ़ाया है कि हमेशा पल्ले से बंधा फिरता है, बिगाड़ दिया।

[राकेश का प्रवेश। युवक है। सफेद पतलून और कोट पहने है, टाई का रंग गहरा लाल है। चश्मा बिना फ्रेम का और काला है। बाल बीच में से कढ़े हैं, दो ओर से दो कुण्डल माथे पर झूल आये हैं। हाथ में फैल्ट हैट लिये है। काफलेदर का काला शू पहने है। तेजी से प्रवेश करता आया से टकरा जाता है।]

राकेश : ओह, यू···मेरा ड्रेस···आया, तुम देखकर नहीं चलवीं, इस उमर में···

रीता : अन्धी हो गयी है, कुछ पता नहीं इसका···

[आया बिना बोले चली जाती है ।]

राकेश : बाई गाड, इस उमर में सब अंधे हो जाते हैं ।

रीता : शटअप, तुम भी बेवकूफ···

राकेश : बाई गाड, डियर, यू आर स्प्लेंडिड (नजाकत से) आज कहां जाना है ? ओह ! ओह ! याद आया आज तो फिल्म डायरेक्टर से इंटरव्यू है । मैं कहता हूं तुम यकीनन हीरोइन के रोल के लिए चुनी जाओगी । इंटरव्यू तो फारमल है, तुमको देखते ही···

रीता : शटअप, मैं कहती हूं, मैं इस आया को निकालकर छोड़ूंगी, यह नहीं जानती कि···

राकेश : आया को निकालोगी ! बाई गाड, क्यों फिर बेबी को···

रीता : शटअप ! बेबी-बेबी ! इसके मारे नाक में दम है ।

राकेश : बेबी ने क्या कर दिया···

रीता : क्या कर दिया, सारी ड्रेस खराब कर दी । आज मेकअप पर सचित्र भाषण था । आया इतना भी नहीं समझती कि बेबी को किस वक्त मेरे पास आना चाहिए । इस वक्त उसे छोड़ दिया और वह आकर मुझसे चिपट गया ।

राकेश : बाई गाड, तुमसे चिपट गया, नामाकूल ढाई वर्ष का हो गया और उसे यह पता नहीं कि ममी से चिपटने का कौन-सा वक्त है । आजकल के बच्चे असल में विद्रोही होते हैं । जनतंत्र के जमाने में पैदा हुए हैं न । लेकिन बाई गाड, तुम इस वक्त सुंदरता का वंडरफुल माडल लग रही हो···

रीता : शटअप, तुम कुछ नहीं समझते । गरारे की सब क्रीजें मसली गयीं, उसमें सिलवटें पड़ गयीं । धब्बे लग गये । आया से लाख बार कहा कि बेबी मेरे पास सबेरे नाश्ते पर, दोपहर को खाने के वक्त और शाम को चाय के समय आये । इतना क्या कम है ! आया फिर किसलिए है ओह···माई ड्रेस···कितनी देर में मेकअप किया था, मिस भरुचा कहती थी कि डाइरेक्टर की आंखें बड़ी तेज़ होती हैं ।

राकेश : बाई गाड, यह डायरेक्टर नाम का जंतु पूरा गीध होता है ।

रीता : (एकदम) शटअप, तुम लैंग्वेज भी नहीं जानते । डायरेक्टर ड्रेस देखते ही बता देते हैं कि इस ड्रेस को किस-किसने कितनी बार छुआ है ?

राकेश : ड्रेस···बाई गाड, वे तो तुम्हें देखकर ही बता सकते हैं, लेकिन

…बेबी को छूने का मतलब तो ममता है ।

रीता : शटअप, मैं तुमसे बहस करना नहीं चाहती, तुम कभी कुछ नहीं पढ़ते । बस चीप सेंटिमेंट और इमोशंस की बात करते हो । बेबी के छूने का मतलब ममता है, पर तुम जानते हो तुम्हारे ऋषि-मुनियों ने क्या लिखा है ?

राकेश : बाई गाड, डार्लिंग, मैं बिलकुल मूर्ख हूं पर…

रीता : मूर्ख हो, तभी तो बार-बार पर-पर करते हो । मेरे पास तुमसे बात करने का वक्त नहीं है । मुझे अभी मिस बबेजा के पास जाना है, नहीं तो मैं तुम्हें बताती कि स्वामी दयानंद सरस्वती तक ने लिखा है कि आठ दिन बाद ही बच्चे को मां के पास से हटा लेना चाहिए और…

राकेश : ठीक है, ठीक है, डार्लिंग, तुम्हारे प्यारे मुख से स्वामी दयानंद का भाषण मैं इतनी बार सुन चुका हूं कि मुझे जबानी याद है…

रीता : शटअप, बीच में बोलने की तुम्हारी आदत कभी बंद नहीं होगी । मैं कहती हूं कि आजकल बच्चों की बिलकुल जरूरत नहीं है । विवाह की भी जरूरत नहीं है । विवाह करो, अंधाधुंध संतान पैदा करो, जीवन की सांसें पूरी करो और गुलामी में मर जाओ, यह भी कोई जिंदगी है !

राकेश : (जोर से ताली बजाकर) हेयर-हेयर ! मिसेज रीता जिंदाबाद !

रीता : शटअप, यू क्लाउन ! राकेश, तुम इतने गंभीर विचारों के बीच मजाक कैसे करने लगते हो !

राकेश : आई एम वेरी सॉरी, मैंने सोचा था कि आप शायद फिल्म डायरेक्टर के सामने दिये जानेवाले भाषण की रिहर्सल कर रही हैं, वैसे ये विचार स्वामी रामतीर्थ के हैं । बाई गाड, रीता, तुम आर्यधर्म की सबसे बड़ी चैम्पियन हो ।

[इसी समय फोन की घंटी बजती है । राकेश तेजी से आगे बढ़कर उसे उठाता है ।]

राकेश : लीजिये फोन पर कोई आया…(धीरे से) पधारिये, साहब ! (जोर से) राकेश स्पीकिंग…जी…किसको, जरा जोर से बोलिये…जी… हां वे घर पर ही तशरीफ रखती हैं (रीता से) आपकी जरूरत है, डार्लिंग !

रीता : (फोन लेकर) हेलो…ओ…शैली, आई एम वेरी सारी, बस आधा घंटा और, ड्रेस बदलनी है…नहीं, बस गरारा…क्या

बताऊं कमबख्त बेबी ने आकर सब चौपट कर दिया। हां-हां, मुझे बहुत दुःख है। (एकदम चोगा पटककर) इस बेबी ने··· ओह, इस बेबी के बच्चे ने आज मुझे नीचा दिखाया, मैं इसे··· (तेजी से बाहर जाती हुई) मुझे अब दूसरी ड्रेस पहननी होगी, कैसी शानदार ड्रेस थी, ओह···ओ···

राकेश : (सांस खींचकर दोनों हाथ हवा में हिलाते हुए स्वगत) अब दूसरी ड्रेस पहननी होगी, कमबख्त बेबी ने सारी ड्रेस खराब कर दी। माई गाड, तुम रीता को कहां ले जाओगे ! बेबी ने ड्रेस खराब कर दी ! वाह पांच दिन बड़ी मुश्किल से दूध पिलाया होगा, आया ने पाला-पोसा है, नहीं तो···अच्छा··· (कहता-कहता बाहर जाता है।)

दूसरा दृश्य

[वही कमरा। कुछ परिवर्तन के साथ, वही दृश्य। समय दोपहर से पूर्व। रीता तेजी से कमरे में आती है। रूप वही, ड्रेस बदली है, श्वेत सिल्क की साड़ी पहने है, गले में श्वेत मोतियों की माला है, बांह खुली हैं, वक्ष पर चोली है, साड़ी का एक छोर कमर पर फैला है। पीछे-पीछे राकेश है। उसकी पैंट श्वेत, कोट काला और टाई लाल है, शेष अवस्था वही है।]

रीता : डियर, मैं सच कहती हूं, मैंने कुमार क्लब में शामिल होने का फैसला कर लिया है। तुम कुमारिका क्लब में जाना चाहो तो मैं सिफारिश कर दूंगी। यह शादी का विचार कितना दकियानूसी है। सब इंसान साथी हैं। स्वतंत्र साथी, अपनी इच्छा से मिले, अपनी इच्छा से अलग हुए, धर्म-वर्ण का भला इसमें क्या है ? पश्चिम में कितनी परफेक्ट फैमिली लाइफ है। कोई किसी पर डिपेंड नहीं करता। बच्चों को स्टेट संभालती है, एक हमारी स्टेट है···

राकेश : (हंसकर) डियर, हमारी स्टेट अभी खुद बच्चा है···

रीता : शटअप, तुम बिलकुल ईडियट हो। देवी-देवताओं की तरह स्टेट भी कभी बच्चा नहीं होता। अपने नागरिकों को पालना उसी का काम है, मैंने बेबी को···

राकेश : बाई गाड, बेबी को क्या···

रीता : बेबी को मैंने स्टेट को सौंप दिया है।

राकेश : क्या मतलब, मैं समझा नहीं ?

रीता : तुम कभी कुछ समझते भी हो, जो अब समझोगे। तुम्हें बच्चे पालने कहां पड़ते हैं ? तुम मर्द लोग सब बोझ औरतों के सिर पर डाल देते हो, पर मैं कहती हूं कि बुर्जुआ विचारों का समय लद गया।

राकेश : लेकिन डियर, तुम तो बेबी की बात कह रही थीं, तुमने उसके साथ क्या किया ?

रीता : शटअप, तुम फिर बीच में बोले ! तुम्हारी आदत कभी नहीं सुधरेगी। अगर सुधरती तो कहीं अमेरिका और यूरोप में कल्चरल अटैची बनकर घूमते। मैं सच कहती हूं, मैं इस मुल्क से तंग आ गयी हूं। यह बाबा आदम के जमाने का देश कभी नहीं बदलता। एकदम कुदरत के विरुद्ध है। यहां के लोग ड्रेस पहनेंगे तो सारा बदन ढक लेंगे, जैसे कोई बदसूरत चीज है जिसे ढकना जरूरी है। मैं कहती हूं शरीर तभी सुडौल-सुंदर रह सकता है जब उसके और प्रकृति के बीच कोई परदा न हो, जब सूर्य और चन्द्र की किरणें उसका सीधा आलिंगन करें···

राकेश : मैं आदाब बजा लाता हूं, मदाम, आप बिलकुल ठीक फरमाती हैं, पर बेबी···

रीता : ओह, कैसे मूर्ख हो तुम राकेश, कैसे मौलिक आरिजनल विचार आ रहे थे, पर तुम बेबी को बीच में ले आये, कमबख्त अब भी मेरा पीछा नहीं छोड़ता। मुझे मिस्टर खामा के स्टेज ड्रामे में हीरोइन ही नहीं बनना, उसे डायरेक्ट भी करना है। कितना शानदार ड्रामा है लेकिन हिंदी नाटककार अभी तक पुराने विचारों से चिपटे हैं, वही सस्ती भावुकता, वही करुणा और आंसुओं की कहानी लिखते हैं, जीना तो वे जैसे जानते ही नहीं···

राकेश : बिलकुल नहीं जानते, बेगम साहिबा, मैं आपसे बिलकुल सहमत हूं, मैं खुद इसी बात पर थीसिस लिख रहा हूं, लेकिन बेबी···

रीता : डैम यूअर थीसिस एण्ड बेबी, मुझे डिनर के लिए देर हो रही है। (पुकारकर) आया···(एकदम) ओह, आया अब कहां है ?

राकेश : बाई गाड, मैं भी तो यही पूछता हूं कि आया और बेबी कहां हैं ?

रीता : मुझसे पूछते हो। तुमने उसका दिमाग बिगाड़ दिया था। तुमने उससे घर की बातें कीं, मेरी बुराई की। मैंने उसे निकाल दिया है।

राकेश : (चकित) क्या…

रीता : आंखें क्या फाड़ते हो। मुझे उसे निकालने का पूरा अधिकार था।

राकेश : ओह, बेगम…

रीता : बेगम !

राकेश : आई एम सॉरी, मदाम…

रीता : नानसेन्स, मैं न बेगम हूं न मदाम, मैं आज से मिस रीता हूं, समझे। मैं कुमार क्लब की सदस्य बन गयी हूं। कुमार क्लब में सब कुमारियां होती हैं, जैसे सर्वश्रेष्ठ सुंदरी विवाहिता होने पर भी मिस ही रहती है। अच्छा, मैं अब जा रही हूं। बाई-बाई, डार्लिंग…(जाने को द्वार की ओर बढ़ती है।)

राकेश : (एकदम) लेकिन डियर…

रीता : ओह, डियर नहीं…

राकेश : (एकदम) जो कुछ भी तुम हो, मैं जानना चाहता हूं। तुमने बेबी को कहां भेजा है ?

रीता : मैंने उसे वहीं भेजा है जहां उसे होना चाहिए था। मुझे उसे भेजने का अधिकार था।

राकेश : (पूर्ववत्) अधिकार की बात पीछे होगी, मैं उस जगह का नाम पूछता हूं।

रीता : (सहसा हंसकर) नाराज हो गये, डियर ! डियर, वह हम दोनों के मार्ग की बाधा बना हुआ है, मैंने उसे स्टेट को सौंप दिया है।

राकेश : (आगे बढ़कर) स्टेट को ? रीता, साफ-साफ बताओ।

रीता : मैं साफ बता रही हूं, तुम बराबर बीच में टोक देते हो। मैंने उसे बटनगंज बेबी नर्सिंग होम में दाखिल करा दिया है।

राकेश : (चौंककर) बटनगंज बेबी नर्सिंग होम !

रीता : हां-हां, बटनगंज बेबी नर्सिंग होम ! कितनी बार बताना होगा, मैं तुम्हारी नौकरानी नहीं हूं। आई एम परफैक्टला इंडिपेंडेंट। मुझे देर हो रही है।

राकेश : (खोया-सा) बटनगंज बेबी नर्सिंग होम, पर…पर वह तो लावारिस बच्चों का अस्पताल है।

रीता : बच्चे सभी लावारिस होते हैं, उनकी वारिस स्टेट है। अब स्टेट उसे पालेगी। तुम इतना भी नहीं समझते···

[रीता तेजी से जाती है। राकेश धम्म से गिर पड़ता है।]

राकेश : माई गाड, यह क्या किया रीता ने ! बेबी को लावारिस अस्पताल में पहुंचा दिया ! वह लावारिस है···मेरे रहते वह लावारिस है···

[रीता फिर तेजी से आती है।]

रीता : मेरा पर्स ! ओह, जल्दी में सब काम खराब हो जाते हैं। डियर, जरा मिस शहरयार को फोन तो करना, मैं अभी चल रही हूं। वह मुझे लिफ्ट देगी। तुम तो एक कार खरीदने लायक भी नहीं। न मालूम फिर शादी क्यों की ?

राकेश : (बिना सुने) मैं कहता हूं रीता, तुमने बेबी को नर्सिंग होम में क्यों भेजा ?

रीता : मैं कहती हूं, शटअप, तुम्हें मेरी बातों में दखल देने का कोई अधिकार नहीं है।

राकेश : रीता, वहां बेबी···

रीता : वहां बेबी क्या ? वहां यहां से अच्छा इंतजाम है, वहां ट्रेंड नर्सें हैं, वे समय पर बाथ देती हैं। समय पर दूध देती हैं।

राकेश : मैं जानता हूं, वहां बाथ का प्रबंध है पर नर्सों के बच्चों के लिए···दूध मिलता है, नर्सों के बच्चों को···

रीता : ओह, राकेश ! राकेश···तुम इतना भी नहीं जानते बुद्धू कि नर्सों के बच्चे नहीं होते···

राकेश : ओह मदाम-मदाम···

रीता : मिस रीता कहो, मिस रीता, तुमसे कितनी बार कहा···और हां डार्लिंग, आया तो अब चली गयी और आज चाय पर आ रहे हैं मिस शैली और मिस्टर खामा। रिहर्सल में जाने से पहले हम यहां चाय पियेंगे और हां, तुम भी रहना, अच्छा डार्लिंग···

[राकेश सहसा छींकता है।]

राकेश : लेकिन मदाम, मुझे जुकाम हो रहा है, मैं···

रीता : (चौंककर) जुकाम, कोल्ड···ओह डियर, डियर यह तो छूत की बीमारी है। तुमने ठीक वक्त पर बता दिया, चाय का प्रबंध होटल में करना पड़ेगा। ऑर्डर दिये देती हूं। पर···चेक पर

दस्तखत तो कर दो, डार्लिंग। (वह छींकता है।) न···न, रहने दो···फ्लू के कीड़े चिपट जाएंगे। डॉक्टर कहते हैं कि एक इंच के सौवें हिस्से में करोड़ों कीड़े आते हैं। डार्लिंग, जब तक तुम्हारा फ्लू ठीक नहीं होता तब तक मैं होटल में रहूंगी। (दूर जाकर) क्यों डार्लिंग, तुम्हारे लिए एंबुलैंस ऑर्डर कर दूं, छूत की बीमारियों के अस्पताल में चले जाना—हां, ठीक है···बाई-बाई डार्लिंग। डिनर को देर हो गयी···(जाती हुई) पर कोई डर नहीं, आधा घंटा लेट हो जाना तो फैशन है। (जाती है।)

राकेश : (गहरा निःश्वास) छींक, जुकाम, होटल, एंबुलैंस, डिनर—डैम इट नानसेंस—क्या मतलब है इन शब्दों का? बेईमान दरिंदों की भाषा, मेरी बीवी बिलकुल हैवान है, दरिंदे से भी खूंखार। बेबी लावारिस नर्सिंग होम में और मैं छूत की बीमारियों के अस्पताल में·· खूब। लेकिन कुछ भी हो, सबसे पहले मुझे नर्सिंग होम में जाना चाहिए पर···पर वहां तो मुझे कोई घुसने भी नहीं देगा। वहां तो कोई यह भी नहीं जानता कि कौन-सा बच्चा कौन रख गया है और माना कि मैं चला भी गया तो लोग पहचान लेंगे···ओह, कितनी बेइज्जती होगी। बाई गाड, कितने शर्म की बात है। मां-बाप के रहते बेबी लावारिस कहलाये।

[नर्स का प्रवेश।]

नर्स : सर, मदाम रीता कहां हैं?

राकेश : (बिना देखे) जहन्नुम में! (देखकर) कौन ओह! बाई गॉड नर्स, तुम यहां आयीं?

नर्स : हम एंबुलेंस लेकर आया है, यहां कोई छूत का बीमार है।

राकेश : छूत का बीमार, यह क्या बीमारी होती है?

नर्स : ओह, तुम मजाक करना मांगटा, छूत की बीमारी होता, जैसे चेचक···

राकेश : चेचक हमारे पड़ोस में भी नहीं है।

नर्स : डिप्थीरिया।

राकेश : नो-नो-नो डिप्थीरिया।

नर्स : हैजा!

राकेश : ओह, हैजा! नो नर्स, यहां कोई हैजे का बीमार नहीं है।

नर्स : (चिढ़कर) तो प्लेग होगी।

राकेश : नो-नो-नो—यूअर गेस इज एब्सोल्यूटली रौंग, माई डियर···

नर्स : शटअप, माई डियर किसे कहते हैं ? मजाक करना मांगटा···

राकेश : ओह, बाई गाड, आई एम सॉरी, मेरा मतलब यह नहीं है। माफ करना, आप गलत आ गयी हैं। यह मेरा घर है, और मेरा नाम है मिस्टर राकेश राजेन।

नर्स : बेशक, बेशक, यही बोला था। मदाम राकेश ने फोन किया था कि मिस्टर राकेश छूत की बीमारी से डाउन हैं, उन्हें शीघ्र अस्पताल पहुंचाया जाये। मैं एंबुलैंस और घर डिस्इनफैक्ट करने का सामान लेकर तुरंत आयी हूं।

[तभी अस्पताल के कर्मचारी पंप और फिनाइल लेकर आते हैं।]

राकेश : तो फिर ठीक है, घर को डिस्इनफैक्ट कर दीजिए और साथ में मुझे भी।

नर्स : तुम तो फिर मजाक···

राकेश : मजाक नहीं नर्स, मुझे जुकाम हुआ है। (छींकता है।)

नर्स : आपको जुकाम है ?

राकेश : जी हां, इससे बड़ी बीमारी इस घर में नहीं।

नर्स : ओह, तो यह बात है। जुकाम के लिए एंबुलैंस मंगाई है, हमको इस प्रकार तंग किया जाता है, बाई गाड···

राकेश : बाई गाड···

नर्स : दिस इज क्रिमिनल, यह जुर्म है। मैं रिपोर्ट करूंगी। मैं मदाम राजेन मौर मदाम राकेश···

राकेशं : माफ करना नर्स, राकेश राजेन एक ही नाम है।

नर्स : एक या दो, उसे हर्जाना देना होगा—पचास एंबुलैंस के, और धोका देने के अलग। (कर्मचारियों से) चलो, मैं अभी रिपोर्ट करती हूं।

[सब जाते हैं।]

राकेश : (पुकारकर) अजी, घर तो डिस्इनफैक्ट करती जाओ। सुनिये तो···गयी, बाई गाड मुफ्त में मच्छर मर जाते। (सांस लेकर) पर मदाम भी खूब है, मेरे लिए कितनी जल्दी एंबुलैंस मिल गयी ! कौन कहता है कि वह काम नहीं करती। बेबी को नर्सिंग होम में भेजा। पति को छूत की बीमारियों के अस्पताल में और खुद डिनर खाने गयी···

[आया का प्रवेश।]

आया : सर !

राकेश : अब कौन आया यमदूत ! (देखकर एकदम हर्ष से) ओह, आया तुम ! तुम कैसे आयीं ? तुम्हें मदाम ने डिसमिस कर दिया, मुझे अफसोस है।

आया : मुझे किसीने डिसमिस नहीं किया। मैं खुद गयी हूं, मैं ऐसी···

राकेश : बाई गाड, ऐसी-वैसी की बात छोड़ो, बेबी को कैसे निकाला जाय ?

आया : मैंने पुलिस में रिपोर्ट कर दी है।

राकेश : किस बात की ?

आया : इस बात की कि आप लोगों ने जान-बूझकर अपने बेबी को लावारिसों के नर्सिंग होम में भेजा है।

राकेश : (घबराकर) बाई गाड···

आया : बेशक, मैं देखूंगी मदाम अब बचकर कहां जाती हैं ? मैं बदला लूंगी, बेबी को मैंने पाला है। मैं उसे इस तरह तड़पते नहीं देख सकती। मैं उसे बचाऊंगी और मदाम को···

राकेश : (हर्ष से चिल्लाकर बीच में) बाई गाड, आया, तुमने शानदार काम किया, एकदम शानदार। मैं तुम्हें इनाम दूंगा, मुझे रास्ता मिल गया। मैं अभी पुलिस को फोन करता हूं कि बेबी सवेरे से लापता है। जो उसका पता देगा उसे मैं सौ रुपया इनाम दूंगा। (फोन उठाकर) पर नहीं, फोन नहीं, मुझे खुद जाना चाहिए, मैं अभी जाता हूं, अभी···नर्स, तुम्हें इनाम मिलेगा···

आया : (चकित) पर सुनिये तो सर···

राकेश : (जाता हुआ) यहां न कोई सर है न पैर, मैं राकेश हूं, मैं अभी बेबी को लेकर आता हूं।

आया : (जाती हुई) पर सुनिये तो मिस्टर राकेश, सुनिये तो···बेबी थाने में है। ओह, मुझे चलना चाहिए, कहीं बात बिगड़ न जाय···(जाती है।)

तीसरा दृश्य

[वही पुराना कमरा। सजावट में अन्तर है, ड्राअर और आलमारियां सब बंद हैं। परदा उठने पर रीता कुछ चिंतित भाव से इधर-उधर घूम रही है। ब्रिजिस-

कमीज पहने हुए है। मुख उसका लाल है। उसे रह-रहकर छींकें आ रही हैं। वह बार-बार रूमाल से नाक पोंछती है, फिर वेप सूंघती है, पर छींक फिर भी आ जाती है।]

रीता : (स्वगत) ओह ! अब राइडिंग के लिए कैसे जा सकती हूं? कमबख्त जुकाम भी अभी होने को था—यह सब राकेश की ही बदौलत हुआ। वह यहां से अस्पताल गया ही नहीं, फ्लू के सब जर्म्स कमरे में बस गये। (छींकती है।) ओह, मार डाला इसने तो। (आलमारी खोलकर ह्विस्की की बोतल निकालती है।) ह्विस्की की पैग लेकर देखती हूं। (पैग भरकर पीती है।) अहा हा ! (फिर छींक आ जाती है।) यह बंद होने वाला नहीं है, अस्पताल जाना पड़ेगा। फोन करूं और एंबुलेंस मंगाऊं पर··· पर वहां चली गयी तो पार्टी, ड्रामा··· ड्रामे की तारीख भी पास आ गयी, देखूं अखबार में कौन-सी है। (अखबार पलटती है।) अरे, यह क्या ह्वाट्स दैट बेबी-शो—देश के बच्चों के लिए सुनहरी अवसर अखिल भारतीय बेबी-शो, सबसे स्वस्थ और सुंदर बेबी को एक हजार नकद तथा एक हजार की वस्तुएं इनाम। (फुसफुसाकर) एक हजार नकद और एक हजार की वस्तुएं, बेबी-शो— (छींकती है और एकदम पुकारती है।) आया···आया··· (एकदम) आया अब कहां है, बेबी भी नहीं है। ओह, बेबी होता तो, बेबी··· (एकदम छींककर, तेजी से) मैं अभी नर्सिंग होम जाती हूं। हमारा बेबी सेहत और सुंदरता में बिलकुल परफैक्ट है, एकदम मॉडल है पर··· पर शायद मुझे वे लोग चोर समझें···राकेश को आने दो, क्यों न आया को भी बुला लूं। बेबी को वही ला सकती है···शो कब है? (पढ़ती हुई) १५ सितंबर को टाउन हाल में···१५ सितंबर यानी कल हो चुकी···ओह, गाड !

[श्रीमती चंद्रा का प्रवेश।]

चंद्रा : हलो, रीता ! रीता, खुशखबरी, हमारा बेबी बेबी-शो में फर्स्ट आया।

रीता : बाई गाड···(छींकती है।)

चन्द्रा : (पूर्ववत्) हमारा बेबी बेबी-हेल्थ-शो में अव्वल आया। एक हजार नकद और एक हजार का सामान मिलेगा। कितनी अच्छी खबर है ! ओह, हमारे बेबी की सेहत कितनी अच्छी है।

जज ने कहा···तुम जानती हो, जज अमेरिका का है, उसीने कहा है कि ऐसा रूप, ऐसी सेहत, ऐसी इंटेलीजेंस अमेरिका और यूरोप के बच्चों में भी नहीं है। भारत के बच्चे विश्व-भर में चतुर हैं।

रीता : (बनावटी हंसी) आह ! आई एम वेरी-वेरी सॉरी। नो, नो, ग्लैड···वेरी ग्लैड चंद्रा, मेरी बधाई, बहुत-बहुत बधाई !

चन्द्रा : ओह, धन्यवाद ! रीता, हमारे बेबी के कारण भारत का नाम हुआ। इसके फादर ने जब से सुना है तब से नाच रहे हैं। आज शाम को पार्टी है, तुम भी आना, बेबी को भी लाना। और हां, तुमने अपना बेबी शो में क्यों नहीं भेजा ? तुम्हारा बेबी कितना स्वस्थ और कितना सुंदर है, सेकिण्ड प्राइज तो उसे भी अवश्य मिलता।

रीता : (छींककर) सेकिंड क्यों, फर्स्ट मिलता। आई स्योर, बाई गाड, उसे हर हालत में पहला इनाम मिलता।

चन्द्रा : (तुनककर) फर्स्ट तो क्या पर उसे सेकिंड मिलता जरूर, लेकिन वह गया क्यों नहीं ? कल से मैंने न उसे देखा, न आया को। पहाड़ पर भेज दिया क्या ?

रीता : (एकदम छींककर) वह खो गया।

चन्द्रा : (चौंककर) खो गया—कब ? कैसे ? हमें तो खबर तक नहीं।

रीता : ओह चंद्रा ! मुझे जुकाम हो रहा है। (छींकती है।) बड़ा तेज जुकाम है। तु जाओ, कहीं तुम्हें छूत न लग जाये।

चन्द्रा : नहीं-नहीं, ऐसे भी क्या छूत लगती है। वैसे यह बड़ी खराब बीमारी है। क्या ले रही हो ? रूमाल में यूक्लिप्टिस आयल लगाया है ?

रीता : नहीं, वेप है, आयल क्या करेगा ? पर मैं लेटना चाहती हूं।

चन्द्रा : बेशक, तुम्हें आराम करना चाहिए। फ्लू में पूरा आराम करना ही उसका इलाज है। लेकिन तुमने बेबी का तो कुछ बताया ही नहीं, कैसे खो गया ?

रीता : (सहसा चौंककर) बेबी, बेबी ! तुम्हें बेबी से क्या काम है ? तुम्हारे बेबी को फर्स्ट प्राइज मिला है। जाओ, मुझे छोड़ दो···

चन्द्रा : रीता···रीता···

रीता : मैं कहती हूं कि चली जाओ। जाओ, नहीं तो तुम्हें ऐसा जुकाम लगेगा कि तुम और तुम्हारा बेबी···

चन्द्रा : ओह, रीता···रीता···मैं जा रही हूं, मैं अभी जा रही हूं। बेबी

के खो जाने से तुम्हारा···(दूर जाकर, स्वगत) यह तो बेबी को पास तक नहीं आने देती थी। उसके खो जाने से इतना परेशान कैसे हो गयी ? (जाती है।)

रीता : (बराबर छींक रही है।) चंद्रा के बेबी को फर्स्ट प्राइज मिला, इसके बेबी का फोटो अखबार में छपेगा। साथ में इसका और इसके पति का भी। आह···आह···सारे देश में इनका नाम होगा, इनके फोटो छपेंगे। (बार-बार छींकती है।) आह··· आह···मैं अभी जाऊंगी। (उठती है, दो कदम चलती है।) पर मैं अकेली क्या करूंगी ? राकेश न जाने कहां जाकर बैठ गया, वह मेरा जरा भी ख्याल नहीं करता।

[राकेश का प्रवेश। बोलता हुआ आता है।]

राकेश : हलो रीता, बाई गाड, रिहर्सल में तुम्हारा पार्ट कमाल का रहा। नवयुवती मां का तुमने वह पार्ट खेला कि जनता देखेगी तो रो पड़ेगी, लेकिन (सांस लेकर) रीता, डियर, मैं नहीं चाहता कि तुम मां का पार्ट खेलो। (रीता सहसा उठकर बाहर जाती है।) अरे-अरे, तुम कहां जा रही हो ? (छींकती है।) अरे, तुमने छींका, तुम्हें फ्लू है, अरे···सभी मुंह और आंखें लाल हैं, मैं समझा था कि तुम पार्ट के कारण रो रही हो। तो तुम अस्पताल जा रही हो, लेकिन रीता···नहीं-नहीं, जाओ, तुम्हें जाना ही चाहिए, जाओ···

रीता : (एकदम चीखकर) मैं जाऊं या न जाऊं या कहीं भी जाऊं, तुम्हें इससे क्या मतलब ? तुम्हारी शैतानी के कारण मुझे यह मुसीबत उठानी पड़ी है। तुम अस्ताल नहीं गये इसलिए फ्लू के सब जर्म्स इस कमरे में रह गये। तुम्हारे कारण मुझे जुकाम हुआ। तुम्हारे कारण आया को जाना पड़ा। तुम्हारे कारण बेबी को नर्सिंग होम भेजा।

राकेश : और मेरे ही कारण तुम यहां हो···

रीता : शटअप राकेश, मैं कहती हूं, तुम बेबी को रखते तो क्यों वह मुझे तंग करता। मा का काम बच्चे को जन्म देना है, पालना काम पिता का है। (छीकती है।)

राकेश : डियर, डियर, सच कहता हूं, रीता डियर, कमाल के मौलिक विचार हैं तुम्हारे। क्या कहने हैं ! यानी मां ब्रह्मा है, बाप विष्णु ! सुंदर, अति सुंदर कल्पना, अति अनुपम !

रीता : शटअप ! (छींकती है।)

राकेश . रीता, शकुन अच्छे नहीं हैं। बार-बार मत छींको, छींकने से···

रीता : राकेश, मैं कहती हू कि मेरे साथ चलो।

राकेश : तुम्हारे साथ। कहां, छूत के अस्पताल में ? नो मदाम···

रीता : राकेश, हमेशा मसखरे मत बना करो। कभी तो संजीदा बनो···

राकेश : जो आज्ञा। मैं इस समय एकदम गंभीर हूं।

रीता : मेरे साथ नर्सिंग होम चलो।

राकेश : नर्सिंग होम ! बाई गाड, वहां क्यों ? मुझे दाखिल करना है··· नो, नो···

रीता : नो-नो, राकेश, बेबी को लाना है। तुम तो किसी बात का ख्याल नहीं रखते। कल यहां बेबी-शो था, अगर बेबी होता तो जरूर फर्स्ट प्राइज लेता।

राकेश : बात तो तुम्हारी ठीक है, प्राइज वह जरूर लेता लेकिन बेबी की बात छोड़ो। तुम्हारा फर्ज तो पूरा हुआ। पालना काम मेरा है, मैं देख लूंगा। तुम अस्पताल जाओ।

रीता : शटअप, मुझसे बहस करते हो ! (छींककर) चींटी के पर निकले हैं। मैं कहती हूं, तुम्हारा बर्ताव डिक्टेटरशिप का है, डेमोक्रेसी का नहीं। मैं स्वतंत्र हूं, मैं तुम्हारे ऑर्डर नहीं मानूंगी, मैं···

राकेश : (बाहर जाता हुआ) बाई गाड, एंबुलैंस आ गयी। रीता, डार्लिंग, जल्दी तैयार हो जाओ। (जाता है।)

रीता : (चीखकर) मैं अस्पताल नहीं जाऊंगी···नहीं जाऊंगी···

[रीता बाहर जाना चाहती है, तभी आया बेबी के साथ आती है और वे टकरा जाते हैं।]

रीता : (क्रोध से) यू ईडियट, देखकर नहीं चलती।

आया : मदाम, आज तो आपकी खराब होनेवाली ड्रेस नही है।

रीता : (चौंककर) कौन ? आया और बेबी ···बेबी···बेबी आ गया ! (विह्वल होती है।) माई बेबी !

राकेश : (आकर) बाई गाड, रीता, क्या करती हो ? बेबी को छूना मत। आया, बेबी को ले जाओ। बाहर ड्राइंग-रूम में बैठो। मदाम को फ्लू हो गया है, फ्लू ! (मुंह बनाकर) बेबी को लग जायेगा। बच्चों को छूत की बीमारी बहुत जल्दी लगती है।

आया : मदाम को फ्लू है ! मैं अभी जाती हूं। बेबी तो बेचारा दो ही दिन में सूख गया। फ्लू लग गया तो···

रीता : (पागल-सी) राकेश···यू राकेश ! आया, रुको-रुको।

(चीखकर) आया, तुम्हें रुकना होगा, मैं कहती हूं···

आया : (द्वार से) मदाम ! माफ करें, मैं आपकी नौकरानी नहीं हूं, न बेबी आपका है, आपका बेबी लावारिश अस्पताल में है। (जाती है।)

रीता : (चीखकर) आया, तुम्हारी इतनी हिम्मत !

राकेश : बाई गाड, तुम्हारा फ्लू तेजी पर है। तुम्हारी लिपस्टिक से शोले भड़क रहे हैं। मुस्कराती हो तो ऐसा लगता है जैसे अंगारे उगल रही हो। तुम अस्पताल नहीं जातीं तो विवश होकर हमें होटल जाना पड़ रहा है। (सांस लेकर) क्या किया जाये? बेबी की जिम्मेदारी मुझपर है। मैं रिस्क नहीं ले सकता। गुडबाई···टा-टा

[राकेश जाता है। रीता रोती हुई दौड़ती है।]

रीता : राकेश···राकेश···(फिर दोनों हाथों से मुंह ढ़ापकर, कुर्सी पर गिरती है।) ओह···चले गये···बेबी को भी ले गये। मैं अकेली रह गयी। मैं अकेली रह गयी। (सुबकी लेकर) वे मेरे फ्लू से नहीं, मुझसे दूर चले गये। ओह, बेबी-बेबी-बेबी ! (सुबकियां)

[पर्दा गिरता है।]

वे जम्बू द्वीप से चले थे

○

लक्ष्मीकान्त वैष्णव

पात्र

यात्री नं० १
यात्री नं० २
यात्री नं० ३
एक चेहरा (मुख्य नियंत्रक)
रामप्यारी (यात्री नं० १ की पत्नी)

[वे तीन भारतीय थे। चंद्रयात्रा पर चले जा रहे थे। उनका यान खराब हो गया था और वे मुश्किल में थे। उनके यान का नाम अपोलो—तीन-तेरह था।]

यात्री नं० १ : यान ठंडा हो रहा है।

यात्री नं० २ : देखते जाओ। अभी सारा सामान ठंडा हुआ जाता है।

यात्री नं० ३ : मेरे को तो पहले ही शक था। हिंदुस्तानी यान बनायें और वह चांद तक पहुंच जाये !

यात्री नं० १ : यार, जरा धीरे बोलो। वहां नियन्त्रण-केंद्र पर सब हमारी बातें सुन रहे होंगे !

यात्री नं० ३ : अब सुन रहे हों तो सुनें। कोई डर पड़ा है ! सालों ने यहां वीरान अंतरिक्ष में फंसवा दिया।

यात्री नं० २ : ऐसी जगह लाकर मारा है, जहां पानी तक न मिले।

यात्री नं० १ : पानी ? अरे हवा तक को तरस जाओगे, पार्टनर।

[यान में लगे हुए टेलीविजन के बड़े-से पर्दे पर मुख्य नियंत्रक का चेहरा दिखाई देता है। वह पृथ्वी पर स्थित नियंत्रण-केंद्र से बोल रहा है।]

चेहरा : हलो मित्रो ! प्रसन्न तो हो ? कैसी कट रही है ?

यात्री नं० १ : (प्रसारण-यंत्र का स्विच आफ कर देता है ताकि यान के अंदर की आवाजें नियंत्रण-केंद्र तक न सुनी जा सकें) देखा, साला कितना प्रसन्न है।

यात्री नं० २ : (टेलीविजन पर के चेहरे की ओर घूंसा दिखाकर) बहुत दूर हो गुरु ! अगर यहां होते तो इतने जूते मारते कि अकल ठिकाने आ जाती।

यात्री नं० ३ : मौत के मुंह में धकेलकर पूछ रहे हो कि कैसी कट रही है ?

[यात्री नं० १ फिर प्रसारण यंत्र का स्विच आन कर देता है। चेहरे की आवाज फिर सुनाई देने लगती है।]

चेहरा : आप लोगों को कोई तकलीफ तो नहीं ?

यात्री नं० १ : हमारा यान बिल्कुल ठंडा हो गया है।

चेहरा : आप लोग बैटरी के तार जोड़ने का प्रयास कीजिये।

यात्री नं० २ : हमने सब करके देख लिया।

चेहरा : एक बार फिर कोशिश कर देखिये।

यात्री नं० ३ : कहा न कि हमने सब करके देख लिया।

चेहरा : पर हम कहते हैं कि एक बार और कोशिश कर लेने में क्या हर्ज है ?

यात्री नं० ३ : (चिढ़कर) अरे वाह, हर्ज क्यों नहीं है जी। अगर कोई इधर का तार उधर जुड़ गया तो ?

यात्री नं० २ : और कोई इस्फोट-विस्फोट हो गया तो ?

यात्री नं० १ : और हम लोग यहीं इसी वक्त जै रामजी की बोल गये तो ? दुधमुंहे बच्चों और रोती-बिलखती हुई औरतों को छोड़कर आये हैं। उनका क्या होगा ?

चेहरा : भाई, आप लोग जरा संतुलन बनाये रखिये। धीरज छोड़ देंगे तो कैसे काम चलेगा ?

यात्री नं० १ : अब वह जैसे भी चले। यहां जान के लाले पड़े हैं। उधर आपको संतुलन सूझ रहा है। हमने पहले ही कहा था कि सारे पुरजे-वुरजे जांच लो।

चेहरा : जांच लिये थे भाई ! सब तीन-तीन बार जांच लिये थे।

यात्री नं० २ : क्या खाक जांच लिये थे। अगर ठीक से जांचे होते तो बैटरी का तार क्यों टूटता

चेहरा : अब भाई मशीन का काम है। कब खराब हो जाये, कुछ कहा थोड़े ही जा सकता है !

यात्री नं० १ : यह बताओ, हमारे प्राणों का क्या होगा ?

चेहरा : हम पूरी-पूरी कोशिश कर रहे हैं कि आप लोगों को पृथ्वी पर जिंदा उतार लें।

यात्री नं० २ : और अगर नहीं उतार पाये तो ?

चेहरा : अब जैसी भगवान की इच्छा। कोशिश करना इंसान के हाथ है, फल देना भगवान के।

यात्री नं० ३ : गोलमाल जवाब मत दो गुरु ! हम लोगों के प्राण संकट में हैं। यह बताओ, हम लोगों को सचमुच उतार लोगे या नहीं ?

चेहरा : भाई, हमने कहा हम कोशिश कर रहे हैं। इससे ज्यादा कुछ नहीं कहा जा सकता।

यात्री नं० १ : (गिड़गिड़ाता है।) भैया, निश्चित जवाब दे दे कि उतार लेंगे। मेरा जी बहुत घबरा रहा है।

यात्री नं० २ : हम लोगों के प्राण गले में अटके हैं, दीनानाथ !

यात्री नं० ३ : कुछ नहीं तो एक बार झूठ-मूठ ही कह दे कि सचमुच जिंदा उतार लेंगे।

चेहरा : भाई आप लोग धीरज बनाये रखिये। जैसा हम आदेश देते जायें वैसा आप करते जाइये। अच्छा नमस्कार ! थोड़ी देर बाद फिर मिलेंगे।

[चेहरा गायब हो जाता है। तीनों अंतरिक्ष-यात्री हताश होकर नीचे बैठ जाते हैं।]

यात्री नं० १ : आते वक्त रामप्यारी से लड़कर आया था। (आंखों में आंसू छलछला आते हैं।) क्या पता था कि अब यहां से लौटना नहीं होगा।

यात्री नं० २ : प्रेमिका से कहकर आया था कि अंतरिक्ष से लौटते ही शादी कर लेंगे।

यात्री नं० ३ : चल तो मेरा भी दो-तीन से रहा था। सोच रहा था कि जब यहां से लौटूंगा तो कोई तो मेरी सफलता पर मुग्ध होकर तैयार होगी।

यात्री नं० १ : छोटे-छोटे बच्चे ।।जिगर के टुकड़ों ने कहा था कि चांद का टुकड़ा ला देना

यात्री नं० २ : (हमदर्दी से) अब बेचारों को तुम्हारी लाश के टुकड़े भी नसीब नहीं होंगे।

[टेलीविजन के पर्दे पर मुख्य नियंत्रक का चेहरा फिर दिखाई देता है।]

चेहरा : हलो मित्रो, नमस्कार ! अब यान की हालत कैसी है ?

यात्री नं० १ : (बैठे ही बैठे, रूखेपन से) जैसी पहले थी, वैसी ही है।

चेहरा : भाई, ठीक से बताओ।

यात्री नं० १ : बता तो दिया और कैसे ठीक से बतायें ?

चेहरा : (तनिक कठोरता से) हम स्पष्ट जवाब चाहते हैं। यदि आप लोग सही स्थिति से अवगत नहीं करायेंगे तो हम आपकी मदद कैसे कर सकेंगे ?

यात्री नं० २ : (खड़ा हो जाता है।) हमसे पूछिये साहब ! हम जवाब देते हैं। इनकी तबीयत जरा ठीक नहीं है।

चेहरा : क्यों, क्या हुआ ?

यात्री नं० २ : घर की याद आ रही है। आते वक्त लड़कर आये थे।

चेहरा : हमने गाड़ी भेजकर इनके बाल-बच्चों को नियंत्रण-केंद्र पर बुलवाया है। टेलीविजन पर मुलाकात करवा दी जायेगी। आप लोगों में से किसी को किसी से मिलना हो तो उसका भी प्रबंध किया जा सकता है।

यात्री नं० २ : मैं तो अब जिंदा बचा तो लौटकर ही मिलूंगा। हां, यात्री नं० ३ से पूछे लेता हूं। क्यों भाई ?

यात्री नं० ३ : (बुदबुदाकर।) कह दो कि अनाथ है। अपना कोई नहीं है।

चेहरा : क्या कहा ?

यात्री नं० २ : कह रहे हैं कि अनाथ हैं। किसी से नहीं मिलना।

चेहरा : (मुस्कराता है) अच्छा। अब यान की हालत नोट करवा दीजिये। मुख्य यान का राकेट काम कर रहा है क्या ?

यात्री नं० २ : नहीं, वह कल से ही खराब है।

चेहरा : हूं। आपके कक्ष का तापमान कैसा है ?

यात्री नं० २ : कस के ठंड पड़ रही है। सब सिकुड़े-सिकुड़ाये बैठे हैं।

चेहरा : हूं। आक्सीजन का क्या हाल है ?

यात्री नं० २ : बस खलास होने को है। (एक बड़ी-सी घड़ी की ओर देखकर) दस-बारह घंटे और खिंच सकती है।

चेहरा : हूं। आप लोगों को आक्सीजन बचाना होगा। लिहाजा आप लोगों में से एक को चंद्रयान में भेजना पड़ेगा। यदि इस बीच आप लोग पृथ्वी की कक्षा में नहीं पहुंचते हैं तो एक और आदमी को चंद्रयान में जाना पड़ सकता है।...आपकी टीम के नेता यात्री नं० १ चंद्रयान में चले जायें।

[चेहरा अदृश्य हो जाता है।]

यात्री नं० २ : (यात्री नं १ से) लो भाई, आदेश आया है कि आप चंद्रयान में

चले जाओ ।

यात्री नं० १ : (मरे हुए-से स्वर में, बैठे ही बैठे) अब कुकड़े-कुकड़ाये बैठे हैं आराम से । पड़े भी रहने दो भैया !

यात्री नं० २ : पर यहां आक्सीजन कम है ।

यात्री नं० १ : अब एक पतला-दूबला आदमी भी आक्सीजन को भारी पड़ने लगा ? कोने में पड़े रहेंगे चुपचाप । पड़े रहने दो भैया ! कहो तो धीरे-धीरे सांस लेने लगें ।

यात्री नं० २ : नहीं ! हममें से एक को जाना ही होगा, अन्यथा सबके सब मारे जायेंगे ।

यात्री नं० १ : तो तुम ही चले जाओ, पार्टनर !

यात्री नं० २ : अरे वाह जी ! मैं कैसे चला जाऊं ? आदेश तुम्हारे लिए है। (टेलीविजन के पर्दे की ओर इशारा कर) वह हमसे पूछेगा।

यात्री नं० १ : अरे यार, लबादा ओढ़े रहोगे तो क्या पता चलेगा कि तुम हो या हम हैं। चले जाओ भैया ! हमारा जी बहुत घबरा रहा है।

यात्री नं० २ : (दृढ़ता से) मैं नहीं जा सकता। सवाल अनुशासन का है।

यात्री नं० १ : यार, हमसे अनुशासन मत बघारो दोस्त ! हम भी उसी हिन्दुस्तान में रहते हैं जहां तुम !···जवान छोकरे हो, जरा-सा को-आपरेट कर दोगे तो क्या बिगड़ जायेगा ?

यात्री नं० २ : मैंने कहा न कि मैं नहीं जाऊंगा।

यात्री नं० १ : (यात्री नं० ३ से) यार, तुम्हीं कुछ कहो ।

यात्री नं० ३ : अब चले भी जाओ पार्टनर ! उमर में अपने से बड़ा है। कोई बात कह रहा है तो मान भी लो ।

यात्री नं० २ : कैसे मान लो जी। आप लोग अंतरिक्ष-यात्रा पर निकले हो या मजाक करने ? मैंने चंद्रयान चलाने की ट्रेनिंग भी नहीं ली। कौन-सा पुरजा कहां है···

यात्री नं० १ : तो हमसे पूछो न दादा। हम बताये देते हैं कौन-सा बटन कहां दबना है। इधर सुनो···

यात्री नं० २ : हमें नहीं सुनना।

[मुख्य नियंत्रक का चेहरा फिर टेलीविजन पर उपस्थित होता है।]

चेहरा : हलो ! बनवारीलाल जी चंद्रयान में चले गये क्या ?

यात्री नं० २ : नहीं। अभी यहीं हैं।

चेहरा : अरे ! आप लोगों की आक्सीजन हर मिनट में खर्च हो रही है। ऐसे में तो आप लोग बहुत जल्द प्राण गंवा बैठेंगे। जरा

बनवारीलाल जी को टेलीविजन के सामने बुलाओ।

यात्री नं० २ : (यात्री नं १ से) बुला रहे हैं।

यात्री नं० १ : आते हैं। (अनमने भाव से उठकर टेलीविजन के सामने खड़ा हो जाता है।)

चेहरा : क्या बात है भाई, आप लोग आदेश का पालन नहीं कर रहे हैं।

यात्री नं० १ : जी वो मैं जा ही रहा था कि अचानक ख्याल आया कि आप मुझे मेरे परिवार से मिलवाने वाले थे।

चेहरा : टेलीविजन तो चंद्रयान में भी फिट है। हम वहीं मिलवा देते।

यात्री नं० १ : जी, वो मैंने सोचा कि दो मिनट की तो बात है। यहीं मिलकर चला जाता।

चेहरा : (झुंझलाकर) अच्छा लीजिए, अपनी धर्मपत्नी से मिलिये।

[चेहरा गायब हो जाता है। टेलीविजन के पर्दे पर रामप्यारी का चेहरा दिखाई देता है। उसकी आंखें डबडबायी हुई हैं।]

यात्री नं० १ : मत रो रामप्यारी, मत रो।

रामप्यारी : आप भी तो रो रहे हैं नाथ !

यात्री नं० १ : मैं अपनी किस्मत को रो रहा हूं रामप्यारी ! तू धीरज रख। बच्चों की लाज अब तेरे ही हाथ तो है।

रामप्यारी : कैसी बातें करते हैं नाथ ! आप सकुशल पृथ्वी पर लौट आयेंगे।

यात्री नं० १ : इस यान के सारे राकेट उड़ गये हैं, रामप्यारी !

रामप्यारी : नहीं नाथ, ये लोग जी-जान से जुटे हैं। कहते हैं कि आप लोगों को उतारकर ही दम लेंगे।

यात्री नं० १ : सब झूठी दिलासा दे रहे हैं, रामप्यारी ! भगवान का भजन करो।

रामप्यारी : (फफककर) कैसी बातें करते हैं, नाथ ! मेरा मन बोलता है कि आप···

[टेलीविजन पर मुख्य नियंत्रक का चेहरा आ जाता है।]

चेहरा : मुलाकात का समय खतम हो गया। अब आप शीघ्रता से चंद्रकक्ष में चले जाइये।

यात्री नं० १ : हुजूर माई-बाप, इतने निर्दयी न बनो। सिर्फ एक सेकेण्ड को और उसकी सूरत दिखला दो।

चेहरा : नहीं ! अब बिल्कुल संभव नहीं।

यात्री नं० १ : यार, तुम्हारे भी बाल-बच्चे हैं। कुछ तो ख्याल करो।

चेहरा : हमने कहा न कि आप लोगों की आक्सीजन खत्म हो रही है।

यात्री नं० १ : इसीलिए तो कह रहे हैं भैया ! न जाने कब हम लोग भी खतम हो जायें। सिर्फ एक सेकेण्ड···

चेहरा : (झल्लाकर) अच्छा लीजिये।

[टेलीविजन पर फिर रामप्यारी का चेहरा आता है।]

यात्री नं० १ : सुनो रामप्यारी !

रामप्यारी : नाथ !

यात्री नं० १ : एक तो सत्यनारायण की कथा करवा देना, रामप्यारी···।

रामप्यारी : नाथ !

यात्री नं० १ : और हो सके तो पांच ब्राह्मणों को बुला के भोजन करवा देना।

रामप्यारी : नाथ, मैंने आपके लौट आने तक अखंड कीर्तन बिठा दिया है। सोच रही हूं कि साधु-ब्राह्मणों को बुलाकर हवन भी बिठा दूं।

यात्री नं० १ : ठीक किया रामप्यारी ! पैसे की चिंता मत करना। जान है तो जहान है। लौट आया तो बहुत कमा लेंगे।

रामप्यारी : नाथ !

यात्री नं० १ : अब चली जाओ रामप्यारी ! बच्चों को मेरी तरफ से चूम लेना।

[टेलीविजन पर मुख्य नियंत्रक का चेहरा फिर आता है।]

चेहरा : बस, अब चले जाइये।

यात्री नं० १ : बस लबादा ओढ़ लें, फिर जाते हैं।

[टेलीविजन पर चेहरा गायब होजाता है।]

यात्री नं० १ : सब हमको खतम करने की योजना है। हम क्या समझते नहीं हैं कि चंद्रयान पृथ्वी की कक्षा में घुसने के लिए नहीं बना। घुसते ही जल जायेगा और उसके साथ-साथ बनवारीलाल जी भी जल जायेंगे।

[यात्री नं २ और ३ चुपचाप बैठे रहते हैं।]

यात्री नं० १ : यार, तुम लोग कुछ तो बोलो।

यात्री नं० २ : हम क्या बोलें ? (स्वर में उल्लेखनीय तटस्थता है।)

यात्री नं० १ : (खिसियाकर) हां-हां, तुम क्यों बोलोगे ! जोरू न जाता, खुदा मियां से नाता। न जीने पे कोई पूछने वाला था, न मरने पे कोई रोने वाला।

यात्री नं० २ : अब ज्यादा बात मत करो। चुपचाप चंद्रयान में चले जाओ।

यात्री नं० १ : (चिढ़ जाता है।) तुम आदेश देने वाले कौन होते हो जी। हम इस अभियान के नेता हैं। हम जैसा चाहेंगे वैसा करेंगे।

यात्री नं० २ : (बुदबुदाता है।) हुंह। जैसा चाहेंगे वैसा करेंगे। करके देखो। अभी वो सर पर नहीं चढ़ बैठेगा! तुम्हारा बाप! (टेलीविजन की ओर इशारा करता है।)

यात्री नं० १ : क्या कहा? जरा फिर से कहना। (बांहें चढ़ाकर यात्री नं० २ के पास तक जाता है।) मुंह तोड़ दूंगा अगर गाली बकी तो।

यात्री नं २ : गाली किसने बकी?

यात्री नं० १ : अच्छा। गाली का गाली बकना और ऊपर से मुंहजोरी करना, नहीं बकी गाली तूने?

यात्री न० २ : (दृढ़ता से) नहीं बकी।

यात्री नं० १ : (यात्री नं० ३ से) क्यों जी, तुम्हारे सामने इसने गाली नहीं बकी? तुम गवाह हो।

यात्री नं० ३ : (निर्विकार भाव से) भैया, ज्यादा टाइम वेस्ट मत करो। आप जल्दी से चंद्रयान में चले जाओ।

यात्री नं० १ : कैसे चले जाओ जी? गाली खाकर चले जाओ। इस कल के लौंडे की गाली खाकर चले जाओ। जब तक बात का निपटारा नहीं हो जाता, दुनिया की कोई ताकत मुझे चंद्रयान में जाने के लिए मजबूर नहीं कर सकती। मैं नहीं जाऊंगा। (अंतरिक्ष-सूट उतारकर फेंकने लगता है।)

यात्री नं० २ : क्रोध में आकर खड़ा हो जाता है।) कैसे नहीं जायेगा? तेरा तो बाप भी जायेगा। तेरे पीछे हम सब मरेंगे क्या? (जबरन अंतरिक्ष-सूट पहनाने लगता है।)

यात्री नं० १ : ए, जबरदस्ती मत करना, हां···

[दोनों झूमाझटकी करते हुए गुत्थम-गुत्था हो जाते हैं।]

यात्री नं० ३ : यार, तुम लोग अच्छा तमाशा मचाये हो। यहां आक्सीजन खतम हो रही है। ऐसे में तो सब मर जायेंगे। न जाना हो तो मैं ही चला जाता हूं भैया!

यात्री नं० १ : (अचानक प्रसन्न होकर) तेरे मुंह में घी-शक्कर बड़े भैया! तेरे मुंह से भगवान बोला है। (यात्री नं० २ को एक ओर ठेलकर अंतरिक्ष-सूट यात्री नं० ३ की ओर बढ़ाता है।) ले भैया, पहन ले। (यात्री नं० २ की ओर इशारा कर) इस सूअर की औलाद के साथ अब कभी अंतरिक्ष-यात्रा पर नहीं निकलूंगा।

यात्री नं ०२ : क्या कहा? (घूंसा तानकर यात्री नं० १ की ओर लपकता है।)

यात्री नं० ३ : (बीच में आकर) **अब बस** भी करो यारो। मैं जा ही रहा हूं, अब क्यों झगड़ रहे हो। अनाथ तो हूं ही। अगर चंद्रयान के साथ जल भी गया तो क्या फर्क पड़ेगा। (अंतरिक्ष-सूट पहनकर चंद्रकक्ष की ओर जाने वाली सीढ़ियां चढ़ने लगता है।)

[टेलीविजन पर मुख्य नियंत्रक का चेहरा फिर आता है। इस बार वह प्रसन्न दिखाई दे रहा है।]

चेहरा : हलो मित्रो, आप लोगों के लिए एक खुशखबरी। अब चन्द ही मिनटों में आप लोग पृथ्वी के वायुमंडल में प्रवेश करने वाले हैं। यदि आप लोग सही कोण में घुसे तो चार घंटे के अन्दर-अन्दर आप लोगों को अरब सागर में उतार लिया जायेगा। बनवारी लाल जी से कहो कि चंद्रयान छोड़कर मुख्य यान में आ जायें।

यात्री नं० २ : (आश्चर्य से) आ जायें! वे वहां गये ही कब हैं!

चेहरा : अरे, अजब आदमी हैं। (क्षण-भर को चेहरे पर कड़वाहट का भाव आता है।) खैर, अब वक्त बिल्कुल नहीं है। आप लोग चंद्रयान के क्लिप खोल दीजिये, वह सूर्य की कक्षा में चला जायेगा। और सांस रोक-रोककर आक्सीजन बचाइये। अब आक्सीजन कितनी बची है।

यात्री नं० २ : (आक्सीजन वाली घड़ी की ओर देखकर) चार-पांच घंटे और खिंच जायेगी।

चेहरा : हूं। हम कोशिश करते हैं कि चार घंटे के अंदर-अंदर उतार लें। आप लोग संतुलन कायम रखिये। अब स्थिति खतरे के बाहर है।

यात्री नं० १ : (चेहरे का तनाव धीरे-धीरे कम हो जाता है। फिर अचानक प्रसन्न होकर बत्तीसी निपोर देता है।) देखा, मैं पहले ही कह रहा था कि मेरे चंद्रयान में जाये बगैर काम चल जायेगा।

यात्री नं० २ : (मुंह फुलाये हुए) वो तो अब पृथ्वी पर लौटकर ही पता लगेगा।

यात्री नं० १ : (चापलूसी से) यार, अब तो खुश हो जाओ, भैया मौत के मुंह से बाल-बाल बचकर जा रहे हैं। (यात्री नं० ३ से) यार, तुम्हीं मनाओ भैया! ऐसे जरा-जरा-सी बात पर झगड़ने लगे तो हो गया। अभी अपने को कितनी यात्राएं और करनी हैं।

यात्रीं नं० ३ : अब हटाओ भी पार्टनर, भूल जाओ।

यात्री नं० २ : कैसे भूल जाओ जी? कोई आपको सूअर की औलाद कहेगा

और आप भूल जाओगे।

यात्री नं० १ : तो भैया, अब तू मुझे कह ले। अरे तू जो चाहे कह ले। लगे तो दो जूते मार ले भैया! मगर खुश हो जा। अब गुस्से में मुंह से निकल ही गया वरना तू मेरा कितना अजीज है, यह तू भी जानता है। भला बता (प्यार से उसके गाल पर हाथ फेरता है।) ले उठ, जल्दी से देशवासियों के नाम टेलीविजन प्रसारण तो कर दे कि "जंबूद्वीप के निवासी मृत्युंजय हैं। मौत से जूझकर वीरों की तरह लौट रहे हैं। बधाई दो।" (सीना फुलाकर गर्व से) और हां, आगे जोड़ देना कि "अंतरिक्ष दल के नेता श्री बनवारीलाल जी ने इस गंभीर संकट के समय जिस विलक्षण सूझबूझ, संयम और अभूतपूर्व संगठन-क्षमता का परिचय दिया तथा मौत के जबड़ों से नाव को खे लाने में जिस अदम्य साहस और शौर्य का प्रदर्शन किया वह काबिले तारीफ है··· श्लाघ्य है···प्रशंसनीय है···"

[पर्दा गिरता है।]

परिचय

उपेन्द्रनाथ 'अश्क'

जन्म : १४ दिसंबर, १९१०; जालंधर (पंजाब)

अश्क जी ने उर्दू से प्रारंभ कर हिंदी क्षेत्र में काव्य, कहानी, उपन्यास, एकांकी, आलोचना, संस्मरण आदि सभी प्रचलित विधाओं में अपनी सिद्ध लेखनी का परिचय दिया है।

उनके नाटकों के पात्र असाधारण न होकर हमारे चारों ओर घूमते दिखाई देते हैं। अतिसाधारण प्रतीत होने वाली घटनाएं उनके कुशल हाथों से बन-संवर-कर प्रभावोत्पादक एकांकी का रूप धारण कर लेती हैं। उनके नाटकों की मुख्य आत्मा व्यंग्य है; उनका समस्त सौंदर्य व्यंग्य पर आधारित है। शालीनता और विचारात्मक चेतना उसमें सदैव विद्यमान रहती है। उनका व्यंग्य सच्चा व्यंग्य है, जो केवल हंसी और मनोरंजन के लिए ही नहीं है।

अश्क जी के एकांकी जितने अभिनेय हैं, उतने ही सुपाठ्य भी हैं।

कृतियां : चरवाहे; छींटे; गिरती दीवारें; पक्का गाना; पैंतरे; अंजो दीदी; छठा बेटा; परदा उठाओ परदा गिराओ; पिंजरा; देवताओं की छाया में आदि।

पता : ५ खुसरो बाग, इलाहाबाद (उ० प्र०)

ओमप्रकाश आदित्य

जन्म : ५ नवम्बर, १९३६, रणसीका, गुड़गांव (हरियाणा)

शिक्षा : एम० ए० हिन्दी, दिल्ली विश्वविद्यालय

गंभीर कविताओं से प्रारंभ करके हास्य-व्यंग्य के क्षेत्र में अवतरित होने वाले 'आदित्य' ने आज कवि के रूप में हिंदी मंच को और निबंधकार के रूप में पाठक-वर्ग को पूरी तरह अपनी जकड़ में ले लिया है। हास्य-एकांकी लेखन के क्षेत्र में

भी आपने अपने जौहर दिखाये हैं। सन् १९६० में लालकिले का कवि-सम्मेलन उनके मंचीय जीवन का प्रथम कवि-सम्मेलन था। हिन्दी की विशिष्ट पत्र-पत्रिकाओं में हास्य-व्यंग्य रचनाओं का प्रकाशन। स्वतंत्र लेखन। सन् १९७५ का काका हाथरसी हास्य-पुरस्कार आपको ही प्राप्त हुआ।

कृतियां : थर्ड डिवीजन; इधर भी गधे हैं, उधर भी गधे हैं; तोता एंड मैना; उल्लू का इंटरव्यू; मार्डन शादी; घट-घट व्यापी भ्रष्टाचार; सितारों की पाठशाला; उड़ गई चिड़िया।

पता : जी ९/१२, मालवीय नगर, नई दिल्ली-१७

काका हाथरसी

वास्तविक नाम : प्रभूलाल गर्ग

जन्म : १८ सितंबर, १९०६, हाथरस (उ० प्र०)

७२ वर्ष की अवस्था में भी हिंदी हास्य के मंच पर जमे हुए और हास्य-प्रेमियों के मन में बसे हुए काकाने हास्य-काव्य, हास्य-निबंध, हास्य-एकांकी के लेखन में विशेष कुशलता प्राप्त की है। ४५ वर्ष पूर्व उन्होंने जिस कलम को पकड़ा, वह आज तक उनके हाथ में है! साहित्य-सृजन के क्षेत्र में अद्भुत प्रदर्शित करने के कारण काका को अनेक बार सम्मानित किया गया है।सन् १९७४ के मार्च-अप्रैल में उन्होंने बैंकाक और सिंगापुर की यात्रा करके विदेश में भी हास्य का डंका बजाया। सन् १९७६ में आपको सम्मानपूर्वक अभिनंदन ग्रंथ भेंट किया गया, जिसका संपादन डॉ० गिरिराजशरण अग्रवाल ने किया। सन् १९७५ से काका ने हिन्दी के हास्य-व्यंग्य को प्रोत्साहित करने के लिए 'काका हाथरसी हास्य-पुरस्कार' प्रारंभ किया है। पच्चीस सौ रुपये का यह पुरस्कार प्रतिवर्ष हास्य-व्यंग्य के श्रेष्ठ सर्जक

पता : संगीत कार्यालय, हाथरस उ० प्र०)

के० पी० सक्सेना

जन्म : १९३४, बरेली (उ० प्र०)

शिक्षा : वनस्पतिशास्त्र में प्रथम श्रेणी में स्नातकोत्तर

सन् १९५४ से लिखना प्रारंभ किया। पहली रचना कानपुर के 'मनु' में छपी। बी० एस-सी० तथा इंटरमीडिएट के लिए वनस्पतिशास्त्र पर चौदह पुस्तकें लिखीं। भारत की लगभग हर पत्रिका में लगभग तीन सौ हास्य-व्यंग्य रचनाएं

प्रकाशित हुईं। कई रचनाओं का मराठी, मलयालम, तमिल, कन्नड में अनुवाद। आकाशवाणी से सड़सठ नाटक प्रसारित हुए। १९७४ की आकाशवाणी नाटक प्रतियोगता में प्रथम अखिल भारतीय पुरस्कार प्राप्त हुआ तथा भारत सरकार के रेल मंत्रालय द्वारा दो बार पुरस्कृत किया गया। लगभग बीस नाटक मंचित हुए, अनेक में हास्याभिनय किया।

कार्य : लखनऊ स्टेशन पर सहायक स्टेशन मास्टर

प्रकाशित कृतियां : नया गिरगिट

पता : १७६/११, गईन रोड, लखनऊ-१

चिरंजीत

लोकप्रिय रेडियो रूपक 'ढोल की पोल' के रचयिता श्री चिरंजीत का सोद्देश्य नाटककार एवं प्रहसनकार के रूप में एक विशिष्ट स्थान है।

श्री चिरंजीत सन् १९४१ से रेडियो के लिए लिख रहे हैं और अब आप रेडियो शिल्प के आचार्य माने जाते हैं। रेडियो के लिए आपने अनेकानेक लोकप्रिय नाटकों का सृजन किया, जिनमें नया नगर; मिस्टर सिलबिल; मानो न मानो; दादी मां जागीं; लहरें आदि उल्लेखनीय हैं।

रंगमंचीय विधा में आपकी विशेष गति है। प्रस्तुत एकांकी 'चक्रव्यूह' आपकी सोद्देश्य नाट्यकला और हास्य-व्यंग्य का उत्कृष्ट नमूना है।

अब तक आपकी बीस के लगभग पुस्तकें छप चुकी हैं।

पता : डी २ ई, डी डी ए फ्लैटस, मुनीरका, नई दिल्ली-६७

निरंकुश

नाम : हरिश्चंद्र निरंकुश

जन्म : २ अक्टूबर, १९२६, बरेली (उ० प्र०)

शिक्षा : एम० एस-सी० रसायन, एम० ए० हिंदी

कुछ समय तक विश्वविद्यालय में अध्यापन किया। संप्रति राजकीय सेवा में संलग्न। सन् १९४० से हास्य-व्यंग्य लिख रहे हैं।

आपकी रचनाएं मनोरंजक तो होती ही हैं, उनमें समाज की किसी न किसी विकृति पर मार्मिक व्यंग्य भी होता है और वह इतने कलात्मक ढंग से किया जाता

है कि साहित्य का स्तर ऊंचा रखते हुए भी रसज्ञ पाठक उनके व्यंग्य के आलोक में समाज की उस विकृति के वास्तविक रूप को देख लेते हैं और उसपर विचार करने को विवश हो जाते हैं।

कृतियां : खरी-खोटी। इसके साथ ही विभिन्न पत्र-पत्रिकाओं में अनेक कहानियां, एकांकी, कविताएं प्रकाशित।

पता : बी० २७, बटलर पैलेस कालोनी, लखनऊ-१

प्रकाश पण्डित

७ अक्टूबर, १९२४ को लायलपुर (पाकिस्तान) में जन्मे प्रकाश पंडित लेखन के क्षेत्र में हरफनमौला थे। आपने कहानियां भी लिखीं, हास्य और गंभीर निबंध भी। स्टेज और रेडियो के लिए ड्रामों की रचना भी की और नाबालिग-बूढ़ों के लिए साहित्य की भी। कई वर्ष तक उर्दू के प्रसिद्ध पत्रों 'शाहराह', 'फनकार', 'प्रीतलड़ी' का संपादन भी किया।

"एक कविता कहने की कमी थी सो 'उर्दू के लोकप्रिय शायर' पुस्तकमाला का हिंदी में संपादन कर इस क्षेत्र में भी तीर मार लिया—और बकौल शख्से (और वह शख्स मैं ही हूं) उन शायरों के परिचय लिखकर हिन्दी परिचय-लेखन को एक नयी दिशा दी।"

राजेन्द्रकुमार शर्मा

जन्म : १९२१, जालंधर (पंजाब)

शिक्षा : बी० एस-सी०, डिप्लोमा इन जरनलिज्म

नाटक, एकांकी व उपन्यास के क्षेत्र में लेखन। आकाशवाणी से लगभग ८० नाटक और दर्जनों वार्ताएं एवं फीचर प्रसारित हो चुके हैं। लगभग ३० नाटक टेलीविजन पर प्रस्तुत किए जा चुके हैं। टेलीविजन पर स्वयं भी अभिनय किया है। अपने नाटकों का स्वयं निदेशन करते हैं तथा अभिनय में भी भाग लेते हैं। व्यवसाय के रक्षा मंत्रालय में पदाधिकारी।

कृतियां : नाटक—रेत की दीवार; कायाकल्प; दीप जलता रहेगा; अपनी कमाई; एक राग दो स्वर; बदनाम लोग, नीलाम घर।

एकांकी—अटैची केस; खानदानी गवाह; परदा उठने से पहले; कालिख और लाली।

उपन्यास—दर्द की मुस्कान।

पुरस्कार : 'अपनी कमाई' पर पंजाब सरकार का साहित्यिक पुरस्कार तथा 'रेत की दीवार' पर दिल्ली नाट्य संघ का पुरस्कार प्राप्त।

पता : सेक्टर ३, ५४८ रामकृष्णपुरम्, नयी दिल्ली-२२

रामकुमार वर्मा

जन्म : १५ नवंबर, १९०५; सागर (म० प्र०)

शिक्षा : एम० ए० (इलाहाबाद); पी-एच० डी० (नागपुर)

वर्मा जी की प्रसिद्धि विशेष रूप से ऐतिहासिक तथा सामाजिक नाटककार के रूप में है किंतु आपने हास्य-व्यंग्य एकांकियों की रचना भी पर्याप्त मात्रा में की है। उनके एकांकी शिल्प-विधान की सबसे बड़ी विशेषता यह है कि वह पाश्चात्य शैली से प्रभावित होते हुए भी पूर्णतया भारतीय है। उनके हास्य-व्यंग्य एकांकी सामाजिक और चारित्रिक विद्रूपताओं को उभारने के समस्त माध्यम बने हैं।

कृतियां : पृथ्वीराज की आंखें; रेशमी टाई; रजतरश्मि; ध्रुवतारिका; सप्तकिरण; जौहर; अंजलि; रूपराशि; चित्ररेखा; इतिहास के स्वर; जूही के फूल; जौहर की ज्योति; खट्टे-मीठे एकांकी; रिमझिम आदि।

पता : ४ प्रयाग मार्ग, इलाहाबाद

विष्णु प्रभाकर

जन्म : सन् १९१२, मुजफ्फरनगर (उ० प्र०) के मीरापुर कस्बे में।

विष्णु प्रभाकर जी सन् १९३४ से निरंतर लिख रहे हैं। प्रारंभ में आपने कविताएं, गद्यकाव्य तथा निबंध विधा में कार्य किया किंतु बाद में आपने कहानियां लिखनी प्रारंभ कीं। सन् १९४८ में रेडियो के संपर्क से आपने रेडियो नाटक लिखने प्रारंभ किये और शीघ्र रेडियो-नाटक लेखक के रूप में प्रसिद्ध हो गये।

आपकी अनेक रचनाओं के प्रांतीय और विदेशी भाषा में अनुवाद भी हुए, कितनी ही पुस्तकों पर आपको सम्मान व पुरस्कार प्राप्त हुए हैं।

कृतियां : निशिकांत; तट के बंधन; स्वप्नमयी; नवप्रभात; समाधि; चंद्रहार; युगे-युगे क्रांति; होरी; डॉक्टर; इंसान; प्रकाश और परछाईं; बारह एकांकी; दस

बजे रात; रहमान का बेटा; जिंदगी के थपेड़े; आदि और अंत; संघर्ष के बाद; धरती अब भी घूम रही है; आवारा मसीहा आदि।

पता : ८१८, कुंडेवालान, अजमेरी गेट, दिल्ली-६

लक्ष्मीकांत वैष्णव

श्री वैष्णव ऐसे सजग हास्य व्यंग्यकार हैं, जो समाज की विसंगतियों और विडंबनाओं के अनेकविध दृश्यों को हास्य-व्यंग्य की अपनी पैनी कलम से उजागर कर रहे हैं और लगातार कर रहे हैं।

संप्रति वे हिंदी व्यंग्य के प्रतिष्ठित हस्ताक्षर माने जाते हैं। देश की लगभग सभी प्रतिष्ठित पत्र-पत्रिकाओं में आपकी रचनाएं गौरव के साथ प्रकाशित होती हैं।

पता : सी ४९, रविशंकर मार्केट, १४६४, भोपाल-६

□